文庫

崩れゆく絆

アチェベ

粟飯原文子訳

kobunsha classics

光文社

Title : THINGS FALL APART
1958
Author : Chinua Achebe

目次

訳者まえがき

チヌア・アチェベは一九三〇年に、西アフリカ、現在のナイジェリア南東部に位置するオギディ(現アナンブラ州)という村で生まれました。アチェベの生誕当時、この地域では、イギリスによる植民地支配(一九〇〇年に南部保護領、一九一四年に北部と合併されてナイジェリア植民地保護領)の開始から三十年ほどが経過していました。それから三十年後の一九六〇年、彼が三十歳になった年に、ナイジェリアは連邦国家として独立を果たします。

アチェベは熱心なキリスト教徒の両親の手で育てられました。とりわけ、父親のアイザイア・オカフォー・アチェベは、オギディに宣教師がやって来たときにいち早く洗礼を受け、ミッションスクールで学び、伝道師として布教と教育に努めた人物です。とはいえ、近親者を含む多くの人びとがそれまでの生活と信仰を守っていたため、少年時代のアチェベは厳格なキリスト教教育を受けるいっぽうで、日常的には古くから伝わるさまざまな宗教儀礼や祝祭、文化や慣習に慣れ親しんでいました。こうした「文化の交差路」のなかで成長した彼自身の経験は、『崩れゆく絆』を生み出す大きなきっかけになったとともに、小説の主題や描写などにも色濃く反映されていると言えます。

地元の初等学校で学んだアチェベは、ウムアヒア（現アビア州都）のガバメント・カレッジ（イギリスのパブリックスクールをモデルに作られた中等教育機関）に進学します。ここでの同輩には、のちにナイジェリア文学界を支えることになるエレチ・アマディ、ゲイブリエル・オカラ、ヴィンセント・チュクウエメカ・イケ、そして伝説の詩人クリストファー・オキボがいました。中等教育修了後、当時新設されたユニバーシティ・カレッジ・イバダン（現イバダン大学）に入学、このころの読書体験が、彼の作家としてのスタイルやスタンスを決定づけることになります。エッセイや短編小説の執筆を試みるなど、創作活動を始めたのもイバダンでの大学時代でした。

一九五三年に大学を卒業してからは、短期間、教職に就いたのち、当時の首都ラゴスでナイジェリア放送協会（ＮＢＣ）に勤務し始めます。五六年、英国放送協会（ＢＢＣ）での研修のためにロンドンを訪問。このとき、直前に完成させていた『崩れゆく絆』の原稿が、研修で講師を務めた評論家の目にとまりました。そして五八年、ついにロンドンのハイネマン社から『崩れゆく絆』が出版されます。まさしくこの五八年の出版こそが、チヌア・アチェベの名を世界に知らしめただけでなく、アフリカ文学発展の大きな礎を築くことになったのです。おりしも一九五〇年代後半から六〇年代前半にかけては、アフリカ諸国の独立という新しい時代が切り開かれたときでした。アチェベの小説はその新時代の幕開けを象徴する、アフリカ大陸発の新しい文学として位置づけられ、祝福を受けたのです。

それからまもなくハイネマンは、アチェベを編集顧問に迎えて「アフリカ作家シリーズ」を打ち立て、重要なアフリカ文学作品を次々に刊行することになります。『崩れゆく絆』はシリーズ第一弾に据えられ、その後、英語圏やアフリカ諸国のみならず、多数の言語（現在では五十以上）に翻訳され、世界じゅうで読者を勝ちえてきました。出版から五十年以上がたったいま、アフリカ文学の揺るぎなき金字塔的作品として、その文学的・歴史的な重要性は増し続けています。

『崩れゆく絆』の舞台は、十九世紀後半、ちょうどイギリスの植民地支配が始まる直前の時代、現在のナイジェリア東部州に位置する、ウムオフィア（森の人びと）という架空の土地です。一般に言われるナイジェリアの三大民族、ハウサ、ヨルバ、イボのうち、南東部地域は主にイボの人びとが暮らす土地（したがってイボランドとも呼ばれる）として知られています。しかしこうした「イボ人」や「イボ社会」という概念や認識が広まり、深化していったのは、十九世紀末以降、植民地支配が進行するなか、この地域の人びとのあいだで、そして他の地域との接触が頻繁に起こるようになったためと考えられます。裏を返せば、イギリスの植民地支配によって、それまでの人びとの生と社会のあり方が根底から変わってしまったことのひとつの大きな例であると言えます。

植民地統治以前の南東部地域では、概して、小説中の九つの集落から成るウムオフィアのように、複数の村落が集まって自治的で民主的な共同体を形成していました。ところがこの時代、そうしたかつての社会・政治の形態、さらには文化や慣習、信仰や価値観までもが外部勢力の侵入によって否定されていったのです。アチェベは小説の舞台として、まさにこの十九世紀後半という歴史的な大転換期を選び、キリスト教会と植民地支配勢力の到来によって、それ以前の社会共同体の制度や価値観が徹底的に、もはや取り返しのつかないほど変化を遂げ、崩壊していくようすを描いています。

そしてその悲劇の象徴となっているのが、激動の過渡期に飲みこまれて、ついには破滅に至る主人公のオコンクウォ、アフリカ文学史上もっとも有名な登場人物です。

こうした破壊の悲劇性は、植民地支配以前の村落における豊かで洗練された文化・慣習が、実に小説のほぼ三分の二にわたって、包括的かつ動態的に描かれることで、さらに際立っています。そこにこそ『崩れゆく絆』の大きな達成があると言えるでしょう。つまり、アフリカの「過去」を鮮やかに描き出すとともに、植民地支配がアフリカにもたらした衝撃を見事にとらえた点です。とりわけ強調すべきは、ヨーロッパ人との遭遇が、アフリカ人の視点から、かれら自身の経験としてとらえ直され、描かれているところです。

この試みの背景には、アチェベが大学時代に、ヨーロッパ人作家による「アフリカ小説」に触れたという経験があります。十六世紀以降、ヨーロッパがアフリカ探検に乗り出してからというもの、アフリカに関して数々の文献（旅行記および文学作品）が生み出されましたが、そのほとんどが扇情的で否定的、無知と偏見に満ちた内容であり、野蛮で未開の地、歴史と文明を欠いた「暗黒大陸」という印象を創り出し、強化していきました。こうした記述が、ヨーロッパのアフリカ支配を正当化してきた態度と表裏の関係にあることは言うまでもありません。なによりアチェベが大きな情熱と怒りをもって取り組んだのは、そのようにして創られてきたアフリカのイメージに対する文学での批判的応答、言い換えるなら、小説という手段をつうじて、暴力的に剝奪されてきた歴史と人間性をアフリカに取り戻すことでした。と同時に、植民地支配のもとで、アフリカ人自らが忘却し、喪失してしまった「過去」を、ふたたびアフリカ人に呼び覚まそうとする試み――アチェベ自身の言葉で言えば「再教育」と「再生」――でもありました。

しかしそれは、単に古き良き時代の社会と文化を讃美して、失われた過去と理想郷を哀悼する態度ではありません。たとえばオコンクウォは悲劇の主人公ではあっても、多くの欠点をもつ人間であり、同じく、ウムオフィア社会もあらゆる問題を抱えています。だからこそ、キリスト教の到来は、それまでの社会の絆と調和の崩壊を招く要因になるとともに、ある者たちにとっては解放の契機となるのです。

アチェベは『崩れゆく絆』において、植民地支配以前の時代を取り戻し、その豊かさを「証明」しようとするいっぽうで、さまざまなかたちの葛藤と矛盾をも含めた「過去」を見据えながら、移りゆく時代の大きな渦のなかで社会が激震し、人びとが変化を迫られていく複雑な歴史的過程を呼び起こしています。そしてそれは過去への挽歌である以上に、アフリカ独立の時代の前夜に、きたるべき未来を見つめる新たなアフリカの想像力となったのです。

崩れゆく絆

広がりゆく弧を描き、まわりまわる
鷹《たか》には鷹匠の声がとどかない
すべてが崩れゆき、中心は保てない
まったき無秩序が世界に放たれる
——W・B・イェイツ「再臨」

第1部

第1章

　オコンクウォ[1]はウムオフィア村の九つの集落の隅々、そのかなたにまで名を馳せていた。彼がつかんだ名声はたしかな個人の功績によるものだった。十八歳という若さで、「猫」の異名をとるアマリンゼを投げ飛ばし、集落に名誉をもたらしたのだ。アマリンゼは見事なレスラーとして、ウムオフィアからムバイノにいたる場所で七年も無敵の強さを誇っていた。まさかこの男の背が地につくことなどあるまい、そんなわけで「猫」という名がついた。オコンクウォはそれほどの相手を倒したのである。二人の勝負ときたら、かつてこの村[2]の創始者が、七日七晩、荒野の精霊と格闘して以来、もっとも熾烈《しれつ》な闘いとなった。老人たちは口ぐちにそう言った。

　太鼓が鳴り、笛の音が響きわたる。見物人は固唾《かたず》をのむ。アマリンゼは狡知《こうち》に長《た》けた技巧派、対するオコンクウォは水中の魚のようにするりと身をかわす。どちらとも、腕や背中、太もも全体に腱と筋肉がくっきり浮かび、ふくれあがって破裂する音が聞こえてきそうだった。ついにはオコンクウォが「猫」を投げ倒した。

これはずいぶん昔のこと、二十年、いや、それより前になるだろうか。当時オコンクウォの名は、ハルマッタン[3]に吹きあおられた野火のごとく、一挙に広がっていった。彼は背が高くて体も大きく、太い眉《まゆ》と幅広の鼻のせいで険しい顔つきをしていた。息づかいが荒く、眠っているときには、離れ家の妻たち、子どもたちにも寝息が聞こえるほどだったという。歩くときには踵《かかと》をほとんど地面につけず、ばねに乗ったみたいに跳ね、まるでだれかに飛びかからんばかり。たしかにオコンクウォはよく人に飛び

1　イボ語の名前には意味がある。オコンクウォは、ンクウォの市《いち》の日に生まれた子の意。市については注6を参照のこと。

2　植民地支配以前のイボ社会は、複数の集落が「オボド」と呼ばれる自治的な地縁村落共同体を形成していた。小説中のウムオフィアは九つの集落の集合体（オボド）であり、それを「村」と訳した。そこに暮らす人びとがクランとされている。クランを「氏族」ないしは「一族」と訳した。ムバイノも同様である。

3　西アフリカで乾季（十一月から三月あるいは四月）のあいだに吹く貿易風、冷たく乾燥し、砂塵をもたらす。

かかった。少しどもるくせがあり、怒っていてすぐに言葉が出てこないと、いつだって拳を振りあげた。できの悪い人間にはいらいらした。父親にさえも我慢ならなかった。

父の名はウノカといって、十年前に亡くなっていた。父親は若いころにもぐうたらでその日暮らし、明日のことなどまったく考えないというたちだった。めったにないとはいえ、金が入るなり、ひょうたん何本分もの椰子酒《やしざけ》を買い、ご近所に立ち寄っては浮かれ騒いだ。ウノカはいつも言っていた——死人の口を見るときまって思うが、生きているうちに食えるものを食わないなんて、ばかばかしい。そういう男なので借金があるのも当然、数カウリー[4]から相当な額まで近所じゅうから金を借りまくっていた。

ウノカも背は高かったが、やせこけて猫背ぎみだった。酒を飲んでいないときや笛を吹いていないときには、やつれて物憂げな顔をしていた。笛の名手の父が一番ご機嫌だったのは、収穫後の二、三カ月、村の楽士たちが炉の上にかかった楽器を降ろすころ。ウノカも彼らに交じって演奏し、幸せと安らぎに満ちた表情を浮かべた。ときにこの音楽仲間と仮面の踊り手《エグウグウ》[5]たちは、曲を教えに来てもらえないかとよその村から依頼されることもあった。すると彼らは先方に出向いて、三週間も四週間[6]ものあいだ、音楽を奏で、盛大に飲み食いした。ウノカはごちそう好きで社交好き、そして一年のうちこの季節が大のお気に入りだった。ちょうど雨季[7]が終わり、毎朝うつくしくまばゆい太陽がのぼる。それに北から冷たく乾いたハルマッタンが吹きつけるので、さほど暑くならない。年によっては猛烈にハルマッタンが吹きすさび、あたり一面濃い靄《もや》に包まれる。そんなときには、老人や子どもは丸太をくべた炉のまわりに座って暖をとった。ウノカはこういうことをすべて大切にしていた。乾季に入って最初のトビの群れが戻り、子どもたちが出迎えの歌を口ずさむのも大好きなことだった。よく歩きまわって、青い空にゆったり飛ぶトビを探したな、などとウノカは子どものころを振り返ったものだ。一羽見つけたとたん、ありったけの思いをこめて歌い、長い長い旅路から戻ったトビを歓迎し、布をいくらか持ち帰ったかい[8]、とたずねたことを思

4　タカラ貝。通貨として使われた。
5　仮面の精霊。共同体の儀礼などでは祖霊を体現する。
6　イボ暦では、エケ、オイエ（オリエ）、アフォ、ンクウォの四つの市の日で一週間が構成される（つまり一週間は四日）。七週間で一カ月、十三カ月で一年となり、一年の最後に一日が追加される。注65も参照のこと。
7　四月下旬から五月初旬に始まり、十月ごろまで続く。

いおこした。

ところがそれはうんと昔、ウノカがまだ幼かったころのこと。大人になってからは、まるでだめな人間だった。貧乏のせいで、妻と子どもたちもろくに食えないというありさま。人は怠け者のこの男を笑った。貸した金をぜったいに返さないので、だれもがこれ以上貸すものかと言っていた。だが、いつもまんまと次から次へと借りてくるような男であったから、借金はどんどん膨れ上がっていった。

ある日、オコイェという隣人が訪ねてきた。ウノカは家のなかで、土を固めた寝台にもたれ、笛を吹いていた。ウノカがさっと立ち上がって握手を交わすと、オコイェは小脇に抱えていたヤギ皮をくるくるとほどいて、その上に腰を下ろした。ウノカは奥の部屋に退き、まもなくコーラの実、ワニ胡椒《こしょう》、チョーク[9]が載った小さな木の丸盆を持って戻ってきた。

「コーラがありますよ」彼はそう言って座り、盆を客にわたした。

「これはどうも。コーラをもたらす者は生命をもたらす、ですな。だが割るのはあんたですよ」オコイェは盆を返した。

「いやいや、あんたが割ってくれればいい」二人はしばらくこんなふうに言い合っていたが、最後にはウノカがコーラを割る栄誉にあずかった。そのあいだオコイェはチョークのかたまりを手にとって土間に何本か線を引き、足の親指にも塗った。ウノカはコーラを割りながら、生命と健康が得られますように、敵からお守りくださいますように、とご先祖さまに祈った。二人はコーラを食べてしまうと、さまざまなことを話した。ヤム芋[10]を水浸しにしている豪雨、きたる先祖慰霊祭、いまにも起こりそうなムバイノ村との戦争など。ウノカは戦争の話になると必ず嫌な気分になった。実は臆病者で、血を見るのが耐えられなかったのだ。そんなわけで、ウノカは話題を変え、音楽の話を始めて顔を輝かせた。心の耳をすませば、エクウェ、ウドゥ、オゲネ[11]が奏でる、血の沸き立つような入り組んだリズムが聞こえてくる。そして自分の笛の音もそのリズムと絡み合い、華やかで哀愁漂う旋律を添える。全体としては陽気で快活な

8　渡り鳥のトビは、小説で一年のサイクルと円環的な時間概念を象徴している。また、あらゆる地方を旅する鳥として、多くのイボ民話やことわざに登場する。もともとイボランドでは一部の地域を除き織物技術が普及していなかったため、長い旅から戻ったトビが貴重な土産品として布を持ち帰っていたという言い伝えがある。また、別の伝説によれば、織物技術で有名なアクウェテ地方に、トビがエジプトから織物布の原型を持ち帰ったとされている。

調子。しかし、笛の音が抑揚をつけて響き、ついで短い断片になっていくのを聞きとると、そこに悲しみや嘆きの趣《おもむき》を感じることができるのだ。

オコイェも音楽をやっていた。彼はオゲネ奏者だ。だが、ウノカのようなだめな人間ではなかった。大きな納屋にはヤム芋をぎっしりと蓄え、妻も三人いた。それに、この土地で第三の高位、イデミリの称号を得るところだった。その儀式に相当な金がかかるため、全財産をかき集めていた。本当のところ、ウノカを訪ねてきたのもそれが理由だったのである。オコイェは咳払《せきばら》いをして切り出した。

「コーラをどうも。まもなく私が称号を受けるのはご存じでしょう」

オコイェはそこまでをはっきりと言うと、続きはひとしきりことわざに頼った。イボの人びとのあいだでは話術がたいそう重んじられる。ことわざとは言葉と一緒に食べる椰子油《やしゅ》なのである。[12] オコイェの話しぶりは見事なもので、時間をかけて本題のまわりをぐるぐるまわっているかと思えば、最後にはずばっと切り込んでくる。要は、二年以上も前に貸した二百カウリーを返すよう言いたかったのだ。友人の心の内がわかると、ウノカはどっと吹き出した。声をたてて笑いこけ、しばらくおさまらなかった。オゲネの音のように澄んだ笑い声が響きわたり、目には涙が浮かんでいた。客人は驚きあきれ、ただ無言で座っていた。ようやくウノカは、また吹き出しそうになるのをこらえながら返答した。

「あの壁を見てください」光沢が出るよう赤土を塗りこんだ、向こう側の壁を指差した。「あそこにある、チョークで引いた白い線をごらんなさい」オコイェは短い縦線のまとまりがいくつかあるのに気づいた。まとまりは五つ、そのうち一番少ないもので十本の線がある。ウノカは印象づけるやり方を心得ていたので、少し間をとって

9 すべて来客を歓迎するためのもの。コーラの実（オジ）はアフリカの熱帯雨林の樹木から採れる実で、カフェインが含まれ、苦味と清涼感があり、広く西アフリカで嗜好品として食される。イボの文化慣習で不可欠なもののひとつであり、来客をもてなす際には、割った後に回してからかけらを食する。また、礼拝や儀礼、祝祭の場でも用いられる。現在では、実を食べない場合でも同様に割って回す慣習は重んじられている。ワニ胡椒（メレゲッタ胡椒、イボ語でオセ・オジ）はショウガ科の植物から採れる胡椒のような実。さやから出してそのままの状態で嚙《か》み、辛味と刺激を楽しむ。白亜《チョーク》（イマ・ンズ）は来客にわたして、客が体の一部（主に手首）に塗ることで心の清らかさを証明する。床に線を引くのは祖霊を呼び起こす行為であり、一説によると、線は四つの市の日（注6参照）を表し、主人と客ともども祖霊に一週間の加護を求める意味があるという。神聖さと平和を象徴し、宗教儀礼にも欠かせない。

から、嗅《か》ぎ煙草《たばこ》をひとつまみ吸い、大きなくしゃみをして、また話に戻った。「ひとつのまとまりはある人からの借金です。一本の線は百カウリー。そうすると、この人には千カウリー借りていることになる。だけどもこの人は朝っぱらからやって来てわたしを叩き起こし、借金を取り立てたりしませんよ。もちろんあんたにはきっちり返済しますから。いや、でも今日じゃないですよ。長老たちが言うではありませんか。太陽はひざまずいている者より立っている者を先に照らす、とね。まずは大きな借金から片づけていくつもりですよ」すると、まずは大きな借金を返しているとでも言わんばかりに、もうひとつまみ嗅ぎ煙草を吸った。オコイェはヤギ皮をまるめて出ていった。

ウノカはなんの称号も持たず、多額の借金にまみれて死んだ。そういうわけで、オコンクウォが父を恥じるのも無理はなかったのだ。幸いにもこの地の人びとは、男の評価を父親でなく本人の価値で決める。紛れもなく、オコンクウォは偉業を成す才を生まれ持った人物であった。まだ若いというのに、九つの集落の最強レスラーという名声を勝ち得ていた。裕福な農民で、二つの納屋いっぱいにヤム芋を蓄え、三番目の妻を迎えたところだった。きわめつきは称号を二つも持ち、二度起こった氏族間の戦争では驚くべき武勇を見せつけた。そのため、まだまだ年若いとはいえ、すでにこの時代、もっとも傑出した人物に数えられていたのである。ここの人びとには、年齢はやはり尊重されていた。だがさらに、偉業をやってのけると崇敬の的になった。長老たちは言ったものだ――子どもでも手を洗えば、王[13]と並んで食することができる。い

---

10 広く熱帯地方で主食とされる大きくて長い芋。イボ社会でヤム芋は、社会・文化の中心となるもっとも重要な作物。

11 エクウェは木の幹に長方形の穴を刳《く》りぬいた太鼓、ウドゥは陶器の壺形をした太鼓、オゲネは金属製の打楽器、もしくは鐘。小説中で鐘とあるのはオゲネのこと。

12 椰子油が食事をおいしくするのに欠かせないように、巧みな話術にはことわざが不可欠である、という意味。椰子油とは椰子の実から抽出する赤い油で、調理に必ず使うほか、家庭でさまざまな用途に用いられる。

13 イボ語ではエゼ。英語ではキングとされることが多く、本文中のキングは王と訳している。本来イボランドには村落共同体の民主的合議制が存在していたと言われるが、一部集権的なシステムを持つ場所も見られた。広い意味では、首長／統治者と言ったほうが近い。ただし、現在のエゼは二十世紀に入ってから創造された地位であり、もとをたどれば、二十世紀初頭のイギリスの植民地政策において、支配の代行者として「委任首長」という地位が生み出されたことに遡る。

かにも、オコンクウォは手を洗ったので、王や長老と会食することができたのだ。こうした経緯があって、オコンクウォはあの運命に呪われた少年を引き取ることになった。この子は近隣の村人たちが、戦争や流血を避けるべく、ウムオフィア村に差し出した人質だった。不幸な少年はイケメフナといった。

第2章

オコンクウォが椰子油《やしゆ》のランプを吹き消し、竹のベッドで大の字になったとき、夜のしじまをつんざく音が聞こえてきた。村の触れ役がオゲネを打っている。ゴン、ゴン、ゴン、ゴーンと空洞の金属の音がとどろいた。ほどなくして、触れ役は用件を告げ、最後にもういちど鐘を鳴らした。用向きというのはこうだ。明日の朝、ウムオフィアの男はひとり残らず市場《いちば》14に集合するように。どうしたのだろう、とオコンクウォはいぶかしんだ。なにか悪いことが起きたにちがいなかった。オコンクウォは触れ役の声音《こわね》に不穏な響きを感じていた。どんどん声が遠のいて、かすかになっても、まだその調子を聞き取ることができた。

とても静かな夜だった。月の光が照っていないと、夜はきまってこれほど静かだ。この地の人びとは、どれほど勇敢な男であっても、暗闇に漠然とした恐怖を抱《いだ》いていた。子どもたちは、夜に口笛を吹けば悪霊がやって来る、と諭される。暗闇では、危険な動物が一段と気味悪く、恐ろしいものに変わる。夜になると、ヘビに聞こえたらまずいので、ヘビはヘビと言わずにひもと呼ぶ。この夜にも、触れ役の声が次第に遠くへ消えていくと、ふたたび静けさが戻った。森にいる無数の虫たちが一斉にざわざわと鳴き、震えるような静寂がいっそう際立った。

月明かりの夜にはそれが一変する。子どもたちは野原で駆けまわり、楽しげな声がこだまする。それにおそらく、もう少し年長になると、ひっそりとした場所で二人きりになるだろうし、年老いた男女は若いころを懐かしむことだろう。イボの人びとが言うように、「月が照る夜には、足が不自由な者ですら、散歩に出たくてたまらなくなる」のである。

ところが、その日の夜は真っ暗で、しんと静まりかえっていた。そんななか触れ役がオゲネを鳴らしながら、ウムオフィアの九つの集落をまわって、男は全員、明朝集まるように、と呼びかけていたのだ。オコンクウォは竹のベッドに横になり、この緊急事態がどういうものなのか、見当をつけようとした。近隣の一族との戦争だろうか。いかにもそれが一番ありそうなことだが、オコンクウォは戦争など怖くない。彼は行動の男、根っから戦いに向いていた。父親とは似ても似つかず、血を見ても眉《まゆ》ひとつ動かさない。先立っての戦争でも、真っ先に首を持ち帰ったのはオコンクウォだった。なんとこれは、はや五つ目の首だったが、彼はまだそれほどの年でもなかった。村の名士の葬儀といった重要な場では、初めて獲《と》った髑髏《どくろ》で椰子酒を飲むことにしていた。

翌朝、市場は人であふれかえった。一万人ほどが集まっていたはずで、みな小声でぼそぼそと話をしていた。やがて群衆のなかからオブエフィ[15]・エゼウゴが立ち上がり、「ウムオフィア、クウェヌ」[16]と四たび大声で呼びかけた。一回言うごとに向きを変え、大気を押しやるように握り拳を突きあげた。そのたびに一万の群衆も、「ヤー！」と

---

14 市場は単なる物の売買の場所ではなく、共同体の聖なる場および社会活動の中心地でもある。つまり聖と俗の領域が交差する場であり、一族全体には祖霊も含まれるという意味で重要な集会はこの地で行われる。

15 オブエフィはオゾという称号を持つ者に対する敬称。オブエフィは「牛をほふる」という意味で、オゾを受けるために必要な儀礼に由来する。オゾの称号を持つ者は共同体の指導的役割を果たす重要な社会集団を成す。なお、称号の種類、名称、システムなどはイボランドの地方によってかなり差異が見られる。

応える。そしてたちまち静寂が落ちた。オブエフィ・エゼウゴはまことに弁が立つ男であったから、このような場での演説には必ず指名を受けた。手を白髪の頭にやり、白くなった顎《あご》ひげをなでると、右脇の下を通して左肩の上で結んだ布をしっかり整えた。

「ウムオフィア、クウェヌ」そう五度目に言うと、男たちもまた応じる。するとエゼウゴはやおら憑《つ》かれたように左手を伸ばして、ムバイノの方角を指差し、輝く白い歯を食いしばるように話し始めた。「あの地の野獣の息子どもは、なんとも不遜《ふそん》なことに、ウムオフィアの娘を殺してしまった」そう言って頭を垂れ、憤怒に歯をきしませ、聴衆の間に押し殺した怒りのざわめきが駆け巡るのを待った。ふたたび話に戻ると、表情から怒りは消えていたが、かわりにもっと恐ろしく、不気味な笑みを浮かべていた。そして感情をまじえず、はっきりとした声で、この村の娘がムバイノの市に出かけて殺されてしまった顚末《てんまつ》を、ウムオフィアの男たちに語った。殺されたのはオブエフィ・ウドの妻である、とエゼウゴは告げ、かたわらで力なくうなだれて座っている男を指した。群衆は怒りを爆発させ、報復を求めて叫びをあげた。

このほかにも多くの者が話したが、最後にはいつもどおりの手順を踏むことが決まった。ただちにムバイノに最後通牒を送り、戦争を始めるか、それとも償いに若者と処女をひとりずつ差し出すか、どちらかを選ぶよう求めることになったのだ。

ウムオフィアは周辺の村々から恐れられていた。戦争においては敵なし、すさまじい効力の呪術を操った。祭司と呪術師はこの地方一帯を震え上がらせた。村でもっとも強力な戦の呪術は、一族の創始と同じくらい古い歴史を持つ。どれほど古いものなのか、はっきりと知る者はいない。とはいえ、一点に関しては、大方の意見が一致していた。呪術の威力を引き出せるのは、片足の老女だということ。現に、この呪術自体がアガディ・ンワイィ、つまり老女と呼ばれていた。それを祀《まつ》った社《やしろ》は、ウムオフィア中心部の開墾地に位置する。たそがれどきを過ぎて、向こう見ずにも社の側《そば》を通りかかる者がいれば、老女が跳ねまわっているのを必ず見かけるのだった。

近隣の諸氏族は当然こういうことを知っていた。そのためウムオフィアに恐れを抱いており、まず平和的な解決を探ってからでないと、戦争を始めることなどありえなかった。ただし、公正を期するために記しておくなら、ウムオフィア側からも、理由

16 挨拶や呼びかけに用いられる定型表現で、団結の精神を表している。会話で注意を引くときにも用いられる。字義どおりには「聞き入れる」の意味。

が明確で正当なものであり、かつ神託――丘と洞《ほら》の神託――がそう認めなければ、決して戦争に打って出たりはしなかった。それにこれまで、たしかに神託が戦争を禁じたこともあった。もし一族がご神託に背いていたら、間違いなく負け戦となったはずだ。あの恐るべきアガディ・ンワイィは、イボ人が言う「非難をよぶ戦い」には決して力を貸さないのである。

しかしこのとき迫っていたのは、正義の戦いだった。それは敵方の一族でさえ認めるところであった。ゆえに、オコンクウォがウムオフィアの戦争の使者として、誇り高く、堂々たるようすでムバイノに到着すると、たいそう丁重に、敬意を持って迎えられた。そしてその二日後には、十五歳の少年と年若い処女を連れて村に戻ったのだった。少年はイケメフナという名で、その悲劇の物語はいまなおウムオフィアで語り継がれている。

長老《ンディーチェ》[17]が集まって、務めを果たしたオコンクウォから報告を聞いた。村の衆の予想どおり、最終的には、殺された妻の代わりになるよう、少女をオブエフィ・ウドのところにやることが取り決められた。少年については、一族全体の所有となるため、急いで先行きを決める必要はなかった。よって、オコンクウォが一族を代表して、当面のあいだこの子の世話をするよう言いつかった。こうして、イケメフナは三年間、オコンクウォの家で暮らすことになったのである。

オコンクウォは家を厳しく取り仕切っていた。妻たち、なかでも一番若い妻と、幼い子どもたちは、彼の激しい気性に絶えず怯《おび》えていた。おそらくオコンクウォは、心の底から冷淡な人間というわけではない。だが、彼の人生は恐怖に支配されており、失敗したり、弱さを見せたりするのではないか、という不安にとりつかれていたのだ。これは非常に深く内に秘められた感情であり、邪悪で気紛れな神々を恐れたり、呪術や森を恐れたり、悪意に満ち、牙《きば》と爪を血に染めた自然[18]の猛威を恐れたりするのとはわけが違った。この恐怖はそんなものとは比べようもない。対象が外側にあるのではなく、己の内面の奥底に潜むものであったからだ。つまり自分に対する恐れ、父親のようになってしまうのではないか、という恐怖である。オコンクウォは年少のころか

17 ンディーチェは主に年配の称号者で構成される村落評議会のことも指す。元来は「先祖」の意味。
18 アルフレッド・テニスンの長編詩 *In Memoriam*（一八五〇年）からの引用。自然界における弱肉強食を表す。

ら、父の無能ぶりと弱さに憤りを感じていた。遊び仲間に、お前の親父はアバラだと言われて、どんなに傷ついたか、いまだに思い出す。そのとき初めて、アバラが女だけでなく、称号のない男も意味すると知った。だからこそオコンクウォは、ある情熱にとりつかれた――父のウノカが好んだものなら、なにもかもを憎んだのである。優しさも、それに怠け癖もそうだった。

植え付けの季節になると、オコンクウォは毎日畑に出て、雄鶏《おんどり》が鳴く時間から雛《ひな》がねぐらに帰る時間までせっせと働いた。頑強なオコンクウォはめったに疲れない。しかし妻たちや子どもたちにはそんな体力もなく、いつもへとへとになった。それでも、だれも大っぴらに文句を言おうとはしなかった。当時、長男のンウォイェは十二歳だった。オコンクウォはこの子に怠け癖の兆候があるのを感じて、大きな不安に駆られていた。とにかく父にはそのように見えたため、ひっきりなしに小言を言ったり殴ったりして、息子を矯正しようとした。そのせいか、ンウォイェは、子どもながらに悲しげな表情を浮かべるようになっていった。

家のようすからしても、オコンクウォが成功者であることは、はっきりしていた。屋敷[19]は大きく、分厚い赤土の塀に囲われている。彼が暮らす主屋《オビ》は、赤い塀にひとつある入口のすぐ背後に立っていた。三人の妻はそれぞれ離れ家を持ち、この三つの離れがオビのうしろで半月形に並んでいる。納屋は赤い塀の端に建てられて、なかには立派なヤム芋がびっしりと山積みされている。屋敷のもう一方の端にはヤギ小屋があり、妻たちは各自の離れに雌鶏《めんどり》用の小さな柵を設けていた。納屋近くの小屋は「まじない小屋」、または社と呼ばれた。オコンクウォはここに自分の守り神[20]や祖霊をかたどった木像を祀っていた。コーラの実や食物、椰子酒を供えて崇拝し、自分と三人の妻、八人の子どものために祈りを捧げていたのだった。

こうして、ウムオフィアの娘がムバイノで殺されたために、イケメフナはオコンク

---

19 compoundを屋敷と訳した。周囲に塀をめぐらせた一家の複合住宅のことで、入口付近に男（家長）が暮らすオビ（主屋）が位置し、その奥に妻たちの離れ家がある。そのためオビは屋敷内に入る中継地点となる。

20 守り神は「チ」の訳語。チとはイボの宇宙観における重要な概念。誕生前にチュクウ（最高神。注53を参照）から各個人に割り当てられ、チュクウと人間を仲介して、個人の保護・監督を担う下位の神（霊的存在）と考えられる。生涯をとおして個人の成功や運を左右する。

ウォ一家のもとにやって来た。オコンクウォは少年を家に連れ帰ると、一番上の妻を呼んでこの子を託した。「こいつは一族のものだから、しっかり面倒を見るように」

「うちには長くいるの？」妻は聞き返した。

「言われたとおりにやれ」オコンクウォはそう怒鳴って、口ごもった。「お前はウムオフィアの長老《ンディーチェ》にでもなったつもりか」

そこで、ンウォイエの母は[21]イケメフナを自分の離れに連れていき、それ以上何も口出ししなかった。

イケメフナはといえば、ただただ恐れおののくばかり。自分になにが起こっているのか、いったい自分がなにをしたのか、まったくわからなかった。父親がウムオフィアの娘の殺害に絡んでいたなど、知る由《よし》もない。数人の男が家にやって来て、小声でなにやら父と話し、それが済むとイケメフナは外に連れ出され、よそ者に引き渡された。はっきりしているのはただそれだけ。母親は泣きじゃくっていたが、彼自身は驚きのあまり涙も出なかった。そうこうして、イケメフナともうひとりの少女は、よそ者に連れられ、寂しい森の道を抜け、故郷から遠く遠く離れたこの地へとやって来た。イケメフナは少女がだれであるのか知らなかったし、二度とその娘を見ることもなかった。

21 アフリカではこのように、女性が子どもの名を冠して呼ばれることが多い。

第3章

オコンクウォの人生は、たいていの若者のようには始まらなかった。オコンクウォは父親から納屋を受け継がなかった。そもそも、受け継ぐ納屋がなかった。ウムオフィアでは、父のウノカが、自分にはかくもみじめな収穫しかないのはどういうわけか、ひとつ見てもらおうと、丘と洞《ほら》の神託のもとへ出向いたことがもっぱら話題になった。

神託はアバラ[22]と言われ、遠くからも近くからも人が伺いを立てにやって来た。人びとは不運に悩まされたり、隣人との諍《いさか》いが起きたりすると、ここに来る。先行きがどうなるのか知りたくて、あるいは亡き父祖の霊に耳を傾けようと訪ねてくる者もいた。

社《やしろ》の入口は山腹に開いた丸い穴で、鶏小屋の穴よりわずかに大きいほど。礼拝に来る人や神の叡智を授かりに来る人は、腹這《はらば》いになってこの穴を抜け、アバラの御前、暗く果てしない空間に入っていく。巫女《みこ》以外に、だれもアバラを目にした者はいない。だが、このおどろおどろしい社の中に這っていった者は、必ずアバラの力に畏《おそ》れを抱いて出てきた。巫女は洞の真ん中におこした聖火のかたわらに立ち、神の思《おぼ》し召しを告げる。炎はあがっておらず、赤々とした丸太の残り火が、巫女の影をぼんやり浮かびあがらせているだけだった。

ときに、死んだ父親や親族の霊に伺いを立てに来る者もいた。霊が現れると、暗闇のなか、おぼろげにその姿は見えるが、決して声は聞けないという。霊が飛び上がって、洞の天井に翼がバタバタと打ちつけられる音が聞こえた、とまで言う者もいた。もうかなり前のことだが、オコンクウォがまだ幼かったころ、父のウノカはアバラのもとへ相談に行った。当時の巫女はチカという女だった。神の力をみなぎらせ、たいそう恐れられていた。ウノカは女の前に立ち、話を始めた。

22 アバラは神の名、その託宣もアバラと呼ばれる。前出の女を意味するアバラとは異なる。小説の描写は、アウカ（アチェベの母と妻の生地、現アナンブラ州都）に歴史上実在したアバラ神託に由来する。アバラがイボ社会に絶大な影響力を持っていたため、イギリス植民地当局は支配に支障をきたすと判断、一九〇五年の軍事侵攻（注93参照）の際に破壊された。

「毎年」とウノカは悲しげに切り出した。「どんな作物でも植え付けの前には必ず、大地の所有者アニに雄鶏《おんどり》を捧げております。ご先祖の習わしですからな。ヤム芋の神、イフェジオクのお社でも雄鶏を絞めていますよ。茂みを刈り込んで、枯れたら焼きます。初雨が降ったらヤムを植えますし、若い蔓《つる》が出てきたら、支柱でしっかり固定しています。雑草もちゃんと取ってますし――」

「口をつつしめ!」巫女は叫んだ。暗闇にこだまするその声は、身の毛もよだつほどだった。「お前は神々の怒りもご先祖の怒りも買っておらぬ。神々やご先祖との関係が良好であれば、豊作か不作かは腕の力にかかっておる。ウノカよ、お前が鉈《なた》と鍬《くわ》を扱えないのは、一族じゅうに知れ渡っておるぞ。隣人が斧《おの》を持って手つかずの森を切り開くというのに、お前は整地の手間がいらぬ荒れ果てた畑にヤムを植え付ける。隣人が農地を求めて七つの川を越えるというのに、お前は家にとどまり、嫌がる土壌に供物を捧げるだけ。さっさと帰って一人前の男並みに働くがよい」

　ウノカは不運な男だった。悪い守り神《チ》をもち、悪運が墓場まで、いや、墓はないから、死のときまでつきまとった。ウノカは大地の女神が忌《い》み嫌う腫物《はれもの》で死んだ。腹や手足に腫物ができると、家で死ぬことは許されない。悪霊の森[23]に運ばれ、置き去りにされて死を迎える。あるとき、ずいぶんしぶとい男がいて、よろめきながら家に戻ってきたので、また森に連れていって、木に縛りつけなければならなかったという。大地がこの病を嫌悪するため、罹患《りかん》した者をその懐へ埋めることはできないのだ。死んだら地上で朽ち果てるしかなく、一度目の埋葬も、二度目の埋葬も行われない。[24] それがウノカの末路であった。彼は笛を持ったまま、連れられていった。

ウノカのような父親がいたせいで、オコンクウォの人生はたいていの若い男のように始まらなかったのである。オコンクウォは納屋も、称号も、若い妻も受け継がなかった。ところが、そんな不遇な身でありながら、まだ父の存命中にも、栄えある将来に向けてしっかりと土台を築こうとしていた。遅々として進まず、つらい道だった。だがオコンクウォは、とりつかれたように仕事に打ち込んだ。そして事実、父がたどったような見下げはてた生き方や恥ずべき死にざまだけはまっぴらごめんだ、という恐れにとりつかれていたのだった。

23 イボ語の一方言でアジョーフィア。イボの伝統村落に特徴的な空間で、共同体の社会生活から切り離された悪霊や不吉な力が宿る禁忌の場。

24 二度目の埋葬（葬儀）とは、一周忌に行う音楽やダンスを伴った盛大な宴。

オコンクウォの集落には、大きな納屋を三つ、妻を九人、子を三十人持つ裕福な男がいた。名はンワキビエ、一族では二番目に高位の称号を得ていた。オコンクウォは最初の種芋を得るために、この男のもとで働いた。

オコンクウォは、椰子酒《やしざけ》の甕《かめ》と雄鶏[25]を持ってンワキビエを訪ねた。ご近所の老人二人が呼ばれ、主屋《オビ》にはンワキビエの成人した息子二人も同席した。主人はコーラの実とワニ胡椒《こしょう》を差し出した。一通りみなが目にするよう回され、最後に主人のもとに戻される。ンワキビエはコーラの実を割りながらこう唱えた。「われわれがみな生きながらえるように。生命と子孫、豊作と幸福がもたらされんことを。あなたがたの望みが叶えられ、わたしの望みも叶えられるように。トビに羽を休ませて、ハゲワシにも羽を休ませましょう。どちらかが承諾せぬ場合は、その翼を折らんことを」

オコンクウォはコーラの実を食べ終わると、家の隅に置いていた椰子酒を持ってきて、一座の中心に据えた。ンワキビエに「われらの父上《ンナーイィ》」と呼びかけた。

「ンナーイィ。このささやかなコーラの実をお持ちしました。偉大なる人物に敬意を払う者は、自らも偉大になる道を切り開く。一族ではそのように言われています。実を言いますと、あなたに敬意を表するとともに、お願いがあってまいりました。ですが、まず酒を飲みましょう」

みながオコンクウォに礼を言い、隣人たちは携えてきたヤギ皮の袋から角杯《かくはい》[26]を取りだした。ンワキビエも垂木に結わえてあった角杯を降ろした。一座のなかで最年少の下の息子が真ん中に進み出て、左膝の上に甕を載せて酒を注《つ》ぎ始める。まずはオコンクウォが、持参した酒の味を見る必要がある。そして最年長の者から飲んでいった。全員が二、三杯飲んだところで、ンワキビエは妻たちを呼びにやった。家を留守にしている者もいたので、四人だけがやって来た。

「アナシはおらんのか」ンワキビエは妻たちに訊いた。もうすぐ来ます、との返答。アナシとはンワキビエの第一妻で、他の妻たちは彼女を差し置いて先に酒を飲めない。女たちは立ったままで待つことになった。

アナシは中年の女で、背が高く、がっしりした体格をしていた。物腰には威厳があ

25　高価な贈答品。
26　牛の角《つの》を用いた飲酒器。

り、まさしく裕福な大所帯の女主人といった風格。そして第一妻だけの特権、夫の称号を示すアンクレット[27]をつけていた。

アナシは夫のもとへ歩み寄り、角杯を受け取ると、片膝をついて酒を少し口にふくんで、杯を夫に返した。それから立ち上がって夫の名を呼び、離れへ戻っていった。他の妻たちも、いつもの順で同じように飲み、その場を後にした。

一方、男たちは酒と談笑を続けた。オブエフィ・イディゴが、突然商売をやめてしまった椰子酒造り[28]のオビアコのことを話題にした。

「なにか裏があるはずだ」そう言って、左手の甲で口ひげについた泡をぬぐった。「理由があるにちがいない。ヒキガエルが日中にわけもなく走ったりせんからな」

「椰子の木から落ちて死ぬ、とご神託で警告を受けた。そう言う者もおるがね」アクカーリアが言った。

「まあ、オビアコはずっとおかしなやつだったからな」とンワキビエ。「ずっと昔、父親が死んで間もないころ、ご神託に伺いを立てに行った。するとこう告げられたそうな。『お前の亡き父はヤギを捧げ物に望んでおる』それでやつがなんと答えたかわかるかい。『生きていたときに鶏の一羽も飼っていたのか、と亡き父に言ってください』だとさ」みな腹を抱えて大笑いした。ただオコンクウォだけがぎこちなく笑った。俗に言われるように、干からびた骨がことわざに出てくると、老女はきまって不安になる。[29] オコンクウォは父のことを思い出したのだ。

ほどなく、酒を注いでいた青年が、ねっとりとした白い澱《おり》が半分入った角杯を持ち上げて言った。「酒はこれで終わりです」。「了解、了解」一同が応えた。「だれか澱を飲む人は」と彼がたずねる。するとイディゴが「だれにせよ、夜のおつとめがあるやつがいいんじゃないか」と言って、いたずらっぽく目を光らせ、ンワキビエの上の息子、イグウェロを見た。

みな、イグウェロが澱を飲むべきだ、と口をそろえた。彼は弟から半分入った角杯

27 ビーズ製のアンクレットで、称号者の夫を持つ第一妻が身につける。
28 ロープを用いて椰子の木の上まで登り、樹液を採取する職人。危険な作業で、ときに落下して死に至る。
29 「干からびた骨」を持つ老人は、たとえ異なる文脈であったとしても、その語を耳にすると目の前に迫る死を思い出して不安になる。会話のなかで直接自分のことが言われているわけではなくても、自らの境遇を連想させることが言われると、当人は居心地が悪くなるという意味。

を受け取り、飲み干した。イディゴが言ったように、イグウェロにおつとめがあるのは、ほんの一、二カ月前に最初の妻をもらったばかりだったからだ。どろりとした酒の澱は、妻のもとへ行く男に効果があると考えられていたのである。

酒が終わると、オコンクウォはンワキビエに問題を切り出した。

「実は、助けていただきたくてまいりました」オコンクウォはそう話し出す。「たぶんもうおわかりでしょう。農地を開墾したはいいのですが、わたしには種芋がありません。ヤム芋を託していただくよう願い出るのが、どういうことか承知しています。とくに近ごろの若者は、重労働を嫌がりますからね。もちろん、わたしは違います。トカゲが高いイロコの木[30]から地面に飛び降りて、だれも誉めてくれないのなら自分で讃えたい、と言ったとか。たいていの男がまだ母親の乳を吸っている年ごろに、わたしは自力で歩み始めました。種芋を分けていただければ、絶対にご期待を裏切りません」

ンワキビエは咳払《せきばら》いをした。「お前のような若者を見るのは実に喜ばしい。近ごろの若い衆は軟弱だからな。若いやつらが大勢、ヤム芋をくれと言いに来たが、ぜんぶ断ったんだよ。土のなかに芋を投げ込むだけで、雑草にやられるがまま放っておくのは目に見えておったからな。わしがだめだ、と言うと、薄情だと思われる。だがそうじゃない。鳥のエネケ[31]は言う。人間が的を外さず撃つようになったから、自分は羽を休めず飛ぶすべを身につけた、とな。わしだってヤムを惜しむことを学んだのさ。だがお前は信頼できる。それくらいお前を見ればわかる。ご先祖さまは、ひと目見ただけで熟したトウモロコシの見分けがつく、と言ったもんだ。お前に四百の二倍、八百個の種芋をやろう。さあさあ、畑の準備をするんだ」

オコンクウォは何度も何度も礼を言い、気分よく家に戻った。断られることはないとわかっていたが、ンワキビエがここまで気前がいいとは思いもよらなかった。四百以上もの種芋をもらえるなど、予想だにしていなかったのだ。こうなったら、もっと大きな農地を作らないとな、とオコンクウォは思った。あと四百個はイシウゾにいる父の友人からもらい受けようと考えた。

小作をして自分の納屋を築くには、相当な時間がかかる。どんなにあくせく働いても、手にするのは収穫のたった三分の一どまり。しかし父にヤム芋の蓄えがないよう

30 大きく高い木で、アフリカの代表的な樹種。
31 ツバメの一種。

な若い男には、他にすべがなかった。それにオコンクウォの場合、なお悪いことに、なけなしの取り分で母と二人の妹を扶養しなければならなかった。母の面倒をみるということは、父の面倒をみることでもある。父がひもじくしているのに、母が自分だけ料理して食べるなどできるはずもない。そういうわけで、オコンクウォはかなり若いころに、はやくも小作をやって納屋を築こうと必死の思いで働き、一家まるごと養ってもいた。まるで、穴だらけの袋にトウモロコシの粒を流し込んでいるようだった。母と妹たちも懸命に働いていたが、ココヤムや豆類、キャッサバ[32]など、女向けの作物を育てていた。ヤム芋とは作物の王、まさしく男が担う作物だった。

　オコンクウォがンワキビエから種芋八百個を譲り受けた年は、記憶に残るなかでも最悪の年となった。しかるべき時期に事が起こらず、なんでも早すぎるか、遅すぎるかのどちらか。世界が狂ってしまったようだった。初雨はなかなか降らず、やっと降り出したと思ったら、つかの間続くだけ。灼熱の太陽が戻り、かつてないほど強烈に照りつけ、雨で芽吹いた緑をすべて枯らしてしまった。土は熱した石炭のように熱く、植え付けたヤムを焼き尽くした。分別のある農民なら必ずそうするように、オコンクウォも初雨と同時に植え付けを始めた。しかし四百個の種芋を植え付けた後に、雨が上がって暑さがぶり返した。オコンクウォは、雨雲がやってくる気配がないか、日がな一日空を見上げ、夜じゅうまんじりともせずにいた。朝になると畑に出かけ、しおれた蔓を眺めた。分厚いサイザル麻の葉で囲いを作って蔓を覆い、燃えるような土の熱気からなんとか守ろうとした。ところが一日の終わりには、サイザル麻の囲いも日に焼けて、からからの灰色になっていた。彼は毎日それを取り替えて、夜には雨が降らんことを祈った。だが、日照りは八週間続き、結局、ヤム芋は全滅してしまった。

まだヤムの植え付けを始めていない農民もいた。彼らは怠け者でのんびり屋、いつもできる限り整地を先延ばしにするような輩《やから》である。しかしこの年には、こうした連中が賢明だということになった。彼らは何度も首を振りながらご近所さんに同情したが、実は自分たちには先見の明があったと考え、内心ほくそ笑んでいた。

ついに雨が戻ってくると、オコンクウォは残りの種芋を植え付けた。彼にはひとつ

32 ココヤムはタロイモともいい、サトイモ科の一種。キャッサバは熱帯で栽培される長細い形状の芋。

救いがあった。日照りの前に植え付けたヤムは、前年の収穫のストックだったのだ。ンワキビエからもらった八百個と父の友人からもらった四百個は、まだ残っていた。そこで、最初から出直そうということになった。

しかしこの年はたしかに狂っていた。かつてないほどの土砂降りになった。いく日となく、いく晩となく、滝のように激しい雨が降り、大量のヤムがごっそり流されてしまった。木々は根こそぎになり、あちこちに深いくぼみができた。そのうち雨の勢いはおさまったものの、来る日も来る日も休みなく降り続けた。それに、雨季の最中にもきまって晴れ間がのぞくものだが、今回ばかりはそれもなかった。ヤムは青々とした葉を生い茂らせていたとはいえ、日光がなければ芋が育つはずもないことなど、農民ならだれでもわかっていた。

この年の収穫は、葬式のように陰気なものとなり、たくさんの人が惨《みじ》めに腐ったヤム芋を掘り起こして泣いた。ある男など、着ていた布を木の枝にくくり付けて首を吊《つ》った。

オコンクウォは生涯とおして、この悲惨な年を思い出すと、身震いせずにはいられなかった。のちにこのときのことを考えるたび、よくも絶望の淵に沈んでしまわなかったものだと驚嘆した。自分は猛々《たけだけ》しい戦士だと思っていたが、あの年の経験は、ライオンの心をも打ち砕くほど酷いものであった。

「あの年をやり過ごしたのだから、なんだって乗り越えられる」彼はいつもそう言ったのだった。そして自分には断固たる意志があるからだと考えた。

父親のウノカは当時病を患っており、あの散々だった収穫の月に、オコンクウォをこんなふうに諭した。「そう絶望するな。お前は絶望したりするもんか。お前は雄々《おお》しく誇り高い心を持っている。誇り高き心は、よくある失敗など乗り越えられる。そんな失敗など、プライドをちくりと刺しもしないさ。自分だけが失敗するときこそ、もっと困難でつらいもんだ」

晩年、ウノカはそんな調子だった。年をとって、病に伏せるとともに、話好きが高じていった。それがまた、いかんともし難くオコンクウォをいらだたせたのだった。

第4章

「王の口を見て、かつてこの人も母の乳を吸っていたなどと、だれも思いはしない」ある老人が言った。貧しさと不幸のどん底から這《は》い上がり、突如として一族の有力者にまでのしあがった、オコンクウォのことを話していたのだ。老人はオコンクウォに悪意があったわけではない。むしろ、彼の勤労と成功に敬意を払っていた。だが、たいていの人のように、オコンクウォがうだつのあがらない者を相手にするやり方があまりにぞんざいだったので、呆気《あっけ》にとられていた。つい一週間ほど前、次の先祖慰霊祭を話し合う親族会議の席で、オコンクウォに反論した人物がいた。オコンクウォはこの男を見ようともせず言った。「この会議は男のものだ」オコンクウォに食ってかかった男には、称号がなかった。そういうわけで、女と言ったのである。オコンクウォは男の意気を挫《くじ》くすべを心得ていた。

オコンクウォがオスゴを女呼ばわりしたとき、会議の出席者は残らずオスゴの肩を持った。この場の最年長者が厳しく戒めた。情け深い精霊に椰子《やし》の実を割ってもらった者は、つねに謙虚でなければいけない、と。オコンクウォは自分の発言を詫《わ》び、会議が続けられた。

けれども、オコンクウォが椰子の実を情け深い精霊に割ってもらったというのは、正しくない。オコンクウォは自力で実を割ったのだ。貧困と不運を乗り越えようと、オコンクウォがどれほど厳しい闘いに挑んできたか知る者なら、彼が幸運だったなどとは決して言えない。成功に値する者がいるとすれば、まさにオコンクウォこそ、その男。若いころには、この地方一帯の最強レスラーとして名を馳せた。これは運ではない。せいぜい、良い守り神《チ》を持っていたと言えるくらいだろう。だが、イボの人びとにはこういうことわざがある。人がよしと言えば、そのチもよしと応える。オコンクウォが非常に力強くよしと言ったので、彼のチも認めたのだ。それにチだけではない。一族も彼を認めた。というのも、一族では、その手で成し遂げた功績によって人が判断される。だからこそ、オコンクウォは九つの集落に選ばれて、ウドの妻を殺害した償いに若者と処女を差し出さなければ戦争が起きる、という通達を敵方へ届ける役割を担ったのである。敵方はウムオフィアをたいそう恐れていたので、オコンクウォを王のようにもてなし、ウドの妻になる処女とイケメフナという少年を引き渡したのだった。

一族の長老たちは、当面イケメフナをオコンクウォのもとに預ける決定をした。しかし、それが三年にもなろうとは、だれも思わなかった。長老たちは決定を下すと、すぐさま少年のことを忘れてしまったかのようだった。

はじめのうち、イケメフナはびくびく怯《おび》えてばかりいた。一度や二度、逃げ出そうとしたが、どうすればいいのかもわからない。母親と三歳の妹のことを考えては、泣きじゃくっていた。ンウォイェの母はイケメフナにとてもやさしく、わが子のように面倒をみた。だが彼は「いつ家に戻れるの？」と繰り返すいっぽう。オコンクウォは、この子が食べ物を受け付けないと聞きつけて、大きな棒きれを手に離れへ来た。そしてイケメフナが震えながらヤムを飲み込むのを側《そば》でじっと見ていた。ほどなくして、イケメフナは家の裏に行き、苦しそうにもどし始めた。ンウォイェの母は彼に寄り添い、胸や背をさすった。結局、イケメフナは三週間伏せっていたが、回復したときには、底知れぬ恐怖と悲しみを乗り越えたように見えた。

彼はもともと非常に快活な少年であったから、次第にオコンクウォの家でも、とくに子どもたちのあいだで、人気者になっていった。二歳下のオコンクウォの息子、ンウォイェなど、イケメフナがなんでも知っているように見えて、片ときも離れられないほどの愛着が芽生えた。イケメフナは、竹やチカラシバ[33]からも笛を作ることができた。鳥の名前をぜんぶ知っていて、茂みのネズミを捕まえる罠を巧みに仕掛けることもできた。それに、どの木を使えば一番強い弓になるかもわかっていた。

オコンクウォでさえも、この子をたいへん気に入っていた――もちろん、心の中での話だが。オコンクウォは怒るとき以外に、おおっぴらに感情を見せたりしない。愛情を見せるのは弱さの表れ、はっきり示すに値するのは強さだけだ。だから、イケメフナに対しても、他の者とわけへだてなく、つまり厳しく接した。だが明らかに、オコンクウォはこの子が好きだった。村の大きい会議や地域の先祖慰霊祭があると、まるで息子のようにイケメフナに付き添わせて、腰掛けやヤギ皮の袋を持たせたりした。そしていかにも、イケメフナは彼を父さん、と呼んでいた。

33 エレファント・グラス。アフリカ原産、イネ科の多年草。

イケメフナがウムオフィアに来たのは、収穫と植え付けの合間ののんびりした時期がそろそろ終わるころだった。それも彼が病から回復したのは、ちょうど平和週間が始まるほんの数日前のことだ。この年といえば、オコンクウォが平和を破ったせいで、慣習にならい、大地の女神に仕える祭司エゼアニから罰を受けた年でもあった。

オコンクウォは正当な理由で、一番年下の妻に激怒した。髪を編んでもらいに友人の家へ行ったのだが、午後の食事の支度に間に合う時間に戻らなかったのである。オコンクウォは、はじめ、この妻が家にいないことに気づかなかった。待てども食事が運ばれてこないので、妻の離れにどうしているのか見に行った。するとそこにはだれもおらず、炉は冷たいままだった。

「オジウゴはどこだ」オコンクウォは二番目の妻に聞いた。ちょうど彼女は自分の離れから出てきて、屋敷の真ん中にある低木の陰で、大きな甕《かめ》から水を汲《く》んでいるところだった。

「髪を編みに行ったわ」

怒りがこみあげ、オコンクウォは唇を噛《か》んだ。

「子どもたちはどこにいる。あいつと一緒か」オコンクウォは珍しく冷静に、感情を押し殺して訊いた。

「子どもたちならここにいますよ」そう答えたのは、第一妻のンウォイェの母である。オコンクウォは身をかがめて、彼女の離れを覗《のぞ》き込んだ。たしかにオジウゴの子どもたちが、第一妻の子どもと一緒に食事をしていた。

「出かける前に、子どもの飯を頼んでいったのか」

「そうよ」ンウォイェの母は嘘を言って、オジウゴの軽率な行為をなるべく小さく見せようとした。

オコンクウォには、妻が本当のことを言っていないとわかっていた。主屋《オビ》に戻って、オジウゴの帰宅を待った。そして帰ってくるなり、ひどく殴った。オコンクウォは怒りのあまり、平和週間であることを忘れてしまっていた。一番目と二番目の妻が、これは一大事とばかりに飛び出し、神聖な週だから、と夫に哀願した。しかしオコンクウォは、途中で殴るのをやめたりするような男ではない。たとえ女神を恐れていようが、止まらなかった。

オコンクウォの隣人たちが妻の泣き声を聞きつけて、屋敷の塀ごしに、何事かと呼びかけた。なかには、自分の目で確かめようとやって来る者もいた。聖なる週に人を殴るなど、聞いたこともなかったのだ。

夕暮れ前、大地の女神アニの祭司エゼアニが、オコンクウォのオビを訪ねた。オコンクウォはコーラの実を持ってきて、祭司に差し出した。

「コーラを片づけなさい。神々やご先祖に敬意を払わんようなやつの家で、食いたくもないわ」

オコンクウォは妻の行為を説明しようとしたが、エゼアニはまったく気にも留めていないようだった。エゼアニは短い棒を握り、要点を強調しようとして床をたたいた。

「よく聞きなさい」祭司は、オコンクウォが話し終わるとこう言った。「お前はウムオフィアでよそ者ではないのだ。お前も、わたしも、作物を土に植える前の一週間は、隣人に酷《ひど》い言葉を吐いてはならない、と父祖たちが定めたことを知っている。われわれは仲間と平和に過ごして、偉大なる大地の女神を讃えるのだ。大地の女神の祝福がなければ、作物は育たない。お前はたいへんな過ちを犯した」エゼアニは棒を床にたたきつけた。「お前の妻は悪い。しかし、たとえお前がオビに戻って、妻の上に愛人が覆いかぶさっているのを見たとしても、妻を殴ったりすれば、大きな間違いを犯したことになる」また棒をたたきつけた。「お前の過ちで、一族まるごと破滅するかもしれんのだぞ。お前が侮辱したせいで、大地の女神は作物を授けてくださらないかもしれん。そんなことになったら、われわれは滅びてしまう」祭司の口調は怒りから命令に変わった。「明日、アニの社《やしろ》に雌ヤギ一頭、雌鶏《めんどり》一羽、相応の長さの布、そして百カウリーを持ってくるのだ」エゼアニは立ち上がり家を出ていった。

オコンクウォは祭司に言われたとおりにした。それにくわえて、椰子酒の甕も持っていった。オコンクウォは心ひそかに悔やんでいた。さりとて、自分が間違っていたなどと隣人に言ってまわるような性分ではない。それで人びとは、オコンクウォが一族の神々を軽んじている、と口ぐちに話した。彼と敵対する男たちは、あいつは幸運のあまり慢心してしまったんだ、などと噂した。そのうえ、まるでたらふく食って身のほどを忘れ、自分のチに逆らった小さな鳥《ンザ》だ、とまで言ったのだった。

平和週間に労働は行われない。人びとはご近所を訪ねて、椰子酒を飲む。この年は、オコンクウォの犯した大地への罪《ンソ・アニ》の話題でもちきりだった。久しく、この聖なる平和を破った者がいなかったからである。最高齢の老人たちでさえ、遠い過去に一、二度あったくらいだと、おぼろげに思い出せる程度だった。

集落で最年長のオブエフィ・エゼウドゥは、訪ねてきた男二人に、一族のあいだで、アニの平和を破った際の罰がずいぶんと生ぬるくなったと語った。

「こんな生易しいもんではなかった。父が聞いたという話だが、その昔、平和を破った男は村じゅう死ぬまで引きずりまわされたそうだ。だが、しばらくしてこの慣習はなくなった。平和を守るどころか、平和を損ねてしまうからの」

「昨日聞いた話ですが」年下の男が言った。「よその一族では、平和週間に死ぬのは忌まわしいのだとか」

「まことそのとおり」オブエフィ・エゼウドゥは言った。「オボドアニでは、そういう習わしがある。この時期に死んだら、埋葬されずに悪霊の森に放り出される。こんな悪習に従うなんぞ、理解が足りんからだ。男も女も大勢、埋めずに捨て置いたりして。それでどうだ。あの一族は、埋葬されない死者の悪霊であふれかえっておるわ。生きている者に危害を加えようとしてな」

平和週間の後、男たちはみな家族とともに、茂みを刈って新しい農地の準備を始めた。伐採した低木は枯れてから火をつける。空に煙が昇っていくと、あらゆる方角からトビが飛んできて、燃え上がる野の上空を旋回し、無言でいとまごいをする。雨季が近づくと、トビは乾季がまた巡ってくるまで、遠くへ飛びたっていくのだった。

オコンクウォは、それから数日かけて、種芋の準備に取りかかった。すべてのヤムを入念に点検して、植え付けられるかどうか選《え》り分ける。そのまま植えるには大きすぎると思ったら、鋭いナイフを使って手際よく縦に割っていく。長男のンウォイェとイケメフナは、長いかごにヤム芋を入れて納屋から運び出し、選り分けた種芋を数えて、四百ずつにする手伝いをした。オコンクウォは、二人にいくつか種芋を託して準備させてみた。だが、必ず彼らのやったことにけちをつけ、脅かすように言った。

「お前は、料理用にヤムを刻んでいるとでも思ってるのか」オコンクウォはンウォイェをとがめた。「今度こんな大きさに切ったりしたら、顎《あご》を割ってやる。お前は自分がまだ子どもだと思ってるんだろう。俺はお前の年で畑を始めたんだぞ。それから、お前」と、イケメフナに向かった。「お前の故郷ではヤムを作らんのか」

オコンクウォは内心、この子たちはまだ、種芋の準備に必要な難しい技術をしっかり身につけられる年になっていないとわかっていた。とはいえ、早く始めるに越したことはない、とも考えていた。ヤムは男らしさを表す。収穫のたびにヤムで家族を養える男こそ、まさしくたいした男である。オコンクウォは息子を立派な農民に、そして立派な男にしたかった。すでに息子には不穏な怠け癖の兆しがあるように見えたが、そんなものはぜんぶ踏みつぶしてやると固く心に誓っていた。

「一族が集まるおりに、堂々とできない息子などいらん。いっそのこと、この手で絞め殺してくれるわ。そんな目で俺をじろじろ見て突っ立っていたら、アマディオラ[34]がお前の首をへし折るぞ」オコンクウォはそう毒づいた。

　数日後、二、三度の大雨で土が水分を含むと、オコンクウォと家族は、種芋のかご、鍬《くわ》と鉈《なた》を持って畑に向かい、植え付けを始めた。畑一面、何本も直線状に畝《うね》を作り、その中にヤム芋を植えていった。

　作物の王であるヤム芋は、実に手間のかかる王である。三、四カ月のあいだは、雄《おん》鶏《どり》が鳴いてから雛《ひな》がねぐらに戻るまで、重労働と付きっきりの注意が必要になる。若い蔓《つる》が出たら、土壌の熱から守るために、サイザル麻の葉で覆わなくてはならない。雨が激しくなると、女たちがヤムの畝のあいだに、トウモロコシや瓜《うり》、豆類を植える。その後、最初は小枝で、のちには大きく長い枝で、ヤムに添え木をする。そして、女たちはヤムの栽培中、決まった時期に三度、畑の雑草を取る。それが早すぎても、遅すぎてもいけない。

いよいよ本格的に雨が降り出し、あまりに激しく、しつこく降ると、村の雨乞い師ですら、もはやどうにもならないと言うしかなくなる。こうなったら、まさか乾季のただなかで雨を呼び起こそうとしないのと同じで、雨を止めようなどとすると、必ずや自らの身を大きな危険にさらしてしまう。極端な天候の威力に対抗するにはとてつもなく巨大な力が必要であり、人間の体ではとうてい受け止めきれないのである。

そういうわけで、雨季の最中には、自然の摂理に抗うことなどできない。ときに、すさまじい豪雨に見舞われ、灰色の雨のなか、大地と空が一体となっているように見えることもあった。この状況では、アマディオラの低くとどろく雷鳴が、上下どちらから聞こえてくるのかはっきりしない。そんなおりには、ウムオフィアじゅう、どこの草ぶき屋根の家でも、子どもたちは母親が料理をする炉のまわりに座って物語を語ったり、主屋《オビ》で父親と一緒に炉から暖を取り、トウモロコシを焼いて食べたりしていた。つらく厳しい植え付けの時期と、同じように厳しいが、楽しくもある収穫月の

34 雷の神。

あいだの、わずかな休息期間だった。

イケメフナは、オコンクウォの家族の一員のように感じ始めていた。あいかわらず母親と三歳の妹のことを思い出して、悲しく憂鬱《ゆううつ》になることもあった。しかしンウォイェと大親友になってからというもの、そういう時間も次第に減り、つらさも和らいでいった。イケメフナは、数限りない昔話を知っていた。すでにンウォイェが知っている話でも、イケメフナが語ると新鮮な感じがしたし、他の一族が持つその地方独特の趣《おもむき》を帯びるのだった。ンウォイェは生涯にわたり、この時期のことを鮮明に記憶していた。所々にしか粒がないトウモロコシの本当の名前は老女の歯《エゼ・アガディ・シワイィ》というんだ、とイケメフナが言ったとき、どれほど大笑いしたかということさえ覚えていた。ンウォイェはすぐに、ウダラの木[35]の近くに住んでいるシワーイェケのことを考えたのだった。この老女は、歯が三本ほどしかなくて、いつもパイプをふかしていたのだ。

次第に雨が小降りになり、まばらにもなってくると、ふたたび大地と空は離れていった。日が差し、穏やかなそよ風が吹くなか、こぬか雨が斜めに舞った。子どもたちはもう家に閉じこもるのをやめて表を駆けまわり、こんな歌を歌った。

雨が降っている、太陽が照っている
ンナディはひとりぼっちで料理して食べている

ンナディとはだれなんだろう、どうしてひとりきりで暮らして、料理して、食べているんだろう、とンウォイエはいつも首をかしげていた。だが最後には、きっとンナディという人は、イケメフナのお気に入りの物語に出てくるあの場所、蟻《あり》が見事な王宮を構え、砂が永遠に踊り続けるという場所[36]に暮らしているにちがいないと考えたのだった。

35　西アフリカの樹木。熟すと黄色か赤色になる卵ほどの大きさの甘い果実をつける。
36　注52を参照のこと。

第5章

新ヤム収穫祭[37]が近づき、ウムオフィアはお祭り気分に包まれた。大地の女神、豊穣の源泉であるアニに感謝を捧げる行事だ。アニこそがどの神々にもまして、人びとの暮らしに大きく関わっている。日ごろの行いと道徳に最終審判を下すのもこの女神。さらには、亡骸《なきがら》を大地に捧げた一族の父祖たちと親しく交流してもいる。

新ヤム祭は、毎年収穫が始まる前に、大地の女神と一族の祖霊を讃えるために開かれる。新ヤムは、まず神や霊に捧げてからでないと食べられない。男も女も、老いも若きも、新ヤム祭を待ち望んだ。豊穣の季節、つまり新年の始まりを告げる行事であるからだ。収穫祭の前夜、旧年のヤム芋の残りがあればすべて処分する。新年は味が良く、新鮮なヤム芋で始めなければならない。前の年のしなびた、筋っぽいものではだめなのだ。料理鍋、ひょうたん、木の器、とくにヤムをつく木臼《きうす》は、すべてしっかりきれいに洗われる。祭りのメイン料理はヤム芋のフフと野菜スープ。[38] ものすごい量を準備するので、家族がどれほどたくさん食べようと、近隣の村からどれほど友人や親戚を招こうと、一日の最後には食べ物があり余ってしまう。それでいつもこんなことが言われた。裕福な男が客人の前にうずたかくフフを盛るので、こちらからは向こうで起きていることがまったく見えない。夜も更けてきたころ、客人のひとりは、親類が食事の最中にやって来て、向かいに座っていたことに初めて気づいた。二人はそのときようやく挨拶を交わし、残り物の山の上で握手をした——。

このように、新ヤム収穫祭はウムオフィアじゅうを喜びに包む行事であった。そして、イボ人がよく言うように、拳の強い男ならだれでも、あちこちからたくさんの客を招くもの、と期待される。オコンクウォはいつも妻たちの親戚に声をかけていた。いまでは三人の妻がいるので、客の数も相当膨れ上がりそうだった。

しかしオコンクウォは、たいていの人とは違って、どうもお祭り騒ぎが好きになれ

37 イボ語でイワ・ジ、字義どおりには「ヤム芋を食する」の意味。雨季の最後に開かれる祭りで、収穫期の終わりと次の農耕サイクルの始まりを象徴し、収穫の感謝を神と先祖に示す。

38 ヤム芋をゆでて木臼と杵《きね》でつき、餅状にしたもの。本文中の「ヤム芋餅」もヤム芋のフフのこと。

なかった。彼はよく食べるし、かなり大きなひょうたん一、二本分の椰子酒《やしざけ》を空《から》にできる。だが、来る日も来る日もぶらぶら過ごして、ただ収穫祭の日を待ったり、無事やり遂げたりすることに、いつも居心地の悪さを感じていた。オコンクウォには、畑に出て働いているほうがよっぽど幸せな時間だったのである。

収穫祭は三日後に迫っていた。オコンクウォの妻たちは、光がキラキラ反射するまで塀と家を赤土で磨きあげた。そして、そこに白、黄、深緑で模様を描いた。次にカムウッド39で自分たちの体を塗りあげ、腹や背にはうつくしい黒い模様をつけていく。子どもたちもめかしこんで、とりわけ、髪の毛をきれいな模様に刈り込んだ。三人の妻は招待した親類のことを夢中になって話し、子どもたちはというと、母の故郷から来る客人に甘やかしてもらえると思って大喜びする。イケメフナも同じく胸を躍らせていた。ここの新ヤム祭は、故郷のものよりずっと大きな行事みたいだった。それに彼の想像のなかで、故郷は次第に遠く、ぼんやりとしたものになりつつあった。

そうこうしているうちに、嵐が吹き荒れた。オコンクウォは怒りを押し殺し、屋敷のなかをぶらぶらと歩きまわっていたが、とたんに捌《は》け口を見つけたのだった。

「このバナナの木を枯らしたのはだれだ」

たちまち、屋敷じゅうが静まりかえった。

「だれがこの木を枯らした、と訊いてるんだ。どいつもこいつも、お前らには耳も口もないのか」

実を言うと、木はしゃんとしており、オコンクウォの二番目の妻が、食べ物を包むのに二、三枚葉を採っただけだった。彼女が自ら、そう釈明した。しかしオコンクウォはそれ以上聞く耳を持たず、妻を容赦なく殴りつけ、ひとり娘ともども泣かせてしまった。あとの二人の妻たちは間に入る勇気もなく、かなり離れた場所から、何度かためらいがちに「もういいでしょ、オコンクウォ」となだめるしかなかった。

こうして鬱憤も晴れたので、オコンクウォは狩りに出かけることにした。オコンクウォは錆《さ》びついた古い銃を持っていた。うんと昔にウムオフィアで暮らすようになった、腕の良い鍛冶屋《かじや》に作ってもらったものだ。たしかにオコンクウォはたいした男で、彼の武勇はだれもが認めるところだったが、狩りに関しては素人《しろうと》だった。それどころかネズミ一匹、銃で仕留めたことがなかった。そういう事情もあり、オコンクウォが

39 西アフリカ原産の低木、赤茶色の染料がとれる。

イケメフナに銃を取ってくるよう言いつけると、たったいま殴られた妻は、銃なんて使ったこともないのに、とかなんとかぼそぼそつぶやいた。なんと不運にも、これがオコンクウォの耳に届いてしまった。オコンクウォは狂ったように走って部屋に入り、弾の入った銃を手に取ったかと思えば、また飛び出して、納屋[40]の低い囲いを乗り越えようとしていた妻に銃口を向けた。引き金を引くと、けたたましい銃声がして、同時に妻たちと子どもたちの絶叫する声が響きわたった。オコンクウォが銃を放り出して囲いのなかに飛び込むと、妻は怯《おび》えてガタガタ震えているものの、まったく無傷の状態で倒れていた。それを見て深いため息をつき、銃を持ってその場を離れた。

こんな事件があったというのに、オコンクウォの家では、新ヤム収穫祭が大きな喜びとともに迎えられた。当日の早朝、オコンクウォは新芋と椰子油をご先祖に捧げて、新年にあたり、自分ならびに子どもたちとその母たちにどうかご加護を、と祈願した。時間がたつにつれ、周辺の三つの村から妻の親戚が到着し、どの一行も大きな椰子酒の甕《かめ》を携えてきた。そして、飲み食いがひとしきり続き、夜になるとようやく親戚は帰途につくことになった。

新年二日目は、オコンクウォの集落と隣の集落がレスリング大会を開催する日であった。宴会を開いて親睦を深める初日、レスリングのある二日目、どちらが楽しみなのかは、なかなか言い難いものがある。ただ、その答えがはっきりしている女がいた。オコンクウォの二番目の妻エクウェフィ、危うく撃ち殺されそうになったあの女である。エクウェフィには、年中どの季節の祝祭をとっても、この試合ほど楽しみにしているものはない。ずいぶん前のこと、彼女が村随一の美女と評判だったころ、オコンクウォは、あの記憶に残る大勝負で「猫」を投げ飛ばして、彼女の心を射止めたのだった。とはいえ、エクウェフィはオコンクウォと結婚できなかった。当時のオコンクウォは貧しく、婚資を払えなかったのだ。しかし数年後、彼女は夫のもとを逃げ出し、オコンクウォと一緒に暮らし始めた。これもぜんぶ昔の話。そんなエクウェフィももう四十五歳、人生でかなりの苦労も経験していた。だが、レスリング大会に関しては、三十年前と変わらぬ大きな情熱を持っていた。

新ヤム収穫祭の二日目、まだ正午にもなっていなかった。エクウェフィとひとり娘

40　納屋と訳しているのは、ヤム芋を竹などに縛りつけて高く積み上げている場所のこと。家畜や子どもの侵入を防ぐために、周囲には低い壁が張りめぐらされている。

のエズィンマは、炉のそばに座って鍋の湯が沸くのを待っていた。エクウェフィが絞めたばかりの鶏は、木臼に入っている。ぐらぐら煮えたってくると、エクウェフィは手際よく鍋を火から下ろして、沸騰した湯を鶏にかけた。そして空の鍋を部屋の隅にある丸い台の上に置くと、煤《すす》で真っ黒になった手のひらを見た。エズィンマは、母が素手で炉から鍋を持ち上げるのを見ていつも驚いた。

「エクウェフィ、大人になると、やけどをしなくなるってほんと？」エズィンマは普通の子どもと違って、母を名前で呼んでいた。

話している暇がないので、エクウェフィは「そうよ」とだけ言った。娘はまだ十歳だったが、年齢以上に聡明な子だった。

「でも、このあいだ、ンウォイエの母さんは、熱いスープの入った鍋を床に落っことして、割っちゃった」

エクウェフィは臼のなかで鶏を転がしながら、羽根をむしり始めた。

「エクウェフィ、まぶたがぴくぴくしてるよ」エズィンマは、母と一緒に羽根をむしりながら言った。

「泣きそうになってる、ってことね」と母が言う。

「ちがうよ。こっちのまぶた、上のほうの」

「というと、なにかが見られる、ってことかしら」

「なにが見られるの」

「母さんにわかるわけないでしょ」エクウェフィは娘に自力で考えさせたかった。

「えーっと」エズィンマはほどなくして言った。「わかった、レスリング大会だ」

鶏の羽根はようやくきれいにむしられた。エクウェフィは硬いくちばしを引き抜こうとしたが、これがなかなか手ごわい。腰掛けに座ったまま向きを変え、くちばしを少し火であぶってみた。もう一度やってみると、今度はうまくいった。

「エクウェフィ！」他の離れから声がした。ンウォイェの母、オコンクウォの第一妻だった。

「わたしのこと？」エクウェフィが返事をした。屋外からの声に応えるときには、こんなふうに言う。悪霊が呼んでいるといけないので、はい、とは決して言わないのだ。

「エズィンマに火を持ってこさせてくれない？」彼女の子どもたちとイケメフナは、小川に行っていた。

エクウェフィが火のついた石炭を割れた鍋に入れ、エズィンマが掃除の行き届いた中庭をとおって、ンウォイェの母のところまで持っていった。

「ごくろうさん、ンマ」彼女は新芋の皮をむいていた。そばのかごには、葉野菜と豆が入っていた。

「火をおこしてあげる」エズィンマが申し出た。

「ありがとう、エズィボ」ンウォイェの母は、エズィンマのことをよく「良い子《エズィボ》」と呼んでいた。

エズィンマは外に出て、大きな薪《たきぎ》の束から何本か小枝を取ってきた。それを足で踏んで小さく折ってから石炭にくべ、息をふーっと吹いて火をおこそうとした。

「目を吹き飛ばしてしまうわよ」ンウォイェの母は、ヤム芋をむく手から目を上げて言った。「うちわを使いなさい」立ち上がり、垂木に結びつけてあるうちわを引き抜いた。彼女が立ち上がったとたん、なんとも厄介な雌ヤギが、それまでおとなしく皮のほうを食べていたというのに、突然芋にかぶりつき、ふた口ほおばると、離れからヤギ小屋に逃げていってもぐもぐしだした。ンウォイェの母は雌ヤギを罵《ののし》り、また座って皮むきに戻った。エズィンマがおこしている火からはもうもうと煙がたち始め、あおぎ続けると炎があがった。ンウォイェの母から、ありがとうと声をかけられ、エズィンマは母のもとに戻っていった。

ちょうどそのとき、遠くから太鼓の音が聞こえてきた。村の広場《イロ》のほうから聞こえてくる。どの村にも、村の歴史と同じくらい古いイロがある。この場所で、重要な儀式やダンスがぜんぶ行われる。太鼓が奏でているのは、紛れもなく、格闘のダンスだ。速く軽快で、陽気なリズムが、風にのって運ばれてくる。

オコンクウォは咳払いしてから、太鼓のリズムにあわせて足を動かした。若いころからずっと、これを聞くと熱いものがこみあげてくる。力ずくで手に入れ、征服したいという欲望に震える。まるで女に対する欲望のようだ。

「試合に遅れちゃう」エズィンマが母に言った。

「日が暮れないと始まらないわ」

「でも、太鼓が鳴ってるんだもん」

「そうね。太鼓は正午に始まるけど、試合は日が沈むまでやらないのよ。父さんが午後の食事用にヤムを持ってきたか、見てきてくれる？」

「あったよ。ンウォイェの母さんが料理してた」

「じゃあ、わたしたちのぶんを持ってきてちょうだい。早く料理しないと、試合に遅れるわよ」

エズィンマは納屋のほうに走っていき、低い囲いからヤムを二つ取って戻った。エクウェフィは素早く皮をむいた。あの手のかかる雌ヤギが、鼻をクンクンさせて皮を食べた。エクウェフィは芋を小さく刻み、鶏肉を加えてスープを作った。

そのとき、屋敷のすぐ外からだれかの泣き声が聞こえてきた。ンウォイエの妹、オビアゲリの声のようだった。

「オビアゲリが泣いてるんじゃない？」エクウェフィは庭をはさんで、ンウォイエの母に大声で呼びかけた。

「そうみたい。きっと水甕を割ったのよ」

泣き声がかなり近くなったと思うと、子どもたちが年齢にあわせた大きさの甕を頭に載せて、一列に並んで入ってきた。イケメフナは一番大きな甕を持って先頭に立ち、そのすぐ後にンウォイエ、そして二人の弟たちが続いた。涙で顔をぐしゃぐしゃにして、オビアゲリが最後に入ってきた。手には、甕を載せる際に頭にあてる布の敷物を持っていた。

「どうしたの？」と母親が訊いた。オビアゲリは悲しそうに話した。母は彼女を慰めて、また新しい甕を買ってあげるから、と約束した。ンウォイェの弟たちは、母親に事の真相を話そうとしたが、イケメフナが怖い顔で睨《にら》みつけたので、口をつぐんだ。本当をいうと、オビアゲリは甕を得意げに見せびらかしていたのである。[41] 甕を頭に載せてバランスを取り、体の前で腕組みをし、大人の女性を真似て腰を振り始めた。甕が落ちて割れても、吹き出すだけだった。それなのに、屋敷の外に植わっているイロコの木の近くに来ると、とたんに泣き始めたのだ。

太鼓はずっと同じ調子で鳴り響いていた。この音は村とは切っても切れないもの。まるで村の心臓が鼓動しているようだ。大気のなか、日の光のなか、木々のなかにさえも脈打ち、村を熱気で包み込む。

エクウェフィは夫の分のスープを器によそって、覆いをかぶせた。エズィンマがそれをオビまで運んでいった。

オコンクウォはヤギ皮の上に座って、第一妻が作った昼食を食べていた。母親の離

41 ナイジェリアのピジン英語（混成語）で空威張り、自慢すること。

れから食事を持ってきたオビアゲリは、床に座って父が食べ終わるのを待っていた。エズィンマは母の作ったスープを父の前に置き、オビアゲリのそばに腰を下ろした。「女らしく座れ！」オコンクウォがエズィンマに怒鳴った。エズィンマは両足をそろえて、前に伸ばした。

「父さん、レスリングを見に行くの？」適度な間をおいてから、エズィンマは訊いた。

「ああ。お前は行くのか」

「うん」ひと呼吸おいて言った。「父さんの椅子を持っていこうか」

「いや、それは男の役割だ」オコンクウォはエズィンマを特別かわいがっていた。エズィンマはかつて村随一の美女だった母にそっくりだ。とはいえ、彼が愛情を見せることはめったにない。

「さっき、オビアゲリは甕を割ったのよ」とエズィンマは話した。

「ああ、そう言ってたな」オコンクウォは食事をほおばる合間に答えた。

「父さん」オビアゲリが口をはさむ。「食事中にしゃべってはだめって言うじゃない。チリペッパーがおかしなところに入っちゃうわよ」

「そのとおりだ。エズィンマ、聞いたか。お前のほうが年上なのに、オビアゲリのほうが賢いじゃないか」

オコンクウォは二番目の妻が作った食事の覆いを取って、食べ始めた。オビアゲリは皿を片づけて、母の離れに戻っていった。するとそこへ、ンケチが三つ目の食事を運んできた。ンケチはオコンクウォの三番目の妻の娘である。

遠くでは、太鼓がずっと鳴り続けていた。

第6章

男も、女も、子どもたちも、村じゅう総出で広場《イロ》に集まった。見物客の大きな輪ができて、広場の真ん中だけがぽっかりあいていた。村の長老やお偉方は、年若い息子や奴隷[42]に運ばせた腰掛けに座っている。オコンクウォはそのなかにいた。ほとんどの人は立っていたが、早めに来て数少ない座席に場所をとれた人もいた。観客席は二股の支柱に滑らかな丸太を載せたものだった。

レスラーたちの姿はまだ見えず、太鼓奏者が場を独占していた。彼らは膨れ上がった見物人の輪の最前列に座り、長老たちに向き合っている。その後ろには、大きくて古い神聖なパンヤの木が聳《そび》え立つ。この木には良い子の精霊が宿っていて、生まれてくるのを待っているという。ふだんの日であれば、子宝を願う若い女性が来て木陰に座っているはずだ。

太鼓は七つあり、木製の長いかごのなかにサイズ順に並べられている。[43] 三人の男がスティックを手に太鼓から太鼓へと行き来し、無我夢中で演奏している。彼らは太鼓の精霊に憑《つ》かれていた。

こうしたおりに会場を仕切る青年たちが、あたりを駆けまわって、仲間内で相談したり、見物人の輪の外で待機している二つのレスリングチームのリーダーたちと話をつけたりしていた。ときに、青年二人が椰子《やし》の葉を持って人垣の輪の内側を走り、人だかりが前にせり出してくると、地面をたたいて押し戻し、しつこいようなら足をたたいた。

ついに両チームが踊りながら輪のなかへ入ってくると、観客はわっと沸き立ち手をたたいた。太鼓は激しさを増し、狂乱状態になる。人びとはどっと前のめりになる。整理係の青年たちが飛びまわり、椰子の葉を振っている。老人たちは太鼓のビートにあわせて首を振り、酔わせるようなリズムにのって取っ組み合った昔日を思い出した。

---

42 ここで言われる奴隷とは戦争の捕虜などのことで、家族の一員として扱われる。またかつて、地方によっては、イボ社会にも奴隷階級が存在した。

43 太鼓の大きさが異なると、音質や音程の違いが出る。

試合は十五、六歳の少年から始められた。各チームに、その年ごろの少年は三人ずつしかいない。この子たちは本物のレスラーではなく、いわば前座である。最初の二試合はあっけなく終わった。だが三試合目では、いつもはおおっぴらに感情を見せない老人たちにも熱狂が巻き起こった。三試合目は、先の二試合と同じくらい、いや、それ以上に早く決着がついた。ほとんどの人はこんな試合を見たこともなかった。二人の少年が近づいたとたん、ひとりがなにか技を仕掛けたが、あっという間のことだったので、なにが起きたのかわからなかった。そしてもうひとりは、ばったり仰向《あおむ》けに倒れた。観客は一斉にどよめいて手をたたき、しばらくのあいだ、猛烈に鳴り響く太鼓の音すらもかき消した。オコンクウォはハッと一瞬立ち上がったが、また急いで腰を下ろした。勝利した少年のチームから三人の青年が走り出て、彼を肩にかつぎ、喝采する観客のあいだをダンスして練り歩いた。まもなく、この子のことが知れ渡った。名はマドゥカ、オビエリカの息子である。

太鼓奏者は本格的な試合に入る前に、少し休憩をとった。体は汗で光っていた。うちわを持って扇《あお》ぎつつ、小さな甕《かめ》の水を飲んで、コーラの実をほおばる。彼らは普通の人間に戻って、仲間どうし、それに側《そば》に立っている人たちと談笑していた。興奮で張り詰めていた空気が、ふたたび緩んだ。まるできつく張った太鼓の皮の上に、水を注いだようだった。このときようやくあたりを見渡して、自分の横に座っている人や立っている人がだれだか気づいた人もたくさんいた。

「あら、気づかなかった」エクウェフィは、試合が始まってからずっと肩を並べて立っていた女性に話しかけた。

「しょうがないわよ」女性が言った。「こんなにすごい人、見たことないわ。それより、オコンクウォに銃で殺されかけたって、ほんとなの？」

「ええ、ほんとよ。恐ろしいのなんのって、まだ口にできないでいるわ」

「あんたの守り神《チ》は、ぱっちり目覚めてるわね。わたしの娘、エズィンマはどうしてる？」

「近ごろはずいぶん元気にしてる。たぶん踏みとどまってくれたのよ」

「きっとそうよ。いくつになったの？」

「そろそろ十歳」

「じゃあきっと大丈夫。六歳までに死ななければ、たいてい踏みとどまるから」

「だといいのだけど」と言って、エクウェフィは深いため息をついた。

彼女が話をしていた女性はチエロ、丘と洞《ほら》の神託アバラの巫女《みこ》だった。俗生活では、夫に先立たれ、二人の子どもがいた。エクウェフィとはとても仲が良く、市場では店舗を一緒に使うほどだ。エクウェフィのひとり娘、エズィンマをたいそうかわいがり、「わたしの娘」と呼んでいた。しょっちゅう豆の揚げ物[44]を買ってエクウェフィに渡し、エズィンマのために持って帰るよう言った。普通に生活をしているチエロを見ると、アバラが乗り移ってお告げを発する女と同一人物だとは、とうてい信じられなかった。

太鼓奏者がスティックを持つと、大気が震え、ぴんと張った弓のように緊迫した。観客の輪のなかで、二チームが向かい合って並んだ。片方のチームの青年が、踊りながら輪の中心を通ってもう一方へ向かい、闘いたい相手を指差す。そして二人一緒に踊って真ん中に戻り、組み合うのだった。

どちらにもそれぞれ十二人の男が控えており、交互に闘いの挑戦を突き付けていく。二人の審判がレスラーのまわりを動き、互角の勝負とみなせば試合を止めて引き分けとする。五試合がそのように終わった。だが、本当の興奮に沸き立つのは、男が投げ飛ばされる瞬間だ。観客の大歓声が空に舞い上がり、四方に広がる。なんとそれは近隣の村々にも響くほどであった。

大会を締めくくるのは、両チームのリーダー。彼らは九つの集落きってのレスラーだった。今年はどちらが投げ飛ばすのだろう、と観客はあれこれ考える。オカフォのほうが上だという人もいれば、いや、イケズエには敵《かな》わない、と応じる人もいる。前の年、審判が慣例の時間を延長して試合を続けたというのに、決着はつかずじまいだった。二人の闘い方は同じスタイルだったので、互いに相手の手の内を見抜いていたのだ。今年も同じ幕切れになるかもしれなかった。

この試合が始まったときには、夕暮れが迫っていた。強烈な太鼓の音が響き、人びとの熱狂もつのる。二人の青年が踊りながら中央に現れると、見物客はどっと前に押し寄せた。こうなると、もはや椰子の葉ではおさえつけることができない。

イケズエは右の手を差し出した。オカフォがそれをつかみ、両者が接近した。なんともすさまじい試合になった。イケズエは右の踵《かかと》をオカフォの背後からかけて、巧み

44. 黒目豆（ササゲ）をすりつぶして椰子油で揚げたもの。ナイジェリアおよび西アフリカでは広くアカラと呼ばれる。

な足技《エゲ》[45]で後ろに投げようとした。ところが、互いに相手の考えはお見通しであった。観客が太鼓奏者を囲んで飲み込んでしまうと、あの太鼓の狂乱のリズムはもはや霊的な音ではなくなり、人びとの心臓の鼓動そのものになった。

二人のレスラーは取っ組み合って、ほとんど動くことがない。腕と太ももの筋肉、それに背中の筋肉が隆起してひきつっている。互角の勝負のように見えた。二人の審判が前に出て引き離そうとしたが、その瞬間、イケズエは必死の思いですばやく片膝をつき、相手を頭上から後ろに投げ飛ばそうとした。これが悔やむべき誤算となる。オカフォは、アマディオラの稲妻のごとき早わざで、右足をあげて敵の頭上で揺らした。[46]観客は割れんばかりの歓声をあげた。オカフォは支持者たちに足をさらわれ、肩にかつがれて帰宅した。彼らがオカフォを讃える歌を歌うと、若い女たちは手拍子を打った。

だれが村のために闘うか
オカフォが村のために闘うさ
百人投げ飛ばしたとか

四百人投げ飛ばしたのさ
猫を百人投げ飛ばしたとか
猫を四百人投げ飛ばしたのさ
なら、伝えてほしい、俺たちのために闘っておくれと

45 足をかけて相手のバランスを崩すレスリングの技。
46 頭の上に足をあげることで相手に対する優越が示される。

第7章

イケメフナがオコンクウォの家に住むようになって三年がたち、ウムオフィアの長老は彼のことをきれいさっぱり忘れているようだった。イケメフナは、ヤム芋の蔓《つる》のごとくみるみるうちに成長し、活力にみなぎっていた。そして新しい家族にすっかり溶け込んでいた。イケメフナはンウォイェにとって兄のようであり、家に来た当初から新しい情熱を呼び起こすような存在だった。なにより、自分が大人になったように感じさせてくれた。二人は夜に母親が料理をしているあいだも、離れで過ごすのはやめて、オコンクウォと主屋《オビ》で腰を下ろしているか、父が晩酌のために椰子《やし》の木に切り込みを入れる[47]のを眺めていたのだった。ンウォイェにとって、母や父の他の妻たちに、薪《まき》割りや杵《きね》つきといった、男がする難しい家の用事を言いつかるのがなによりも大きな喜びとなった。そういう伝言を弟や妹から受け取ると、嫌そうなふりをしてみせ、女たちは厄介だとぶつぶつ声に出して文句を言ったりした。オコンクウォは心ひそかに息子の成長を喜び、それがイケメフナのおかげだとわかっていた。ンウォイェには、自分が死んでご先祖のもとに行った後、一家を取り仕切る逞《たくま》しい青年になってもらいたかった。それに、納屋にしっかり蓄えを持ち、ご先祖にはきちんと供物を捧げられる裕福な男になってほしかった。だからこそ、息子が女たちのことをぼやいているのを耳にして、いつも喜んだ。まもなく家の女たちをしっかり統率できるようになる兆しだったからだ。いくら豊かであっても、女と子ども、とくに女を手なずけることができないのなら、本物の男とは言えない。そんなやつは、あの歌に出てくる、十一人の妻を持ちながら、フフに添えるスープもじゅうぶんにない、という男と同じだ。

そういうわけで、オコンクウォは息子たちにオビで過ごすよう言い、この土地の物語、男らしい暴力と流血の物語を語って聞かせたのだった。ンウォイェは男らしく、荒々しくなるのが良いことだとわかっていながらも、どういうわけか、母がしてくれ

47 椰子の幹に切り込みを入れて樹液を採取し、しばらく放置しておくと発酵が進んで酒になる。

るお話、きっといまも弟や妹たちに話している物語のほうが好きだった。亀がずる賢く立ちまわるお話、エネケ・ンティ・オバが全世界にレスリングの挑戦状をたたきつけ、結局、猫に投げられてしまうお話[48]。母がよく聞かせてくれた、その昔、大地と空がけんかしたというお話を思い出した。空が七年も雨を降らさずにいたので、作物はことごとく枯れてしまった。石みたいに硬くなった大地では鍬《くわ》が折れてしまい、死者も埋葬できない。そこで、とうとうハゲワシが直訴《じきそ》のために空へ送られ、人間の苦しみの歌を歌って空の心を和らげようとした。母がこの歌を歌うと、ンウォイェはいつも、ハゲワシが大地の使者になって歌で慈悲を請うている、空のかなたの遠い場所へと漂っていくように感じたものだった。空はついに心を動かされてかわいそうに思い、ココヤムの葉に雨を包んでハゲワシに手渡す。ところが故郷に帰っていく途中、ハゲワシは長いかぎ爪で葉っぱに穴を開けてしまい、これまでにないほど雨が降ることになる。あまりにひどい雨が打ちつけるせいで、戻って直接話を伝えることもできない。そんなこんなで遠い地に飛んでいったら、火が上がっているのを見かけた。近づいてみると、人間が生贄《いけにえ》を捧げているところだった。ハゲワシはこの焚火《たきび》で体を温め、生贄のはらわたを食べたのだった[49]――。

ンウォイェはこういう物語を好んだ。だがこんなものは、愚かな女こども向けの物語であるし、父親が自分に望んでいるのは男になることだとも感じ取っていた。だから女の話などもう関心ない、というふりをして見せたのだ。するとそんな態度をとったときには父が喜び、もう自分に怒ったり、手を上げたりしないことがわかった。それでンウォイェとイケメフナは、オコンクウォの語る氏族間の戦の話や、何年も前に、

48　エネケはツバメの一種。字義どおりには「耳が聞こえないエネケ」。この民話は次のとおり。エネケは、狩人が近づいてくる前に、気配を察知して必ず逃げることができるので、自分にはほかの動物にはない特殊な耳があり、どんな音でも聴き取れると思い込んでいた。しかし、猫は音を立てずに敏捷《びんしょう》に動いて、エネケを出し抜くことができた。つまり、どの人の力や能力も絶対的なものではありえず、傲慢になってはならない、という教訓のたとえ話。このほか「王の耳を持つエネケ」、転じて「聞く耳を持たないエネケ」という解釈もある。物音にまったく動じないエネケは傲慢な鳥と考えられ、それを専制君主の態度にたとえたもの。または、脇目もふらず目的地に飛んでいくことから、「耳が聞こえない」とされる例もある。このように、イボランドの地方によって民話や伝承の内容と解釈には差異がある。

49　アフリカに数多く存在する起源神話の伝承のひとつ。ハゲワシが屍《しかばね》にたかる習性を説明している。

敵を追い詰めて取り押さえ、初めて首をとったときの話を聞いたのだった。父が思い出話をしているあいだ、真っ暗闇のなかか、炉のかすかな灯《あか》りのなかで腰を下ろし、女たちが料理を仕上げるのを待った。料理が終わると、妻はひとりずつフフとスープの器を夫のもとに運んでくる。椰子油ランプに火を灯《とも》し、オコンクウォはそれぞれの器から少しずつ口にしてから、ンウォイェとイケメフナにも取り分けた。

こんなふうに、いくつもの月が過ぎ、季節が移っていった。そしてある日、イナゴが到来した。これはずいぶん久しぶりのことだった。老人たちの話では、イナゴが来るのは一世代に一度、七年間毎年現れて、次の世代まで消えてしまうらしい。イナゴは遠い地の洞穴に戻り、そこで小人の集団に守られている。そしてまた一世代巡ると、この小人たちは洞穴を開け、イナゴがウムオフィアに飛んでくるという。

イナゴは収穫が終わった後、冷たいハルマッタンが吹きすさぶ季節にやって来て、畑の雑草を食いつくした。

オコンクウォと二人の少年は、屋敷の赤い塀の補修に取り掛かった。これは収穫後の時期に行う、わりに楽な作業のひとつだった。厚い椰子の枝と葉で新たに塀を覆い、次の雨季に備えて壁を保護するのだ。オコンクウォは塀の外側で、少年たちは内側で作業をした。塀の上部には外から内に小さな穴が通っている。オコンクウォがこの穴から綱《タイ・タイ》50を通して二人のほうに渡すと、彼らはそれを木の支柱に巻きつけて、またオコンクウォに戻す。こうして、塀にしっかりと覆いがつけられる。

女たちは茂みに行って薪《たきぎ》を集め、小さな子どもたちは近所の遊び友達のところへ出かけていた。ハルマッタンが吹いて、あたりにぼんやりした眠気を放っているようだった。オコンクウォと少年たちは、水を打ったような静けさのなか作業をしていた。新しい椰子の葉を壁に取り付けたり、せわしない雌鶏《めんどり》がたえず餌《えさ》を探して枯葉をつついたりするときにだけ静寂が破られた。

そして、まったくなんの前触れもなく、一面に影が落ちた。太陽は厚い雲の後ろに隠れてしまったようだった。オコンクウォは仕事の手を止めて空を見上げ、こんな時期に雨が降るのだろうか、といぶかった。しかしすぐさま、あちこちでわっと歓喜の叫びが起こり、真昼の靄《もや》でまどろんでいたウムオフィアが、突然、生気をみなぎらせ、活力を取り戻した。

50　ピジン英語の表現と思われる。

「イナゴが来るぞー」と喜びの声が至るところであがり、男も女も子どもも仕事や遊びを放り投げて屋外に飛び出し、これまで見たこともない光景を眺めた。[51] かなり長いあいだイナゴの到来はなく、その昔、老人が目にしただけだった。

最初にやって来たのは、ごく小さい群れだった。これは土地の調査に送り込まれた先遣隊である。それから無限に広がる黒い雲のように、ゆっくりと動く塊が地平線に現れ、ウムオフィアのほうへ押し寄せてきた。まもなく空の半分が覆われたが、この雲の塊はきらめく星屑《ほしくず》のような無数の小さい目に照らされ、崩れていった。迫力とうつくしさに満ちた、とてつもない光景であった。

みな外をうろついて興奮気味に話し、イナゴがウムオフィアに一晩とどまってくればいいのにと願った。ウムオフィアにイナゴが来たのはうんと昔だったが、食べると美味《うま》いものであると、だれもが直感的にわかっていた。そしてついにイナゴが降り立った。あらゆる木という木に、草葉という草葉にびっしり止まった。屋根一面に止まり、むき出しの地面を覆いつくした。大きな木の枝もイナゴの重みで折れてしまうほど。地方一帯が飢えた大群に覆われて、土褐色に染まった。

たくさんの人がかごを手に表へ出て、イナゴを獲ろうとしたが、長老たちはたそがれどきまで待つよう忠告した。たしかに彼らは正しかった。イナゴは森に一晩とどまり、羽を夜露に濡らした。冷たいハルマッタンが吹いているというのに、ウムオフィアじゅうの人が集まって、袋や壺《つぼ》にイナゴをどんどん詰めていった。翌朝、イナゴは土鍋で炒《い》った後、太陽のもとに広げて、からからになるまで干された。来る日も来る日も、この珍味は固形の椰子油と一緒に食されたのだった。

オコンクウォは主屋《オビ》でイケメフナとンウォイェとともに、イナゴをぽりぽりと満足そうに食べ、ふんだんに椰子酒を飲んでいた。そこへオブエフィ・エゼウドゥがやって来た。エゼウドゥはウムオフィアのこの集落で最高齢。若いころに偉大で勇敢な戦士だったため、いまなお一族から大きな敬意を受けていた。エゼウドゥは食事を断り、オコンクウォに表で話ができないかと言った。それで二人して外に出ていき、老人は杖で体を支えながら歩いた。人に聞こえないところまで来ると、エゼウドゥがオコンクウォに切り出した。

51 一般的に、イナゴは作物を食い荒らし、しばしば飢饉《ききん》を引き起こすため、不吉な出来事の予兆として考えられる。アフリカの作家がよく文学的なイメージとして用いる。

「あの子はお前を父と呼んでおる。あの子の死に関わってはならんぞ」オコンクウォは驚いて何か言おうとしたが、老人は続けた。

「そうだ、ウムオフィアはあの子を殺すことに決めた。丘と洞《ほら》の神託でそうはっきり言われたのだ。習わしどおり、ウムオフィアの外に連れ出して殺す。だが、お前に関わってほしくない。あの子はお前を父と呼んでおる」

次の日、朝早く、ウムオフィアの九つの集落の長老たちがオコンクウォを訪ねてきた。ンウォイエとイケメフナは表に出され、一同は小声で話し始めた。長老たちはほどなくして帰っていったが、オコンクウォは長い時間、両の手のひらに顎《あご》をのせてじっと座っていた。その日遅くになってから、イケメフナを呼んで、翌日故郷に戻されることを告げた。ンウォイエがそれを偶然聞いてわっと泣き出してしまったので、父はそんな息子を激しく殴りつけた。当のイケメフナといえば呆気《あっけ》にとられていた。自分の故郷はいつしかぼんやりと遠いものになってしまった。母と妹のことは変わらず恋しく思い、再会できるのはうれしかった。しかしなぜだか、二人には会えないような感じがしていた。かつて男たちがやって来て、父親と小声で話していたのを思い出し、また同じことが繰り返されているような気になった。

しばらくして、ンウォイェは母のもとに行き、イケメフナが故郷に戻ることを知らせた。とたん、母はチリペッパーをつぶしていたすりこぎを落とし、胸の前で腕を組み、ため息をついた。「かわいそうに」

翌日、男たちは酒甕《さかがめ》を持って戻ってきた。そろいもそろって、一族の大きな会議に行くか、近隣の村を訪れるときのように、きっちり正装していた。布を右の脇下からくぐらせて身にまとい、左肩にはヤギ皮の袋と鞘《さや》に入った鉈《なた》をかけていた。オコンクウォが素早く身支度を済ませると、一行はイケメフナに酒甕を持たせて出発した。オコンクウォの屋敷は、死のような静寂に包まれた。小さな子どもたちでさえ、なにかに気づいているようだった。その日一日じゅう、ンウォイェは母の離れに座り、目に涙を浮かべていた。

はじめのうち、ウムオフィアの男たちは、イナゴや妻のこと、それに一緒に来るのを拒んだ女々しい男たちのことを話して笑っていた。しかしウムオフィアのはずれに近づくと、黙り込んでしまった。

太陽がゆっくりと空の真ん中に昇り、乾いた砂の小道からは、内にこもっていた熱が放出されていく。あたりの森では、鳥がさえずっている。男たちは砂地の道の枯葉を踏みつけていた。それ以外、なにひとつ物音はしない。やにわに、遠くからエクウェをたたく音がかすかに聞こえてきた。風が吹くと、音色は近づいたり遠のいたりする。遠方の一族が穏やかなリズムでダンスをしていたのだ。

「オゾのダンスだな」男たちはそう言い合った。しかし、どこから聞こえてくるのか、だれにもわからなかった。エズィミリではないか、と言う者、アバメではないか、いやアニンタだろうと言う者もいた。少しのあいだそんなふうに話していたが、ふたたび口をつぐんだ。とらえどころのないダンスの音が風にのって大きくなったり、小さくなったりしていた。とにかく、どこかでだれかが称号を受けるところで、音楽やダンスとともに盛大な祝宴が催されていたのだ。

森の奥深くに入っていくと、道が細くなった。男たちの村の周囲には低木とまばらな下生えがあるだけだが、歩を進めると徐々に巨木と蔓植物が茂る森に変わっていった。おそらく太古の昔から存在し、人間の斧《おの》や野火にさらされることはなかったのだろう。枝葉から漏れる陽光が、砂地に光と影の模様を落としていた。

すぐ後ろでささやき声がしたので、イケメフナはハッと振り返った。小声で話していた男が急に大声をあげて、残りの男たちに急ぐぞと促した。

「まだ道のりは長いんだ」とこの男が声をかけた。そしてもうひとりと一緒に、イケメフナの前にまわり、速いペースで先導した。

こうして、ウムオフィアの男たちは鞘に入った鉈を手に進んだ。イケメフナは頭上に椰子酒の甕を載せて、男たちのあいだを歩いていた。最初のうち、イケメフナは不安に怯《おび》えていたが、もう怖くはなかった。後ろにはオコンクウォがいた。オコンクウォが実の父でないなど、とても考えられなかった。本当の父親はどうしても好きになれず、三年がたったいま、すっかり遠い存在になってしまった。でも母さんと三歳の妹は……もちろん、妹は三歳ではなく、もう六歳だ。妹のことがわかるだろうか。ずいぶん大きくなっているはずだな。母さんはどんなに泣いて喜ぶだろう。ずっとよく面倒を見てくれ、連れ帰ってくれたオコンクウォにどれほど感謝するだろう。母さんはきっと、この三年に起こったことをなんでも聞きたがる。ぜんぶ思い出せるだろうか。ンウォイエとンウォイエの母さんのこと、それにイナゴのことも話さないと。だが突然、ある考えが脳裏をよぎった。母さんは死んでいるかもしれない。不安を振り払おうとしたが、だめだった。そこで幼いころ、こういうときによくやったやり方で、けりをつけることにした。イケメフナはまだあの歌を覚えていたのだ――。

王よ、食べるなかれ、食べるなかれ！
サーラ
王よ、食べてしまったら
忌まわしき行為を嘆くでしょう
蟻《あり》が王座につく場所で
砂が太鼓に舞う場所で
サーラ[52]

心のなかでそう口ずさみ、歌の拍子に合わせて歩を進める。歌が右足で終われば、母さんは生きている。左足で終わると、死んでいる。いや、死んでいるのではなく、病に伏せっている。すると右足で終わった。母さんは元気で生きている。もう一度歌ってみた。今度は左足で終わった。でも二度目は関係ない。最初の声だけが神《チュクウ》[53]の住まう家に届くのだから。これは子どもたちのお気に入りの言い方だ。イケメフナはまた子どものころに戻ったような気になった。きっと故郷の母のもとに戻ることを考えたからだ。

後ろでだれかが咳払《せきばら》いをした。イケメフナは振り返ったが、男はさっさと歩け、立ち止まって振り返るな、と怒鳴りつけた。その言い方を聞いて、イケメフナの背筋に冷たい恐怖が走った。黒い甕を支える手がかすかに震えた。どうしてオコンクウォは後ろに下がったのだろう。イケメフナは自分の足が溶けていくように思えた。振り返るのが恐ろしくなった。

咳払いをした男が前に寄っていって、鉈を振り上げると、オコンクウォは顔をそむけた。ドンと鈍い音が聞こえた。甕が落ち、砂地の上で割れた。「父さん、ぼく、殺される！」イケメフナがそう叫んで、駆け寄ってきた。オコンクウォは恐怖のあまり

---

52 傲慢な王が、神々に捧げるはずのヤム芋を先に食べてしまうという禁忌を犯し、それを人びとが戒める、というイボの民話にもとづく。その禁忌を犯した代償として、王は正式な埋葬も行われないような不名誉な死を遂げ、死後は祖霊と交わることもできないということが示されている。「サーラ」は歌い手に対する聴衆の相の手。なお、第4章の最後の部分にも呼応している。

53 イボの信仰における最高神、万物の創造主。チネケも同じような意味を指す。字義どおりには「大きな神（霊的存在）」。チュクウはその他の神々を創って異なる役割を付与していると考えられている。最高神という概念自体はキリスト教伝来以降に生み出されたという説がある。

呆然となり、自ら鉈を抜いてイケメフナに切り付けた。臆病者と思われたくなかったのだ。

その晩、父が戻ると、ンウォイェにはイケメフナが殺されたことがすぐにわかった。なにかが自分のなかで壊れていくようだった。まるで張りつめた弓がぽきっと折れてしまったように。ンウォイェは泣かなかった。ただぐったりした。少し前、同じような感覚になったことがある。この前の収穫期のことだ。子どもたちはみんな収穫期を心待ちにしている。小さなかごにほんの少しでもヤム芋を入れて運べる年ごろになると、大人について畑に行く。芋掘りの手伝いができないのなら、畑で芋を焼いて食べるために薪を集める。この焼き芋は、広々とした畑で真っ赤な椰子油にひたして食べるのだが、家で食べるどんなものよりおいしい。ンウォイェがいまみたいに、初めて自分のなかでなにかが折れたように感じたのは、この前の収穫期に、畑でそんな日を過ごした後のことだった。みんなでかごいっぱいのヤム芋を持って、小川を渡り、遠くの畑から帰っている途中、うっそうとした森の奥から赤ん坊の泣き声が聞こえてきた。それまでおしゃべりしていた女たちは、急に黙りこくり、足を速めた。ンウォイェは、双子が生まれると、陶器の壺に入れて森に捨てられるという話を聞いたことがあった。でも実際に見たことはなかった。夜にひとりで歩いていて、道すがら悪霊とすれちがったときのように、漠然とした恐怖が襲いかかり、頭が膨れあがる感じがした。その瞬間、心のなかでなにかが壊れてしまった。またもや同じ、ああいう感覚が迫ってきた。あの日の夜、父がイケメフナを殺して、家に戻ったときのことだった。

第8章

オコンクウォはイケメフナの死後、まる二日間、いっさいなにも食べなかった。椰子酒《やしざけ》だけを朝から晩まで飲み続け、しっぽをつかまれ床に投げつけられたネズミのように、赤く獰猛《どうもう》な目をしていた。息子のンウォイェを呼びつけて、主屋《オビ》で一緒にいるよう言った。だが、ンウォイェは父が恐ろしく、うとうとし始めたのを見て、そっとオビを抜け出した。

オコンクウォは夜になっても眠れなかった。イケメフナのことを考えまいとしても、どうしようもなく頭から離れなかった。一度は寝床から起き上がり、屋敷のなかを歩いてみた。しかし体がかなり弱っていたせいで、足がほとんど動かなかった。オコンクウォは自分が蚊のような足で歩く、酔っ払いの巨漢みたいに思えた。ときおり、頭に震えがきて、体じゅうに広がった。

三日目には、二番目の妻のエクウェフィにプランテーンを焼いてくれるよう頼んだ。エクウェフィは夫の好みどおり、オイルビーンのスライスと魚を添えた。[54]「二日も食べてないじゃない」食事を運んできた娘のエズィンマが言った。「これはぜんぶ食べてね」腰を下ろし、足を前に投げだした。オコンクウォは上の空で食べ物を口に運んだ。「この子が男だったらな」オコンクウォは十歳になる娘を見てそう考えた。そしてエズィンマに魚の身をやった。

「冷たい水をくれないか」エズィンマは魚を食べながら、走って家を出ていき、母の離れで陶器の甕から冷えた水をボウルに汲むと、すぐに戻ってきた。

オコンクウォはボウルを受け取り、水をごくごく飲んだ。プランテーンを数切れ食べて、皿を脇にどけた。

「あの袋を取ってくれ」と父から頼まれて、エズィンマは家の向こう端からヤギ皮の袋を持ってきた。オコンクウォは袋に手を入れて、嗅《か》ぎ煙草《たばこ》の瓶を探した。大きな袋

54 プランテーンは調理用バナナで、主食として食べる。オイルビーンはウバという熱帯の木から採れる豆のような実、薄切りにしたのち発酵させてサラダ（サラダもウバと呼ばれる）にする。

で、腕がすっぽりと入るほどだ。嗅ぎ煙草の瓶のほかにも、いろいろなものが入っていた。角杯やひょうたんも入れてあるので、袋をごそごそ探すと物と物がぶつかった。嗅ぎ煙草の瓶を取り出し、膝の上で何度かトントンとたたいてから、左の手のひらに煙草を少し出した。そうしたら、さじを出し忘れたことに気づいた。また袋のなかを探して、小さく平らな象牙のさじを取り出し、そこに茶色の嗅ぎ煙草をのせて鼻に近づけた。

エズィンマは片手に皿を、もう片方の手に空《から》の水飲みボウルを持って、母の離れに戻った。「この子が男だったらな」オコンクウォはまた心につぶやいた。ふいにイケメフナのことを思い出し、身震いした。なにか仕事がありさえすれば、忘れられる。しかし、いまは収穫が終わって、次の植え付けが始まるまでの農閑期にあたる。この時期に男が唯一する仕事と言えば、屋敷の塀を新しい椰子の葉で覆うことだった。だがオコンクウォはこの作業をもうやり終えてしまっていた。ちょうどイナゴが到来した日に済ませたのだ。自分は壁の片側で、イケメフナとンウォイェが反対側で作業をしたのだった。

「お前はいったいいつから、ぶるぶる震える老婆のようになってしまったんだ」オコンクウォは自問した。「九つの集落に、戦の武勇で知られたお前だというのに。戦争で五人の男を殺し、たったひとり、少年をその数に加えたからといって、こんなにぼろぼろになるなんて、どうかしてるぞ。オコンクウォよ、お前はやはり女になってしまったのだ」

オコンクウォは突然立ち上がり、肩にヤギ皮の袋をかけて、友人のオビエリカを訪ねていった。

オビエリカはオレンジの木陰に腰を下ろし、ラフィア椰子の葉で屋根の草ぶきの準備をしていた。オコンクウォと挨拶を交わすと、オビへ案内した。

「あの草ぶきの作業が終わったら、すぐにでも訪ねていこうと思ってたんだよ」そう言うと、太ももについていた砂を払い落とした。

「元気かい」オコンクウォはたずねた。

「ああ」とオビエリカ。「今日は娘の求婚者が来るんだ。婚資の決着をつけられるといいのだが。あんたにもいてもらいたいな」

ちょうどそのとき、オビエリカの息子、マドゥカが外から戻り、オビに入ってきてオコンクウォに挨拶をし、屋敷の奥へ向かった。

「やあ、こっちに来て握手してくれよ」オコンクウォは少年に言った。「この前、君の試合を楽しませてもらったよ」少年は微笑《ほほえ》んで、オコンクウォと握手を交わし、屋敷の中に入っていった。

「あの子はきっと、たいした人物になるぞ」とオコンクウォは言った。「俺にもあの子のような息子がいるといいのだが。ンウォイェが心配だよ。レスリングであいつを投げるには、フフを器一杯も食えばじゅうぶんだ。まだ弟二人のほうが見込みはある。しかしな、オビエリカ、正直なところ、子どもたちは俺に似ておらんのだ。バナナの老木が枯れてしまったら、生え出た若い芽はどうなっていくのだろう。[55] エズィンマが男だったら、どんなに良かっただろうと思うよ。あの子にはなかなかの気骨がある」

「あんたは無駄な心配をしているだけだ」オビエリカが言った。「子どもたちはみんな、まだ小さいじゃないか」

「ンウォイェはもう女をはらませられる年だぞ。あいつの年のころ、俺はすでに自力で生活してたんだからな。いいや、あいつはもう幼くない。雄鶏《おんどり》に成長する雛《ひな》は、卵がかえった日にわかる、と言うじゃないか。ンウォイェを一人前にしようと力を尽くしてきたんだが、どうもあいつは母親に似すぎている」

「むしろ、祖父《じい》さんだろ」オビエリカはそう思ったが、口にしなかった。同じ考えがオコンクウォの頭にも浮かんだ。しかし、この亡霊を払いのけるすべは、ずっと昔に身につけていた。父親の弱さと失敗がよみがえってきて苦しめられると、いつも自分の強さと成功を思い浮かべ、不安を払拭《ふっしょく》したのだった。このときも同じようにした。つい最近で男らしさを見せつけた場面を思い返してみたのだ。

「あんたはどうしてあの子を殺すときに一緒に来なかったんだ。さっぱりわからんよ」オコンクウォはオビエリカに問いかけた。

「どうしてって、行きたくなかったからさ」オビエリカはつっけんどんに言い返した。

「もっと大切な用があったからだ」

「まるでご神託の権威や決定を疑っているみたいだな。あの子は死ぬべきというお告げがあったんだぞ」

「いや、疑ってなどない。そんなはずないだろ。ご神託で手を下すように言われな

---

55 子どもが成長して親から自立することを、バナナの台木から芽が生え出て別の木として育っていくことにたとえている。

かっただけだ」

「だが、だれかがやらねば。俺たちがみんな血に怯《おび》えていたら、どうにもならんじゃないか。そんなことだと神はどうなさると思うかね」

「オコンクウォよ、お前さんが知ってのとおり、わたしは血など恐れていない。そんなこと言うやつがいるとすれば、嘘をついているだけだ。ひとつ言っておくが、わたしがお前の立場だったら、家に残っただろう。お前さんの行為は、大地がお気に召すようなものじゃない。女神が一族まるごと滅ぼしかねないようなことをしでかしたんだ」

「使者の言葉に従ったからといって、大地の女神が俺を罰するなどあるわけない。母が子どもの手に熱々のヤム芋を置いても、子どもが指にやけどするなんてことないだろ」

「そりゃそうだ」オビエリカは同意した。「だが、もし息子の命を取れとのお告げを受けたとしても、わたしは反論しないが、自ら手を下したりしない」

とそこへ、オフォエドゥが入ってこなければ、二人はずっと押し問答を続けていただろう。その目の輝きを見れば、オフォエドゥが重要な知らせを持ってきたのは明らかだった。だが、急き立《せ》てると失礼になる。オビエリカはまず、オコンクウォと一緒に割ったコーラの実の一片をオフォエドゥに差し出した。オフォエドゥはゆっくりと噛《か》みしめ、イナゴの話をした。コーラを食べ終えてしまうと、こう言った。

「近ごろは妙なことが起こる」

「なにがあったのですか」オコンクウォが訊いた。

「オブエフィ・ンドゥルエを知ってるか」オフォエドゥがたずねた。

「イレ集落のオブエフィ・ンドゥルエですね」オコンクウォとオビエリカは同時に答えた。

「今朝、亡くなったんだ」

「べつにおかしくはありませんよ。イレでは最高齢だったのですからね」とオビエリカは言う。

「そのとおりだ。だが、ウムオフィアに死を告げる太鼓が鳴らないのはどうしたものか、と訊かねばならん」

「どうしてですか」オビエリカとオコンクウォは問いかけた。

「それが妙なところなのさ。杖をついて歩く、あの第一妻を知っているだろ?」

「ええ。オゾエメナですね」

「そうだ」オフォエドゥが言葉をつぐ。「もちろん、オゾエメナは相当な年だから、病床についたンドゥルエの看病ができなかった。なので、若い妻たちが引き受けていた。今朝ンドゥルエが亡くなり、妻のひとりがオゾエメナの離れに行ってそう話したんだ。すると彼女はマットから起き上がり、杖を取ってオビに歩いていった。入口で手と膝をつき、マットに横たわる夫に呼びかけた。『オブエフィ・ンドゥルエ』と三度言うと、離れに戻った。一番下の妻が遺体の清めに立ち会うよう、もう一度呼びに行ったら、マットに横になり死んでいたそうだ」

「それはなんとも奇妙だ」とオコンクウォが言った。「妻の埋葬が済むまで、ンドゥルエの葬儀は延期になるでしょうね」

「だからウムオフィアに告知する太鼓が鳴らないというわけか」

「ンドゥルエとオゾエメナは一心同体だ、とよく言われていたな」そう話したのはオビエリカだった。「わたしが幼かったころ、この夫婦の歌があったのを覚えているよ。あの人はなにをするにも妻に相談していたからな」

「それは知らなかった」とオコンクウォ。「若かったころは、猛々《たけだけ》しい男だったと思ってたんだがな」

「間違いなくそうだった」オフォエドゥが追認した。

オコンクウォは怪訝《けげん》そうに首を振った。

オビエリカがつぶやいた。「その昔、ンドゥルエはウムオフィアを戦争に導いたんだからな」

オコンクウォは、また以前の自分を取り戻したように感じていた。必要なのは、ただ何かに没頭すること。もしイケメフナを殺したのが、植え付けや収穫の農繁期であれば、これほど酷《ひど》いことにはならなかったはずで、仕事だけに集中していただろう。オコンクウォは思考の男ではなく、行動の男だった。仕事がないのなら、話すことが次善の策になる。

オフォエドゥが去ると、オコンクウォも帰ろうとしてヤギ皮の袋を取った。

「午後の酒のために、椰子の準備をしないと。もうおいとまするよ」

「背の高い木はだれがやってくれるんだい」オビエリカはたずねた。

「ウメズリケだ」とオコンクウォは答える。

「ときどき、オゾの称号なんて受けなければよかった、と思うよ」オビエリカはぼやく。「近ごろの若い衆が、酒造りと言って、椰子の木を台無しにしているのを見ると心が痛むよ」[56]

「そのとおりだ」オコンクウォは同調した。「しかしだな、この地の掟《おきて》には従わんと」

「どうやってあんな掟ができたのか、さっぱりわからんな。よそでは多くのところで、称号を持っていても椰子の木に登れるというのに。ここでは、高い木に登ってはいかんが、地面から手が届く短いものならよい、ということになっている。まるでディマラーガナだな。犬がタブーだから、犬肉を切るのにナイフは貸せないが、代わりに歯を使ってやろう、とか言うあの男みたいだ」[57]

「いや、うちの一族でオゾの称号が重んじられているのは良いことだよ」とオコンクウォが言った。「あんたが言うようなところでは、オゾはずいぶん軽んじられていて、物乞いですら受けられるんだからな」

「ただふざけて言っただけさ」オビエリカは話を続けた。「アバメやアニンタでは、オゾなど、二カウリーの価値もない。だれもが足首に称号の輪をつけているし、盗みをたって剝奪されないというからな」

「いやはや、あの人たちはオゾの名を汚《けが》してしまった」オコンクウォはそう言い、立ち上がって帰ろうとした。

「求婚者の親族がまもなくやって来るぞ」オビエリカは言った。

「すぐに戻るよ」とオコンクウォは言い残して、太陽の位置を確認した。

オコンクウォが戻ると、オビエリカの家には七人の男がいた。求婚者は二十五歳ほどの青年で、父親と伯父が一緒に来ていた。オビエリカの側には、兄が二人と十六歳になる息子マドゥカがいる。

「アクエケの母さんにコーラの実を持ってくるよう言いなさい」オビエリカは息子に命じた。マドゥカは稲妻のように中庭へ消えていった。すぐに話題の中心はこの若者のことになり、剃刀《かみそり》のように切れる、とだれもが同意した。

56 樹液を採るには、正確な場所に切り込みを入れる必要があり、間違えると木が損なわれてしまう。
57 複数のイボ民話に登場する人物。物語によっては、興味のないものを忌避することのたとえとして用いられるが、この文脈では、矛盾含みで保守的な考え方を表している。

「切れすぎる、と思うこともあるんですよ」オビエリカは少し自慢げに言った。「めったに歩かず、いつもせかせかしているんです。使いにやろうとすると、話を半分聞くか聞かないかのうちに、飛び出ていきます」

「お前もそうだったぞ」と言ったのはオビエリカの長兄だ。「『母牛が草をはんでいると、子牛たちは母の口もとを見る』とはよく言ったもの。マドゥカはお前の口を見ておったのだ」

彼が話していると、マドゥカが戻ってきた。後には異母妹のアクエケが続き、コーラの実三つとワニ胡椒《こしょう》が載った木の盆を持っていた。父の長兄に盆を渡し、とても恥ずかしそうに求婚者の若者、そしてその親族と握手を交わす。彼女は十六歳くらい、結婚適齢期を迎えたところだ。求婚者と親族は、アクエケがうつくしく、成熟した女であることを確かめるように、若々しい体を経験者の目でとくと眺めた。

アクエケは頭の真ん中が山になるよう髪を結っていた。肌には軽くカムウッドを塗り、ウリ[58]で体じゅうに黒い模様をほどこしている。三重にした黒いネックレスは、豊かでみずみずしい胸のすぐ上まで垂れ、腕には赤と黄のバングル、腰には四連か五連のジギダというビーズ飾りをつけている。

アクエケは握手をすると――というより、手を差し出して握ってもらうという感じだったが、料理を手伝うために母親の離れへ戻った。

「先にジギダをはずしなさい」娘が壁にもたせかけたすりこぎを取ろうと炉に近づいたのを見て、母は注意した。「いつも言ってるでしょ。ジギダと火は相性が悪いって。ぜったいに聞かないんだから。お前の耳は聞くものじゃなくて、飾りものなのね。いまに腰につけたまま、ジギダが燃えてしまうわよ。それでやっとわかるってわけね」

アクエケは離れの向こう側の隅に行って腰のビーズ飾りをはずし始めた。ゆっくりと、慎重に、ひとつずつはずさなければいけない。でないと、切れてしまって、無数の小さなビーズをまたつなぎ合わさなくてはならなくなる。手のひらで体にこすりつけるように一連ずつ下げ、お尻の部分を通して、するっと足もとの床にすべり落とした。

主屋《オビ》の男たちは、アクエケの求婚者が持参した椰子酒を飲み始めていた。とても良

58　ここでは黒っぽい染料を意味するが、ウリとは一般にイボ社会のデザイン模様のことを言う。冠婚葬祭など重要なイベントのおりに、女性たちはこの染料を使って体に模様を描く。また、家の外壁や屋敷の塀に描く模様もウリと呼ぶ。

い酒で、強かった。発泡を抑えるために椰子の実を甕の口に詰めていたが、それでも白い泡がぶくぶく湧いてこぼれるほどだった。

「腕の良い人が造った酒ですね」とオコンクウォが言う。

イベという名の若い求婚者は、満面の笑みを浮かべ、父親に言った。「聞きましたか」そして残りの人たちに「父はぼくが良い造り手だと、まったく認めてくれないんですよ」と話した。

すると父のウケブが応じる。「こいつはわしの一番良い椰子の木を三本もだめにしたのです」

「もう五年も前のことでしょう」イベは酒を注ぎながら言った。「ぼくが酒造りを学ぶ前のことじゃないですか」酒を満たした角杯をまず父親に渡した。それから、みなに順に注いでまわった。オコンクウォはヤギ皮の袋から大きな角杯を取り出し、ほこりがついているといけないので、ふっとひと吹きしてからイベに渡して、酒を注いでもらった。

男たちは酒を飲みながら、集まった目的以外のことならなんでも話した。甕が空になってようやく、求婚者の父が咳払いをし、来訪の目的を告げた。

そこでオビエリカが短い箒《ほうき》[59]の小さな束を差し出した。ウケブはそれを数えた。

「三十本でしょうか」

オビエリカはそのとおり、と肯いた。

「ようやく話がまとまりそうですな」ウケブはそう言って、兄と息子のほうを向いた。「ちょっと表へ出て話そうじゃないか」そうして三人は立ち上がり、出ていった。戻ってくると、ウケブはオビエリカに箒の束を返した。オビエリカが数えると、三十ではなく、十五本になっていた。それを長兄のマチに手渡すと、今度はマチが数えて言った。

「われわれは三十以下にはならないと思っていたのですがね。しかし犬がこんなふうに言いましたな。『俺がお前のために転んで、お前も俺のために転ぶのなら、駆け引きになる』と。結婚は争いではなく、駆け引きであるべきです。ですので、こちらからもういちど転ぶとしましょう」すると十五本に十本足して、ウケブに束を渡した。

59 ここで言う箒とは、植物の茎を乾燥させて束にしたごく短いもの。イボランドの地方によっては、この慣習がないか、あるいは廃れてしまっている。

こうしてなんとか、アクエケの婚資には、カウリー二十袋ということで落ち着いた。話がまとまったころには、すでに夕暮れどきになっていた。

「アクエケの母さんのところに行って、話がついたと言いなさい」オビエリカは息子のマドゥカに言った。そこへすぐさま、女たちがフフの大きな器を持って入ってきた。続いて、オビエリカの第二妻がスープの鍋を、マドゥカは椰子酒の甕を持ってきた。

男たちは食事をし、椰子酒を飲みながら、近隣の村の慣習について語った。

「つい今朝にも、オコンクウォと話していたんですよ。アバメとアニンタのことをね。あそこでは称号を持つ者が木に登り、妻のためにフフをついてやるというではありませんか」

「あそこの慣習はぜんぶ正反対ですからね。わたしらのように箒で婚資を決めたりしない。値切りの交渉などしたりして、まるで市場でヤギか牛でも買っているようです」

「そいつはひどい」オビエリカの長兄が口をはさむ。「だが、ある場所で良いとされることが、べつの場所では悪いことになりますからな。ウムンソでは、交渉は一切なし、箒も使いません。相手の親族がよし、と言うまで、求婚者がカウリーの袋を運び続けるのです。まったく悪習ですよ。いつも最後にはけんかになるんですから」

「世界は広いものですね」とオコンクウォ。「あるところでは、子どもが妻と妻の家族のものになると聞いたこともあります」

「まったく信じがたいですな」こんどはマチが話す。「子作りのとき、女が男の上になると言ってるようなもんですよ」

「いやはや、白い人間の話みたいですね。このチョークのように真っ白けとかいう」オビエリカがそう言って、チョークのかけらをつまんだ。チョークはどの男のオビにも備わっていて、来客があると、コーラの実を食べる前にこれで床に線を引く。「あの白い人間ときたら、足の指がないそうですぞ[60]」

「ということは、見かけたことがないのかい」マチが訊いた。

「見たことあるのですか」とオビエリカ。

「ひとり、ここをよく通りかかる者がいるがね」とマチが言う。「名はアマディと言ったかな」

60　ヨーロッパ人が靴をはいていて足の指が見えないために、このような噂が広まったと考えられる。この場ではマチのみが、「足の指がない」ということをハンセン病と結びつけて勘違いしている。

アマディを知る人たちが吹き出した。アマディはらい病患者[61]で、「白い肌」とはらい病の婉曲表現だったのだ。

61 ハンセン病を指す「らい病」は差別表現である。しかし、この小説のなかで語り手は、十九世紀後半における、差別され、社会の周縁に置かれた人びとと差別する社会のことを語っており、二十世紀後半以降に用いられる「ハンセン病」では、その差別の文脈が表現できないため、本書ではあえて「らい病」を用いた。

第9章

オコンクウォは三晩目にして、ようやく眠りについた。夜中に一度目を覚まして、この三日間を思い返したが、不安になることもなかった。そもそもどうして不安を感じたのだろうか、といぶかるようになった。まるで、夜になるとなぜ夢があれほど恐ろしく思えるのか、と真っ昼間に首をかしげるみたいだ。ひとつ伸びをして、眠っているあいだに蚊にさされた太ももをかいた。右耳のあたりで、もう一匹、蚊がぶんぶんいっている。パチッと耳をたたき、やっつけたか、と期待した。どうして蚊というものは、必ず耳もとに寄ってくるのだろう。オコンクウォが小さかったころ、母親がこんな話をしてくれた。だがこれも、いつもの女の話と同じで、くだらないものだ。蚊が耳に結婚してくれ、とプロポーズしたところ、それを聞いた耳が笑い転げて床に落ちてしまった。「あんたは、自分がどれほど長生きできると思ってるのよ？」と耳は言った。「あんた、もう骸骨じゃないの」侮辱された蚊はその場を去ったが、のちに耳の近くを通りかかるたび、俺はまだ生きてるぞとささやいている——そういう話だった。

オコンクウォは横向きになり、また眠りについた。あくる日の朝、だれかがドアをどんどんたたく音で目が覚めた。

「だれだ」不機嫌な声で怒鳴った。とはいえ、エクウェフィであることはわかっていた。三人の妻のうち、生意気にもドアをたたくような真似をするのは、エクウェフィだけだったのだ。

「エズィンマが死にそうなの」という声がした。その言葉には、彼女の人生の悲劇と不幸がぜんぶこめられていた。

オコンクウォはベッドから飛び起き、ドアのかんぬきを引き抜いて、エクウェフィの離れに駆け込んだ。

エズィンマは燃え上がる火の側《そば》で、マットの上に横たわり、ぶるぶる震えていた。母親は一晩中、火を絶やさずにいた。

「熱病《イバ》だな[62]」オコンクウォはそう言い、鉈《なた》を持って、イバの薬に必要な葉や草、樹皮を採りに茂みに入った。

エクウェフィは病気の子どものかたわらにひざまずき、ときおり、じっとり汗ばんだ熱い額《ひたい》に手のひらをあてていた。

エズィンマはひとりっ子で、母の生き甲斐のすべてだった。母の作る献立には、しょっちゅうエズィンマが口を出していた。エクウェフィはこの子に卵のようなごちそうも与えていた。子どもたちはまずめったに卵を食べられない。というのも、そういうごちそうにそそのかされて、盗みをはたらいてしまうからだ。ある日、エズィンマが卵を食べていると、思いがけず主屋《オビ》からオコンクウォがやって来た。彼はひどくショックを受けて、こんど子どもに卵をやるようなことがあれば、絶対にお前をぶつからな、とエクウェフィに毒づいた。だが、エズィンマの言うことを断るのは至難の業。父親に叱られた後、もっと卵を欲しがるようになった。そのうえ、こっそり隠れて食べるのを楽しむようになってしまった。仕方なくいつも母親が寝室に連れていき、ドアを閉めきって食べさせた。

エズィンマは、普通の子どもと違って、母親を母さん《ネネ》と呼ばなかった。父や大人たちのように、エクウェフィと名前で呼んでいたのである。二人の関係は、単なる母と子の関係以上のもの。対等な友達のような感覚があり、その絆は寝室で卵を食べるといったささやかな企みで強まっていった。

エクウェフィはこれまでの人生で、ずいぶん苦しんできた。十人の子どもを産みながら、うち九人がたいてい三歳になる前の幼少期に死んでしまった。次から次へと子どもを埋葬するたび、悲しみが絶望に、そして動かしがたい諦めへと変わっていった。わが子の誕生というものは、女の最高の栄誉であるはずだが、エクウェフィにはなんの希望もない、ただの身体的な苦痛でしかなかった。誕生後七週目に行われる命名式は、空虚な儀礼にすぎなかった。絶望が深まっていくようすは、子どもにつける名前にも表れていた。ひとつは痛ましい嘆き、オンウムビコ——「死神よ、願い申しあげる」というものだった。しかし死神はまったく取り合わず、オンウムビコは十五カ月で死んだ。次は女の子で、オゾエメナ——「二度と起こらないように」と名づけられた。この子も十一カ月で死んでしまう。それにこの女の子の後に生まれた二人も死んだ。そこでエクウェフィは開き直って、次の子をオンウマ——「死神が満足せんこと

62 マラリアによる発熱。

を」と名づけた。すると本当にそうなってしまった。

エクウェフィの二番目の子が死んだとき、オコンクウォは、アファ[63]神託の予言者でもある呪術師のところへ赴き、なにが悪いのか見てもらうことにした。呪術師はオコンクウォに、この子はオバンジェだ[64]――要するに、死ぬとまた生まれてこようとして母親の子宮に入り込む、あの邪悪な子どもの霊だと告げた。

「妻がこの次に身ごもったら、離れで眠らせないように。親族のもとに戻すようにしなさい。そうすれば、邪悪な苦しみのもとから逃れられ、生と死の不幸な循環を断ち切ることができるだろう」

エクウェフィは言われたとおりにした。妊娠したらすぐに、べつの村で暮らす年老いた母親のもとに行った。かの地で三番目の子が生まれ、八日目に割礼をほどこした。命名式の三日前までオコンクウォの屋敷には戻らなかった。子どもはオンウムビコと名づけられた。

オンウムビコは、死んだときにきちんと埋葬されなかった。オコンクウォは、オバンジェに詳しいことで一族によく知られている、もうひとりの呪術師を訪ねた。名はオカブエ・ウヤンワといった。オカブエは背が高く、顎《あご》ひげをふさふさはやして禿頭という、人目を引く容姿の男だ。肌の色は薄く、赤い炎のような目をしていた。相談にやって来た人の話を聞くときには、いつも歯ぎしりをした。オカブエはオコンクウォに、死んだ子どものことでいくつか質問をした。弔問に来ていた隣人や親族がみな、二人のまわりに集まった。

「どの市の日に生まれたのかね」と呪術師は訊いた。

「オイエです」[65]オコンクウォはそう答えた。

「それで、今朝死んだと」

オコンクウォは、そうですと言うと、このとき初めて、この子が生まれたのと同じ

63 ヨルバ語ではイファと呼ばれ、その他西アフリカのベナンやトーゴなどでも別名で存在する神託・予言のシステム。予言者はイボ語でディビア、予言と病の治療を担い、超自然的な能力があると考えられている。

64 字義どおりには「往来すること」の意で、悪霊のひとつ。ヨルバの伝統ではアビクといわれる。

65 イボ暦の一週間を構成する四つの市の日、エケ、オイェ（オリエ）、アフォ、ンクウォは、神話のなかの精霊の名に由来する。精霊たちはもともと魚売りで、最高神チュクウに遣わされて市を築いたとされる。それぞれの市の日は方角（順に東西北南）も意味する。注6も参照のこと。

市の日に死んだことに思い至った。隣人も親族も偶然の一致に気づき、これは由々《ゆゆ》しきことだと言い合った。

「お前さんは妻とどこで寝ておるのかね。主屋《オビ》か、それとも離れか」

「離れです」

「今後はオビに妻を呼びなさい」

それから呪術師は、死んだ子を弔ってはならないと命じ、左肩にかけたヤギ皮の袋から鋭い剃刀《かみそり》を取り出して、子どもの体を切り刻んだ。そうして、この子の足首を持ち、地面を引きずって、悪霊の森のなかに埋めに行った。そんな仕打ちにあったら、また生まれてこようとしても躊躇《ちゅうちょ》することになる。呪術師が剃刀で切りつけたために、指が欠けているとか、黒っぽい傷跡になっているとか、切り刻まれた印を持ってでも戻ってこようとする、よっぽどしぶといものでなければの話だが。オンウムビコが死んだころ、エクウェフィは辛辣《しんらつ》な女になっていた。夫の第一妻には三人の息子がいて、みんな強くて健康だった。三番目に続けて男の子が生まれたとき、オコンクウォは慣習どおり妻のためにヤギをほふった。エクウェフィは心から第一妻を祝福したい気持ちだった。けれども、自分の守り神《チ》にむかっ腹を立てていたので、人の幸運を一緒になって祝う気にはなれなかった。そんなわけで、ンウォイェの母がごちそうと音楽で三人の息子の誕生を祝う日に、だれもが楽しそうにしているなか、エクウェフィだけがただひとり浮かない顔をしていた。妻たちのあいだでよくあることだが、第一妻はこれを悪意と取った。エクウェフィの恨みつらみが、他人に向かって外側へと流れているのではなく、内側へ、自分自身の心に向かっていることなど、彼女にわかるはずもなかった。エクウェフィは人の幸運を妬《ねた》んでいるのではなく、自分に対してどんな幸せも拒絶してしまう悪意に満ちたチを呪っていただけなのだが――。

そしてついにエズィンマが生まれた。病みがちであったが、この子はなんとしても生きようとしているかに見えた。最初のうち、エクウェフィは他の子どものときと同じく、娘を無気力にあきらめ半分で受け入れるだけだった。しかし四年、五年、六年と生き延びると、ふたたび母親にも愛情が芽生え、愛情とともに不安な気持ちも呼び覚まされた。この子をしっかり育てて必ず元気にしてみせると心に誓い、全身全霊を傾けた。その思いが報われて、エズィンマはときおり、新鮮な椰子酒《やしざけ》のように元気がみなぎるほど健康な姿を見せるようになった。そういうときには、危機を乗り越えたかのように見えた。ところが、みるみるうちに、また悪くなったりした。だれの目にも、この子がオバンジェであるのは明らかだった。急に病に伏せったり、健康になったりするのを繰り返すのが、オバンジェの特徴なのである。だが、この子はずいぶん長く生き延びているから、この世にとどまる決心をしたのかもしれなかった。なかには、生と死の悪循環に嫌気がさしたり、母親を気の毒に思ったりして、死なないでいる子もいた。エクウェフィは心の奥深くで、エズィンマが踏みとどまってくれると信じていた。こうした信念を持つことでしか、自分の人生が意味のあるものにならない。だからエクウェフィは、そう固く信じていたのだ。そしてこの信念は、一年ほど前、呪術師がエズィンマのイィ・ウワ[66]を掘りあてたことで、さらに強まった。これで、オバンジェの世界とのつながりが切れたのだから、この子はきっと生きるとだれもが確信した。エクウェフィはほっと胸を撫《な》で下ろした。しかし、娘を心配するがあまり、不安を完全に拭《ぬぐ》い去ることができなかった。それに、掘りおこされたイィ・ウワが本物だと信じていたとしても、ときとして根っから邪悪な子が、見かけ倒しのまがい物を掘らせようと嘘をつくこともあるので、やはりまだ気がかりではあった。

　とはいうものの、エズィンマのイィ・ウワは間違いなく本物のように見えた。それは汚いぼろ切れに包まれた、つるつるの小石だった。掘りあてたのは、あのオカブエ、こうした問題に詳しいことで一族じゅうに知られていた男である。最初のうち、エズィンマはこの男に協力したがらなかった。それもそのはず、オバンジェはそう簡単に秘密を明かさないし、そもそも大半が明かそうにも明かせない。質問すらできないような小さいうちに、死んでしまうからだ。

「どこにイィ・ウワを埋めたんだい？」オカブエがエズィンマにたずねた。エズィンマは九つになっており、重い病気からようやく回復しつつあるところだった。

「イィ・ウワってなに？」とエズィンマは聞き返した。

「知っているはずだよ。死んで、また生まれてきて、母さんを苦しめようと、地面のどこかに埋めたんだ」

エズィンマは母親を見た。母は悲しそうに訴えかけるような目で見つめていた。

「さっさと質問に答えろ」側《そば》に立っていたオコンクウォが怒鳴った。家族全員、それに近所の人も何人か同席していた。

66 オバンジェと霊界をつなぐもので、秘密裏にどこかに埋められていると考えられる。これがあると子どもが霊界から切り離されず、生まれてまもなく死んでしまうという。小説内では石だが、その他のものの場合もある。

「わたしに任せてくれないか」呪術師は、落ち着き自信あふれる声でオコンクウォを制した。そしてふたたびエズィンマのほうを向いた。「イィ・ウワをどこに埋めたのかね?」

「子どもを埋めるところだよ」そう彼女が答えると、周囲で黙って見守っていた人たちがぼそぼそとなにかささやいた。

「じゃあ一緒に行って、その場所を教えてくれないか」と呪術師が言った。

エズィンマを先頭に、オカブエがすぐ後ろに続いて出発した。次がオコンクウォ、そしてエクウェフィがその後ろを行った。本道に出ると、エズィンマは小川にでも行くように左へ曲がった。

「いやいや、君は、子どもを埋めるところだと言ったよね」呪術師は問いただした。

「ちがうよ」エズィンマはそう言ったが、張り切って歩いてみせるその姿から、自分が重要な存在だと感じているのは明らかだった。一行は黙ってついていった。エズィンマはどうかすると、ふいに走り出したり、突然立ち止まったりした。いったい何事かと考えたが、オカブエを目にして、どうやらオバンジェの件のようだと察した。みな、エクウェフィと娘のことをよく知っていたのである。

エズィンマは、大きなウダラの木のところまで来ると、左に曲がって茂みに入っていった。一行も後に続いた。エズィンマは小さかったので、後ろを歩く大人たちよりも、すんなり木や蔓《つる》植物をくぐり抜けることができた。茂みは、枯れた枝葉を踏みしめる音や木の枝をかき分ける音であふれた。エズィンマはどんどん奥に進み、みなも後についていった。すると、とたんにくるっと向きを変え、また本道に向かって歩き出した。一行は彼女のために道をあけ、ふたたび列をなして続いた。

「無駄足を踏ませたんだったら、思い知らせてやるからな」とオコンクウォはすごんだ。

「放っておきなさいと言ったでしょうが。わたしには、どうすればいいかわかってますから」オカブエはそう諭した。

エズィンマは先頭に立ってまた本道まで戻り、左右を見て、右に曲がった。こうして一行は家に戻ることになった。

エズィンマがついに父のオビの外で立ち止まったので、オカブエは「どこにイィ・ウワを埋めたんだい?」とたずねた。オカブエの声音に変わりはなかった。冷静で自信に満ちていた。

「あのオレンジの木の近く」とエズィンマ。

「じゃあなんで最初からそう言わなかったんだ、このアカーローゴリ[67]の悪ガキめ」オコンクウォは荒々しく悪態をついた。が、呪術師はそれを無視した。

「さあ、ちゃんとした場所を教えておくれ」穏やかな声でエズィンマに話しかけた。

「ここよ」木のところに来ると、エズィンマが言った。

「指で差してくれないか」とオカブエ。

「ここ」エズィンマはそう言って、指で地面に触れた。オコンクウォはかたわらに立ち、雨季の雷のように低い声で唸《うな》った。

オカブエは「鍬《くわ》を持ってきてくれないか」と頼んだ。

エクウェフィが鍬を持ってくると、オカブエはすでにヤギ皮の袋を置き、身にまとっていた大きな布を取って下着姿になっていた。細長い布きれを帯のように腰に巻きつけ、それから股のあいだを通し、後ろでその帯に結ぶというかっこうだ。オカブエはすかさず作業に取り掛かり、エズィンマが指差した場所を掘り始めた。近所の人たちはまわりに腰を下ろし、穴がどんどん深くなっていくのを見物していた。地表の黒い土が、やがて赤みがかった土へと変わっていった。女たちはこの赤土で家の床と壁を磨く。オカブエは手を止めずに黙々と掘り続け、その背中は汗で光っていた。オコンクウォは穴の側《そば》に立ち、自分が手を貸すから、上がってきてちょっと休んだらどうか、とオカブエに声をかけた。オカブエはまだ大丈夫だと答えた。

エクウェフィはヤム芋を調理するため離れに入った。夫は普段よりもたくさんヤムを運んできていた。呪術師にも食事を出さないといけないからだ。エズィンマは母と一緒に戻って、野菜の下ごしらえを手伝った。

「青野菜が多すぎるよ」とエズィンマは口を出す。

「お鍋にいっぱいお芋が入ってるじゃない」エクウェフィが応じた。「それに火を通すと葉野菜はうんとかさが減るでしょ」

「そう、だからヘビトカゲ[68]はお母さんを殺しちゃったのね」

「そのとおりよ」とエクウェフィは答える。

「お母さんに、かご七杯分の野菜を料理するよう渡したけど、結局三杯になったのよね。それでお母さんを殺しちゃった」とエズィンマ。

67 役立たず、ろくでなし。罵《ののし》り言葉として使われる。

「話はそれでおしまいじゃないわ」

「そうだ、思い出した。もう一回かご七杯分持ってきて、自分で料理したの。でもまた三杯になっちゃった。だから自分も死んだんだった」

オビの外では、オカブエとオコンクウォが穴を掘って、エズィンマがイィ・ウワを埋めた場所を探していた。近所の人たちは周囲に座り、じっと眺めていた。穴はかなり深くなっていて、掘っている人の姿が見えない。赤土が放りあげられて、どんどんうずたかく積もっていくのが見えるだけだ。オコンクウォの息子、ンウォイェは穴の縁に立っていた。なにが起こるのか、すべて見届けたかったのだ。

オカブエは再度、オコンクウォと穴掘りを交代した。例によって、無言のまま作業を続けた。近所の人とオコンクウォの妻たちは、おしゃべりをしている。子どもたちは興味を失って、遊び始めた。

とそのとき、突然、オカブエが豹《ひょう》のごとく敏捷《びんしょう》な動きで、地表に跳び上がった。

「すぐそこだ。そんな気がするんだ」

たちまち高揚感が湧いて、座っていた人もいっぺんに立ち上がった。

「妻と子どもを呼びなさい」オカブエはそうオコンクウォに言いつけた。そこへ、エクウェフィとエズィンマがざわめきを聞いて、なにがあったのかと走ってきた。オカブエは穴に戻った。穴のまわりに見物人が集まった。何度か鍬で土をかいたら、とうとうイィ・ウワにコツンとあたった。それを鍬で注意深く持ち上げて地表に放り投げると、怯《おび》えて逃げ出してしまう女もいた。だがその女たちもすぐに戻り、みな、ほどほどの距離のところから、ぼろ布を見つめた。オカブエは穴からあがっても一言も話さず、見物人に目もくれず、ヤギ皮の袋のところへ行って葉っぱを二枚取り出し、くちゃくちゃと噛《か》み始めた。[69] それを飲み込んでしまうと、ぼろ布を左手で持ち上げ、結び目をほどいていった。そうしたら、すべすべぴかぴかの小石が転げ落ちた。オカブエはそれを拾い上げた。

---

68 この物語は、イボランドの地方によってヘビとトカゲのさまざまなバージョンがあり、アチェべは両方を組み合わせてヘビトカゲとしているとの指摘がある。母親とひとりっ子の結びつき、出産にまつわる不幸（死産や母体の死）、子どもが母の苦しみの種になることなどを説明する物語。ここではオバンジェと宣告されたエズィンマと、そのために苦悩してきたエクウェフィの関係が示唆されている。

69 魔除《まよ》けの葉。万が一自分の身に悪の力が襲いかかったときに備えて、予防措置を取っている。

「これは君のかい？」とエズィンマに訊いた。

「そうよ」エズィンマは答えた。女たちが一斉に歓声をあげた。これでようやく、エクウェフィは苦しみから解放されたのだ。

これはぜんぶ一年以上も前の出来事で、それからというもの、エズィンマが病気に伏せることもなくなった。ところが、なんの前触れもなく、急に夜中に震えがきたのだった。エクウェフィは娘を炉の近くに引き寄せ、床にマットを広げて火をたいた。だが状態は悪化するいっぽう。娘の横にひざまずき、手のひらでじっとりとほてった額に触れながら、何度も何度も祈った。あと二人の妻たちは、ただの熱病《イバ》よ、と言ったが、エクウェフィは耳を貸さなかった。


オコンクウォは、草や葉、薬効のある木々の根や樹皮を大きな束にして左肩にかつぎ、茂みから戻った。エクウェフィの離れに行き、荷を下ろして腰を掛けた。

「鍋を持ってきてくれ。この子はそっとしておくんだ」

エクウェフィは鍋を取りに行き、オコンクウォは束のなかから、最良のものをしかるべき配分で選び、刻んでいった。次にそれを鍋に入れ、エクウェフィが水を注いだ。

ボウルの水を半分ほど注いで「これくらい？」と訊いた。

「もう少しだ……少しと言っただろう。お前の耳は聞こえないのか」オコンクウォは怒鳴りつけた。

エクウェフィが鍋を火にかけると、オコンクウォは鉈を持ってオビに戻ろうとした。

「鍋をしっかり見てるんだぞ。吹きこぼすなよ。効力が消えてしまうからな」そう言って出ていった。エクウェフィはというと、薬草を煎じる鍋を、まるで鍋自体が病気の子どもであるかのように、付きっきりで見ていた。エズィンマから煮えたぎる鍋へ、また鍋からエズィンマへと、ひっきりなしに視線を注いだ。

オコンクウォは、もうじゅうぶん薬が煎じられたはずというころに戻ってきた。鍋の加減をみて、これでいいとつぶやいた。

「エズィンマに低い腰掛けを持ってこい。それに分厚いマットも」

オコンクウォは鍋を火から下ろして、腰掛けの前に置いた。それからエズィンマを起こし、湯気の立つ鍋をまたぐように腰掛けに座らせた。そして分厚いマットを上からかけて、エズィンマと鍋をすっぽり覆った。エズィンマはもうもうと立つ湯気に息苦しくなって、逃げようともがいたが、上から押さえつけられてしまい、わんわん泣き出した。

ようやくマットがめくられたとき、エズィンマはびっしょり汗をかいていた。エクウェフィが体を布で拭《ぬぐ》ってやり、乾いたマットの上に寝かすと、エズィンマはすぐ眠りに落ちた。

第10章

刺すような太陽の熱が弱まり、肌もひりひりしないころになると、さっそく大勢の人が村の広場《イロ》に集まりだした。たいていの村の儀式は、一日のこの時間に催される。なので、儀式が「昼食後」に始まると告げられても、実際はそれよりずっと後、暑さがやわらぐ時間帯になることをだれもが知っていた。

立ったり座ったりしている人びとのようすを見ると、儀式が男のものであることははっきりしていた。女もたくさん集まっていたが、部外者のように端っこから眺めているだけだ。称号者と長老が腰掛けに座り、裁判が始まるのを待っていた。その前には、空《から》の腰掛けが並べてある。ぜんぶで九つ。腰掛けの向こうに、二つの小さなグループが相応の距離をおいて立っていた。彼らは長老たちのほうを向いている。片方には三人の男、もう片方には三人の男と女がひとりいた。女はムバーフォといい、三人の男は兄だった。他方のグループは、ムバーフォの夫ウゾウル、そしてその親戚である。ムバーフォと兄たちは、彫像のごとく身じろぎもせず立っていた。その顔つきときたら、まるで芸術家が挑戦的な表情をかたどったみたいだった。一方、ウゾウルと親戚はなにやらひそひそ話をしていた。いや、ひそひそ話のように見えるが、実際には声を張り上げて話していた。集まった人がみなおしゃべりをしていて、まるで市場のようだった。喧騒が風にのって運ばれていくと、遠くでは低く唸《うな》りをあげる轟音《ごうおん》のように聞こえた。

鉄の鐘が打ち鳴らされ、人びとに期待感が高まった。群衆は一斉に仮面の精霊《エグウグウ》の家のほうを向いた。ゴーン、ゴーン、ゴーン、ゴーンと鐘が鳴り、力強い笛の音が甲高く響いた。そして、エグウグウの恐ろしいがらがら声があがる。その声のうねりが女たち、子どもたちにも伝わって、みんなどっと後方に駆けだした。だがそれも一瞬のこと。女と子どもが立っていた場所からはかなり距離があるので、もしエグウグウが近づいてきたとしても、逃げられるゆとりがあった。

ふたたび太鼓が鳴り、笛が奏でられる。エグウグウの家では、震える声が飛び交って、すさまじい混乱ぶりだった。[70] 祖霊が大地から現れて秘密の言葉で挨拶を交わし、アル、オイム、デ、デ、デ、デイ！という声があたりに広がった。ご先祖が姿を現すエグウグウの家は森に面しており、集まってきた人だかりからは離れているので、家の背面にほどこされた多色の模様や絵が見えるだけであった。これは、特別に選ばれた女たちが定期的に描いているものだが、彼女たちでさえ家の中を覗いたことがない。というより、女はだれひとりとして見たことはなかった。女は男の監督のもとで、外壁を磨いて色をほどこすだけ。家の内部を想像したとしても、自分の心の中だけに留めておいた。一族最強にして最大の秘密である儀礼集団のことをたずねるような女など、皆無だった。

アル、オイム、デ、デ、デ、デイ！という声が、閉ざされたほの暗い家の周囲を炎の舌のようにたゆたっていた。一族の祖霊が続々と現れている。鐘が続けざまに鳴り、耳をつんざく強烈な笛の音は混沌のなかを漂っていた。

そしてついに、エグウグウが姿を見せた。女と子どもは絶叫して一目散に逃げ出した。反射的な行動だ。ある女など、エグウグウのひとりが見えたとたん、すっ飛んで

---

70 仮面の精霊が用いる秘密の言葉。アルは肉体、オイムは友。「友の肉体に挨拶いたす」というような意味になり、霊性が強調されている。

いった。この日のように、一族きっての偉大な仮面の精霊九人が一斉に登場すると、見るも恐ろしい光景となる。当のムバーフォでさえも逃げ出してしまい、兄たちに連れ戻されたのだった。

九人のエグウグウは、それぞれ一族の集落を代表している。統率者は悪霊の森《アジョーフィア》[71]と呼ばれる。その頭からは煙が立ち昇っていた。

ウムオフィアの九つの集落は、一族の創始者がもうけた九人の息子たちによって築かれた。悪霊の森は、九人の息子の長男エルの子孫が暮らすウムエル集落を代表していた。

「ウムオフィア、クウェヌ！」九人を統率するエグウグウが叫んで、ラフィア椰子《やし》を巻いた腕を振り上げた。一族の長老たちが「ヤー！」と応える。

「ウムオフィア、クウェヌ！」

「ヤー！」

「ウムオフィア、クウェヌ！」

「ヤー！」

悪霊の森は、鳴杖《めいじょう》の鋭い先端を地面に突き立てた。とたん、杖は金属の生命を得て動きだす物体のように、激しく揺れてガラガラと音を立てた。悪霊の森が空いている腰掛けの一つ目に座ると、残り八人のエグウグウも年齢順に腰を下ろしていった。

オコンクウォの妻たちは、それに他の女たちもそうだろうが、二番目のエグウグウがオコンクウォの跳ねるような足取りをしていることに気づいたかもしれない。さらには、エグウグウの後ろに並ぶ称号者と長老の席に、オコンクウォの姿が見えないと勘付いていたかもしれない。だが、もしそんなことを考えたとしても、女たちは胸の内にしまっておいた。あの軽やかな足取りのエグウグウは、一族の亡きご先祖なのである。燻《いぶ》したラフィアを身にまとって、巨大な木彫りの面をつけ、それはもうおぞましい形相だった。丸くくぼんだ目と人の指ほどもある真っ黒な歯を除くと、白塗りの顔をしている。頭には二本の勇ましい角があった。

エグウグウが全員着席し、体にたくさんついた大小の鈴が鳴りやむと、悪霊の森が向かいに控える二組の集団に呼びかけた。

「ウゾウルの肉体よ、挨拶いたす」精霊はきまって人間を「肉体」と呼ぶ。ウゾウルは服従のしるしに、かがんで右の手を地面についた。

71　ここで言う「悪霊の森」はエグウグウの名前で、場所としての「悪霊の森」を擬人化したもの。

「ご先祖さま、わたしの手は地に触れております」とこのように男は述べた。

「ウゾウルの肉体よ、わたしのことがわかるかね」精霊がたずねる。

「わかるはずございません、ご先祖さま。われわれには知ることができません」

次に悪霊の森はもう一方のグループに向いて、三人の兄弟の長兄に語りかける。

「オドゥクウェの肉体よ、挨拶いたす」と呼びかけられると、オドゥクウェもかがんで、地面に手をついた。こうして審理が始まった。

まずウゾウルが前に進み出て、自分の言い分を述べた。

「あそこに立っている女は、わたしの妻、ムバーフォでございます。わたしは婚資とヤム芋をきっちり渡し、この女と結婚いたしました。向こうの家族にはなんの借りもありません。ヤムの借りもありません。ココヤムの借りもございません。ところが、ある朝、あの三人がうちに来まして、わたしを殴打したあげく、妻と子どもたちをさらっていったのです。雨季のことでした。妻の帰りを待ちましたが、かないませんでした。そこでわたしは義理の親族のもとに出向いて、こう告げたのです。『あんたがたが妹を取り戻しに来たんだ。わたしが送り返したのではない。そっちが連れ去ったのだ。一族の慣習に従って、婚資を返してもらおうじゃないか』ところが、妻の兄たちは、何も言うことはない、などとぬかしたのです。そういう経緯がありまして、一族のご先祖さまのもとに問題を持ちこんだわけでございます。わたしからの話は以上です。失礼します」

「お前の言い分は正当だ」エグウグウの統率者が言った。「ではオドゥクウェの話を聞こうではないか。こちらの言い分も正当かもしれんぞ」

オドゥクウェは背が低く、がっしりとしていた。前に進み出て、精霊たちに挨拶し、陳述を始めた。

「義弟の話では、わたしたちが家に行って、義弟を殴り、妹と子どもたちを連れ去ったということですが、すべて間違いありません。それに、婚資を取り返しに来たところ、当方が断ったというのも、そのとおりでございます。しかしこの義弟のウゾウルはけだものです。妹は九年この男と暮らしました。そのかん、妻を殴らなかった日など一日たりともありません。わたしたちは繰り返し、諍《いさか》いを仲裁しようと努力してまいりました。ところが、いつもきまってウゾウルに咎《とが》があったのです――」

「でたらめだ！」ウゾウルが叫んだ。

「二年前」とオドゥクウェが続ける。「妹は身ごもっていたというのに、この男は妹が流産するまで殴ったのです」

「真っ赤な嘘だ。愛人と寝た後で、流産したんじゃないか」

「では、ウゾウルの肉体よ」悪霊の森がそう言って、ウゾウルを黙らせた。「どういう男が身重の女と寝ると言うのかね」聴衆のなかから、ざわざわと同意する声があがった。オドゥクウェが続けた。

「昨年のこと、妹が病からまだ回復しないうちに、この男はまたもやひどく妹を殴りつけました。もしご近所の人たちが助けに行ってくれてなければ、殺されていたことでしょう。わたしたちはそれを知り、いまお聞きになったとおりのことを実行したまでです。むろん、ウムオフィアの慣習では、妻が夫のもとを逃げ出すと、婚資は返さねばなりません。しかしこの件では、妹は自らの命を救うために逃げたのです。二人の子どもはウゾウルのものです。そのことに異論はございませんが、まだ幼く母のもとから離すことができません。ですが、ウゾウルがまず正気に戻り、正式に妻に戻ってほしいと頭を下げるのであれば、妹は夫のもとへ戻るつもりでございます。万が一この男がまた手をあげようものなら、こちらで去勢するという条件つきですが」

聴衆はどっと笑い声をあげた。悪霊の森が立ち上がると、たちまちざわめきがやんだ。その頭からは、絶えまなく煙が昇っていた。ふたたび席に着いて、二人の証人を呼び入れた。どちらもウゾウルの隣人だった。二人はウゾウルが妻を殴打していたのは間違いないと証言した。悪霊の森は立ち上がると、杖を持ち上げてドンと地面に突き立て、女たちのほうへ数歩駆け寄った。女たちは恐れをなして逃げてしまったのだが、すぐにまたもとの場所に戻ってきた。その後、九人のエグウグウは、審議のためにいったん家に退いた。しばらくのあいだ、あたりは静まり返っていた。するとまた金属の鐘がとどろき、笛の音が鳴った。エグウグウが地下の世界からふたたび現れたのだ。彼らは互いに挨拶を交わして、イロに戻ってきた。

「ウムオフィア、クウェヌ!」悪霊の森が大声をあげ、長老たちと一族のお偉方に向き合った。

聴衆から「ヤー!」と雷鳴のような声があがったと思うと、やおら空から静寂が降りてきて喧騒を飲み込んだ。

悪霊の森が語り始める。裁定が言い渡されるあいだ、だれもが押し黙っていた。残り八人のエグウグウは、彫像のように身じろぎひとつしなかった。

「われわれはどちらの言い分も聞いた」と悪霊の森が述べる。「われわれの使命は、一方を非難し、他方を賞讃するのではなく、問題を解決することにある」そしてウゾウルのグループに向かうと、少し間をとった。

「ウゾウルの肉体よ、挨拶いたす」

「ご先祖さま、わたしの手は地に触れております」ウゾウルはそう応じて、地面に手をついた。

「ウゾウルの肉体よ、わたしのことがわかるかね」

「わかるはずございません、ご先祖さま。われわれには知ることができません」とウゾウルは答える。

「わたしは悪霊の森。人生の絶頂にある者の命を奪うこともできる」

「そのとおりです」

「酒甕《さかがめ》を持って妻の親族のもとへ行き、妻に戻ってくるよう懇願せよ。男が女を殴るなど、勇ましい行為とはとうてい言えぬ」続いてオドゥクウェのほうを向き、少し間をとった。

「オドゥクウェの肉体よ、挨拶いたす」

「わたしの手は地に触れております」オドゥクウェが答えた。

「わたしのことがわかるかね」

「だれも知ることはできません」

「わたしは悪霊の森。口を満たす干し肉、薪《まき》なしで燃える炎。[72] お前の義弟が酒を持ってきたら、妹を一緒に帰らせるのだ。これにて閉廷」硬い地面から杖をぬくと、ふたたび突き刺した。

そして「ウムオフィア、クウェヌ！」と大声をあげ、聴衆が呼応した。

ある長老がぼやいた。「なんでこんなつまらんことに、エグウグウの裁きがいるのかさっぱりわからん」

「ウゾウルがどんな男か知らないのか。ほかの決定だったら、聞く耳を持たんようなやつだ」ともうひとりが言った。

二人がそんな話をしていると、新たな二組が先の二組に代わってエグウグウの前に現れ、深刻な土地問題の訴訟が始まった。

72 精霊の偉大な力を示す表現。干し肉は口に入れると膨れ上がり、堅くて噛《か》み切れないことから、そのように示唆される。

第11章

その夜は、まったく向こうが見通せないほど暗かった。月の出が日ごとに遅くなっていき、ついには夜明けにだけ顔を見せるようになった。月が夜を見捨てて暁に昇るころ、夜は炭のように真っ暗闇になる。

エズィンマと母は、ヤム芋のフフとビターリーフ・スープ[73]の夕食を終えると、床にマットを敷いて座った。椰子油《やしゆ》のランプが、黄みがかった光を投げかけていた。ランプがないと、食べることもできない。こんな夜の闇のなかでは、自分の口がどこにあるかもわからなかっただろう。オコンクウォの屋敷の四つの家には、どこにもランプが置かれていたが、他の家から眺めると、茫漠と広がる闇夜に浮かぶ、やわらかな薄明かりの目のようだった。

あたりは静かだった。ただ、虫のけたたましい鳴き声が響いて、夜の闇に溶け込んでいた。それ以外には、ンワーイェケがフフをつく木臼《きうす》と杵《きね》の音が聞こえた。ンワーイェケは四つ向こうの屋敷に住んでいて、夕飯の準備が遅いことで有名だった。近所に住む女ならだれでも、ンワーイェケの臼と杵の音に慣れ親しんでいた。この音も夜と一体になっていた。

オコンクウォは妻たちの料理を食べ終えて、壁にもたれかかっていた。袋のなかを探り、嗅《か》ぎ煙草《たばこ》の瓶を取り出した。瓶を左手にあけてみたが、まったく出てこない。そこで、今度は瓶を膝でたたいて振ってみた。オケケの嗅ぎ煙草にはいつも問題がある。あっという間に湿気《しけ》るし、硝石が多すぎる。オコンクウォは長らくオケケから嗅ぎ煙草を買っていなかった。イディゴこそがいい具合に煙草を挽くすべを知っていた。だが、イディゴは最近病に倒れてしまった。

オコンクウォの耳に、妻たちの離れから、ぼそぼそと話す低い声が合間に歌をはさんで聞こえてきた。妻と子どもたちが昔話をしているのだ。エクウェフィと娘のエ

73 イボ語ではオフェ・オヌブ。オヌブ（ビターリーフ）はキク科の植物。ココヤム、肉、魚などと一緒に煮込んだもの。

ズィンマは、床にマットを敷いて座っていた。次はエクウェフィの話す番だ。

「むかしむかし――」と物語が始まった。「鳥たちが全員そろって、空の宴会に招かれました。鳥たちは大喜び、最高の日に向けて準備を始めました。体にはカムウッドを塗り、ウリでうつくしい模様を描きました。

　このようすをずっと見ていた亀は、すぐに何事か察知しました。動物界の出来事で亀の目を逃れられるものはありません。[74]彼はとってもずる賢く立ちまわっていたのです。空の大宴会のことを聞くと、考えただけでもたちまち喉が鳴るのでした。そのころ、飢饉《ききん》が起こり、亀はもうふた月もろくな物を食べていませんでした。空《から》っぽの甲羅のなかでは、まるで枯れ枝のように体がカタカタと音をたてていました。そこで、亀は空にどうやって行こうかと、計画をねり出したのです」

「でも翼がないじゃない」とエズィンマが口をはさんだ。

「まあ待ってよ」母親が答える。「そこがお話のミソなのよ。亀には翼がないけど、鳥のところに行って、一緒に連れていってもらえるよう頼んだの。

『君のことはよく知ってるよ』亀の話を聞いて、鳥たちは言いました。『君はずる賢くて、恩知らずだ。一緒に連れていったら、すぐに悪さを始めるだろうよ』

『ぼくのこと知らないじゃないか』と亀は反論します。『ぼくは変わったんだ。迷惑をかけると、自分に跳ね返ってくるって、思い知ったんだよ』

亀は言葉巧みに話しました。それですぐに鳥たちは、ほんとうに心を入れかえたんだなと納得して、亀に羽根を一枚ずつあげました。こうして亀は翼を二つこしらえたのです。

待ちに待ったすばらしい日がやって来ました。待ち合わせ場所に一番早く来たのは亀でした。鳥たちはみんなで集まってから、出発しました。亀は鳥たちと一緒に飛んでいるあいだ、とてもうれしくて、ついおしゃべりになっていました。それに、雄弁な演説家だったので、さっそく宴会のスピーチ役に選ばれました。

『ぜったいに忘れてはいけない大切なことがあるんだ』飛んでいる道すがら、亀は言いました。『こんなすごい宴会に呼ばれたら、その場にふさわしい新しい名前を名乗るんだよ。空の主人たちも、古くからあるこういう慣習を重んじてほしいだろ

---

74 亀はずる賢く自己中心的、かつ滑稽なトリックスターとして、アフリカの民話にしばしば登場する。ここで語られる「亀と鳥」の物語は、西アフリカ一帯でさまざまなバージョンが存在する。

うね』

鳥たちはだれも、そんな習わしなど聞いたことがなかったのですが、亀は他のことで欠点が多くても、たくさん旅をして、いろいろなところの慣習に親しんでいるというのは知っていました。それで、鳥たちは新しい名前をつけることにしました。みんなが終わってから、亀も名前を得ました。あなたがたみんな、と名乗ることになったのです。

ついに一行は空に到着し、主人たちは彼らを大喜びで迎えました。色とりどりの羽根をまとった亀がすっくと立ち上がり、空の人びとに招待のお礼を述べました。亀のスピーチはそれはそれは見事で、鳥たちはみんな、亀を連れてきて良かったと喜び、彼の言うことぜんぶに、そうだそうだと首を振りました。主人たちは、亀が他の鳥たちと少しようすが違ったので、なおのこと亀を鳥の王と考えました。

コーラの実がふるまわれると、空の人びとはお客の前に、亀がいままで目にしたことも、夢見たこともない、最高のごちそうを並べました。スープは火からおろしたばかりの熱々、料理したお鍋のまま出されました。なかにはたっぷりのお肉とお魚。亀はクンクンにおいを嗅ぎ始めました。ヤム芋餅も、椰子油と新鮮なお魚で作ったヤム芋シチュー[75]もありました。椰子酒の甕《かめ》もたくさん置かれました。お客の前にすべて並べられると、空の人が前に出て、それぞれの鍋から少しずつ味見をしました。そして鳥たちにどうぞ、と勧めました。ところが、亀がいきなり立ち上がってこう聞いたのです。『この宴会はだれのために開いてくださったのでしょう』『あなたがたみんなのためですよ』と空の人が答えました。

すると亀は鳥たちのほうを向いて、言いました。『覚えているだろ、ぼくの名前は、あなたがたみんな、だったよな。ここでの習わしは、代表者にまず食事がふるまわれ、残りの人はその後だ。君たちは、ぼくが食べ終わってからだよ』

亀がむしゃむしゃ食べ始めたので、鳥たちは怒ってぶつぶつ文句を言いました。空の人びとは、まず王様に料理を全部ゆだねるのが鳥たちの慣習なのだな、と考えました。こうして亀はごちそうの一番おいしいところをたいらげて、椰子酒の甕を二つ空にしました。亀は食べ物とお酒でおなかいっぱいになり、甲羅のなかで体が膨れ上がりました。

75　イボ語ではアワイ、ヤム芋の煮込み料理。トマトと干し魚や鶏肉などと一緒に煮込む。

鳥たちは集まって残り物を食べ、亀が床のあちこちに捨てた骨をつつきました。なかにはかんかんに怒って、なんにも口にしない者もいました。この鳥たちはおなかぺこぺこのまま、飛んで帰ることにしました。ただし帰る前に、亀に貸していた羽根を取り返すことにしたのです。亀はごちそうとお酒で満腹になったものの、家に帰る翼を失ってしまい、硬い甲羅のなかで立ちつくすしかありません。そこで、妻に伝言してもらうよう鳥たちにお願いしてみたのですが、みんなに断られてしまいました。結局、一番腹を立てていたオウムが、突然心変わりをして伝言を引き受けました。『妻に言ってください』と亀は言ったのでした。『家にある柔らかいものをぜんぶ運び出して、庭に敷き詰めるように、って。そうすれば、大きな危険もなく、空から飛び降りることができるから』

オウムは、必ず伝えるよと約束し、飛び去りました。でも亀の家に着いたら、妻には家にある硬いものをぜんぶ運び出すように言いました。そこで、彼女は夫の鍬《くわ》、鉈《なた》、槍《やり》、銃、それに大砲までも外に出しました。亀は空から見下ろして、妻がなにかものを運び出しているのを見ましたが、うんと遠く離れているのではっきりわかりません。準備万端に見えたところで、亀は飛び降りました。あれよあれよとまっ逆さまに落ちていき、このままずっと落ちていくんじゃないか、と恐ろしくなりました。ついには大砲のような音がして、屋敷に激突してしまいました」

「死んじゃったの？」とエズィンマが訊いた。

「いいえ」とエクウェフィ。「甲羅が粉々に割れてしまっただけ。でも近所にすごい腕の呪術師がいてね。亀の妻がその人に来てもらったのだけど、呪術師は甲羅の破片をぜんぶ集めてくっつけたのよ。だから亀の甲羅はでこぼこしてるの」

「お話に歌がないね」エズィンマが指摘した。

「たしかにそうね。また歌のあるお話を考えるわ。でもつぎはあんたの番よ」

「むかしむかし」今度はエズィンマが始める。「亀と猫がヤム芋との闘いに出かけていきました――だめだめ、こんな始まりじゃなかった。むかしむかし、動物たちの国で大飢饉が起こりました。みんながりがりになっていたのですが、猫だけがまるまる太ったまま、体も油を塗ったようにつやつやしていました……」

エズィンマはそこでお話を止《や》めた。ちょうどそのとき、大きな甲高い声がして、屋外の夜のしじまを破ったのだ。アバラの巫女《みこ》、チエロがお告げを触れまわっていた。これはとくに珍しいことではない。ときとして、チエロは神の霊に憑《つ》かれて、お告げを始めるのだった。だがこの夜は、オコンクウォに向かってお告げと挨拶の言葉を発していた。それで、一家はみな耳をそばだてた。昔話はおあずけになった。

「アバラ、ドー、アバラ、エケネオー」[76]夜を切り裂く鋭いナイフのような声がした。

「オコンクウォ！　アバラ、エケネ、ギオー！　アバラ、チョル、イフ、アダ、ヤ、エズィンマオー！」[77]

エズィンマの名が呼ばれて、エクウェフィは頭をぐいっと持ち上げた。まるで死の匂いを嗅ぎつけた動物のように。心臓が苦しいほどどきどきしていた。

巫女はオコンクウォの屋敷にたどり着き、家の外でなにやら彼に話をしている。アバラが娘のエズィンマに会いたいと仰せだ、と何度も繰り返しているようだ。対してオコンクウォは、エズィンマは眠っているので朝に来てほしいと懇願していた。だがチエロはオコンクウォの願いを無視して、アバラが娘に会いたいと仰せだ、とだけ叫び続けた。その声は金属音のようにはっきりとしていたので、離れにいるオコンクウォの妻たちと子どもたちにもチエロの言うことが逐一《ちくいち》聞こえていた。オコンクウォはなおも、娘は最近病気をしたばかりでもう眠っているから、と訴えた。エクウェフィはあわてて娘を寝室に連れていき、高い竹のベッドに寝かせた。

巫女は金切り声をあげて「気をつけるがよい、オコンクウォ！」と警告する。「アバラと言葉を交わせるとでも思っているのか。神が話をされているというのに、人間が話すというのか。気をつけるがよい！」

巫女はオコンクウォの主屋《オビ》を抜け、円形の敷地に入ると、エクウェフィの離れにまっすぐ向かった。オコンクウォも後に続いた。

「エクウェフィ、アバラから挨拶をいたす。わたしの娘、エズィンマはどこにいる。アバラが会いたいと仰せだ」

エクウェフィは左手に油ランプを持ち、離れから出てきた。そよ風が吹いていたので、右手をかざして火を守った。ンウォイェの母もランプを手に家から出てきた。子どもたちは真っ暗闇のなか離れの外に立って、不思議な出来事を見ていた。一番下の妻も姿を見せて、その場に加わった。

「アバラはどこで娘にお会いになりたいのですか」とエクウェフィはたずねた。

---

76 「アバラからのご挨拶だ、アバラがご挨拶されている」

77 「オコンクウォよ。アバラが（お前に）ご挨拶されている。アバラが娘のエズィンマに会いたいと仰せだ」

「丘と洞《ほら》の住まい以外どこにあろうか」巫女は切り返した。

「一緒にまいります」エクウェフィはそうきっぱり言った。

「トゥフィアー！」[78]巫女は悪態をついた。まるで、乾季に雷鳴が轟音《ごうおん》をあげているような声だった。「よくもぬけぬけと、全能のアバラの御前に己の意志で出向こうなどと言えるな。怒りの罰を受けたくなければ、気をつけるがよい。わたしの娘を連れてくるのだ」

エクウェフィは離れに戻り、エズィンマを連れて出てきた。

「わたしの娘よ、来なさい」と巫女が呼びかけた。「背におぶってあげよう。母の背に乗る赤ん坊は、道中が長くとも気づきはしない」

エズィンマは泣き始めた。エズィンマはチエロが「わたしの娘」と呼ぶのに慣れていた。しかしいま、黄色い薄明かりのなかに見えるチエロは、ふだんとは似ても似つかぬ別人だった。

「泣くのはおやめ、娘よ。アバラがお怒りになるぞ」巫女は言った。

「泣かないで」とエクウェフィは話しかける。「この人がすぐに連れて帰ってくれるわ。お魚を食べさせてあげましょう」離れに戻り、スープ用の干し魚や食材が入っている、黒く煤《すす》けたかごを持ってきた。魚一切れを二つに割って手に持たせると、エズィンマはしがみついてきた。

「怖がらないで」エクウェフィはそう言って娘の頭をなでた。頭髪はところどころ剃《そ》ってあり、きっちり整えられていた。二人はまた外に出た。巫女は片膝をついて、エズィンマを背中におぶった。エズィンマは左手に魚を握り、その目は涙で光っていた。

「アバラ、ドー！　アバラ、エケネオー！……」ふたたびチエロは神への敬意の言葉を唱え始めた。そして急に向きを変え、庇《ひさし》のところで身を低くかがめて、オコンクウォのオビを通り抜けていった。エズィンマは泣き喚《わめ》いて、母を呼んでいる。こうして二つの声は漆黒の闇のなかへと消えていった。

声のするほうを食い入るように見つめて立っていると、エクウェフィは突然、言いようのない脱力感に見舞われた。まるで、たった一羽の雛《ひな》をトビにさらわれた雌鶏《めんどり》のようだった。エズィンマの声はまもなく聞こえなくなり、チエロの叫び声だけが次第に遠ざかっていくのがわかった。

78　社会的な禁忌や忌まわしい行為を罵《ののし》って、唾《つば》を吐きかける際の感嘆詞。

「なんでそんなところに突っ立っているんだ。誘拐されたわけでもあるまいし」オコンクウォはそう言い放って、オビに帰っていった。

「すぐに帰してくれるわよ」ンウォイェの母が言った。

しかしエクウェフィには、そんな慰めも耳に入らない。しばらくたたずんでいたが、突然、腹を決めた。オコンクウォのオビを駆け抜け、外に出た。「どこへ行くんだ」オコンクウォが呼び止めた。

「チエロの後をつけるのよ」そうつぶやくと、エクウェフィは闇のなかに姿を消した。

オコンクウォは咳払いをして、脇に置いてあったヤギ皮の袋から嗅ぎ煙草の瓶を取り出した。


巫女の声はすでに遠のいて、かすかに聞こえるだけだった。エクウェフィは本道に急いで出ると、声のする左に向かった。こんな暗闇では目がまったく役に立たない。だが、砂地の道の両側が木の枝と湿った葉の垣になっていたので、たやすく進むことができた。胸が揺れて音をたてないように、両手で押さえつけて走っていった。露出した木の根に左足を打ちつけてしまい、恐怖に襲われた。不吉な兆候だ。エクウェフィはさらに速く走った。それなのに、チエロの声はまだずいぶん離れている。チエロも走っているのだろうか。エズィンマをおぶっているのに、どうやったらそんなに速く進めるのだろう。夜は冷えこんでいたが、エクウェフィは走っていたので体が熱くなった。ひっきりなしに、道にせり出す茂った草や蔓《つる》に踏み入ってしまう。と突然、足をとられて、転んでしまった。そのとき初めて、チエロがもう声をあげていないと気づいてハッとした。心臓が激しく打ち、呆然と立ちつくした。次の瞬間、ほんの二、三歩先で、チエロがふたたび大声を発したのが聞こえてきた。だが、エクウェフィにはその姿が見えない。しばらく目を閉じ、また開いて、よく見ようとした。それでもだめだ。自分の鼻以外、なんにも見えない。

空には星がなく、雨雲がたなびいていた。ホタルが小さな緑の灯《ひ》をともして飛び交い、かえって闇が深みを帯びていた。チエロの叫び声が途切れると、森の虫の鋭く震える声が闇と一体になって、夜に満ちていく。

「アバラ、ドー！……アバラ、エケネオー！……」エクウェフィは、近すぎず、遠すぎずの距離を保ち、重い足取りで後ろに続く。聖なる洞に向かっているはずだ、と思った。ゆっくりと歩いているので、考えるゆとりができた。二人が洞に行ったら、どうすればいいのだろう。まさか中に入るなんてできない。あんな恐ろしい場所で、ひとりきり、入口のところで待つことになる。これまで経験したありとあらゆる夜の恐怖を思い浮かべた。ずっと昔にオブ・アガリ・オドゥ[79]を見た夜の記憶がよみがえってきた。これは悪の実体のようなもので、遠い過去に、一族が敵を倒すべく強力な「呪術」を生み出したところ、制御の仕方がわからなくなってしまって、世に放たれたのだった。エクウェフィはこの夜と同じような闇夜のなか、母親と小川から戻る道中、こちらに向かってその光が飛んでくるのを目撃した。二人は水甕を放り出して、道端に伏せ、不吉な光が降ってきて殺されるのではないかと怯《おび》えた。エクウェフィがオブ・アガリ・オドゥを目にしたのは、それ一回きりだった。だいぶ前の出来事なのに、あの晩を思い出すたび、血の気が引くような思いがした。

　巫女が叫びをあげる間隔はどんどん広がっているが、声の激しさはまったく衰えない。大気は夜露で冷たく湿っている。エズィンマがくしゃみをした。エクウェフィは「命あれ」とつぶやいた。同時に巫女も「命あれ、娘よ」と声をかけた。闇のなかからエズィンマの声が聞こえてきて、母の心はなごんだ。エクウェフィはゆっくり歩を進めていった。

とそのとき、巫女が叫んだ。「後をつけているのはだれだ！」「精霊であれ、人間であれ、アバラが鈍い刃でお前の頭を剃らんことを！　踵《かかと》が見えるほど、お前の首をねじらんことを！」

エクウェフィはその場に立ちすくんだ。「アバラの罰《ばち》があたる前に、さっさと家に帰りなさいよ」ともうひとりの自分がささやく。だが引き返すことはできない。チエロが離れていくまで立ち止まり、また後ろをついていった。もうかなりの距離を歩いていたので、少し足がしびれ、頭がぼーっとし始めた。とたん、ひょっとして洞に向かっていないのかもしれない、という考えが浮かんだ。洞はずっと前に通り過ぎたはず。きっと、もっとも離れた集落、ウムアチに向かっているのだ。チエロが声をあげる間隔はかなり長くなっていた。

エクウェフィは、夜がほんの少し明るくなってきたように感じた。雲が晴れ、いくつか星が現れた。月も機嫌をなおして、出てくる準備をしているにちがいない。夜に月の出が遅れると、夫婦げんかで機嫌を損ねた夫が妻の作った食事を突っぱねるみた

79　字義どおりには「命を奪うもの」。鬼火のようなもの。

いに、月が食事を拒んでいる、とよく言われたものだ。

「アバラ、ドー！　ウムアチ！　アバラ、エケネ、ウヌオー！」[80]エクウェフィの思ったとおり。巫女はウムアチに呼びかけている。こんな距離を歩いたなんて信じがたい。森の小道から広々とした集落に出ると、闇が薄れてぼんやりと木々の輪郭が見えるようになった。エクウェフィは目を細めて、娘と巫女を確認しようとしたが、二人の姿が見えたと思った瞬間、また闇の塊が溶けていくように消えてしまった。エクウェフィはただ呆然と歩いていった。

　チエロの声は、出発したときのように、どんどん大きくなっていた。エクウェフィは広々とした場所に出たような感じがして、きっと広場《イロ》にいるのだと思った。それに、ふとチエロはもう進んでいないと気づいた。というより、引き返していたのである。エクウェフィはとっさに、チエロが戻ってくる道から離れた。チエロは通り過ぎて、もと来た道を帰っていった。

　長くうんざりする道中、エクウェフィは大半の時間を夢遊病者のごとく歩を進めた。月はたしかに昇りつつあった。まだ空に現れていないものの、すでに明かりが闇夜を溶かしていた。エクウェフィにも、巫女と背負われた娘の姿がはっきり見えた。もしチエロがふいに振り返って自分を見たらどうなるのだろう、と怖くなった。

エクウェフィは月が昇ってほしい、と祈る気持ちでいた。だがいまは、暗闇よりも月が出始める薄明かりのほうがもっと恐ろしい。世界はぼんやりとした不気味な人影にあふれていて、目を凝らして見ると、消えてなくなったかと思えばまた新しい形に変わる。一度など、あまりの恐ろしさに、一緒に歩いて人間どうし気持ちを分かち合いたいと、チエロに大声で呼びかけそうになった。彼女が見たのは、頭を地面に、足を空に向けて椰子の木に登る男の姿だった。ところがその瞬間、憑かれたチエロの声がまた一段と大きくなり、エクウェフィはたじろいだ。その声にはまったく人間味が感じられなかったのである。いまこのときのチエロは、市場で一緒に座ったり、エズィンマをわたしの娘と呼んで、よく豆の揚げ物を買ってくれたりする女ではなかった。まったくの別人、丘と洞の神託アバラの巫女なのだ。エクウェフィは二つの恐怖のあいだに揺られて歩いていた。感覚を失った足がたてる音は、自分の後ろで歩いている他人の足音のよう。両腕はあらわになった胸の前で組んでいた。夜露はひどく、

80　「アバラからのご挨拶だ。ウムアチの人びとよ、アバラがご挨拶されている」

空気は冷たかった。もうなにも、夜の恐怖のことさえ考えられない。寝ぼけ眼《まなこ》でただのろのろと歩き、チエロが叫びをあげるときにだけ、はっきり目が覚めるのだった。

そしてついに道を曲がり、洞のほうへ向かい始めた。そこから先、チエロは途切れることなく詠唱を続けていた。あらゆる名で神を呼んだ。未来の所有者、大地の使者、人生の絶頂にある者の命を奪う神。エクウェフィはすっかり目が覚め、麻痺《まひ》していた恐怖も戻ってきた。

もう空には月が昇って、チエロとエズィンマがはっきりとらえられた。あんなに大きい子を、女がやすやすと長い時間おぶっていられるなんて、驚くべきことだ。しかし、エクウェフィはそんなことを考えているわけではなかった。その夜、チエロはただの女ではなかったのだ。

「アバラ、ドー！　アバラ、エケネオー！　チ、ネブ、マドゥ、ウボスィ、ンドゥ、ヤ、ナート、ヤ、ウト、ダールオー！[81]……」

月明かりのなか、エクウェフィには迫りくる丘が見えていた。丘は円形につらなり、ある部分で途切れていて、そこから小道が円の中心に向かって延びている。巫女がこの丘の輪に入ったとたん、その叫び声が倍になるどころか、あたり一帯に響き渡った。これぞまさしく偉大なる神の社《やしろ》。エクウェフィは、おそるおそる静かに歩を進めた。自分がここに来て本当に良かったのだろうか、という疑念が頭をもたげてきた。エズィンマはだいじょうぶだろう、とエクウェフィは心につぶやいた。それに、もし何か起こったとしても、自分に止める力はあるのだろうか。地下の洞に入っていく勇気などない。ここに来てもまったく意味がなかったのだ、とさえ思った。

こんなふうにぼんやりと考えていたので、エクウェフィは二人が洞の入口のすぐ近くに来ていたことに気づかなかった。次の瞬間、巫女がエズィンマを背負って、雌鶏がなんとか通れるほどの穴に消えていくと、エクウェフィはまるでそれを止めようとするかのように突然駆け出した。二人を飲み込んだ丸い闇を凝視して立っていたら、目から涙があふれてきた。もしエズィンマの泣き声が聞こえてきたりしたら、洞に飛び込んでいって、神々をぜんぶ敵にまわしてもあの子をぜったいに守ってみせる、と心に誓った。わたしはあの子と一緒に死ぬんだ、と。

そんな誓いを立て、エクウェフィは岩棚に腰を下ろして待った。恐怖は消えていた。

81「人生の絶頂にある者の命を奪う神、ご機嫌いかがかね」

巫女の声が聞こえてきたが、がらんと広がる洞のなかではあの金属のような鋭さが失われていた。

どれほど待ったのか見当もつかない。ただ待っていた。きっとかなりの時間がたっていたはずだ。エクウェフィは丘から延びる小道に背を向けていた。背後から物音が聞こえたのか、ハッと振り返った。するとそこに男が鉈を持って立っていた。エクウェフィは悲鳴をあげて、思わず飛び上がった。

「バカな真似はよせ」そう言ったのはオコンクウォの声だった。「チエロと一緒に社に入っていくかと思ったぞ」とからかった。

エクウェフィはただ黙っていた。感謝の涙があふれてきた。きっと娘は無事だと思えた。

「帰って寝ろ」オコンクウォが言った。「俺がここで待つから」

「わたしも待つ。もう夜明けよ。一番鶏も鳴いたわ」

二人でこうして並んで立っていると、エクウェフィの心に若かったころの記憶がよみがえってきた。あのころ、オコンクウォは貧しくて結婚できなかった。だからアネネと結婚したのだ。だが、アネネとの二年の結婚生活の後、もう耐えられなくなって、オコンクウォのもとに逃げ出した。あのときも朝早い時間で、月が輝いていた。エクウェフィは小川へ水を汲みに行くところだった。オコンクウォの家は小川に行く途中にあった。ふと立ち寄ってドアをノックしたら、彼が出てきた。当時でさえ、オコンクウォは口数の少ない男だった。なにも言わずエクウェフィをベッドに抱えていき、暗闇のなか、彼女がまとっていた布の合わせ目をさがそうと、腰のあたりをまさぐったのだった。

第12章

あくる朝、ご近所じゅうが祝賀ムードにあふれていた。オコンクウォの友人、オビエリカが娘のウリを祝うことになっていたのだ。この日、婚資をほとんど払い終えた求婚者が、花嫁の両親や近親者だけでなく、ウムンナ[82]という広い範囲の遠縁の親族にも椰子酒《やしざけ》を持ってくる。男たち、女たち、子どもたち、だれもが招かれた。とはいえ、実際のところこれは女の儀式であり、主人公は新婦とその母だった。

夜が明けると、朝食をさっさと済ませて、女と子どもがオビエリカの屋敷に集まってきた。花嫁の母が村じゅうに料理をふるまうことになっており、そんな大変だが喜ばしい作業を手伝うためだった。

オコンクウォの家族も、近所の家族と同じように心を弾ませていた。ンウォイェの母とオコンクウォの一番若い妻のオジウゴは、子どもを全員連れてオビエリカの屋敷に向かうところだった。ンウォイェの母は、オビエリカの妻に渡すココヤムや塩の塊、魚の燻製《くんせい》の入ったかごを携えていた。オジウゴも、プランテーンとココヤムを入れたかご、それに小さい椰子油の壺《つぼ》を持っていた。子どもたちは水甕《みずがめ》を運んだ。

エクウェフィは前夜に心身を消耗するようなことがあったせいで、疲れ果てて眠気に襲われていた。家に戻ったのはついさっきだった。巫女《みこ》は眠っているエズィンマを背負って、ヘビのごとく腹ばいになり社《やしろ》から這い出てきた。チエロはオコンクウォとエクウェフィに目もくれなかった。あるいは、洞《ほら》の入口で二人に気づいたのかもしれないが、なんら動じるようすはなかった。ただまっすぐ前を向いて、村へ戻っていった。オコンクウォと妻は、礼儀にかなった距離をとり、後に続いた。自宅へ帰るのかもしれない、と二人は考えたが、巫女はオコンクウォの屋敷に向かい、主屋《オビ》を抜けてエクウェフィの離れに行き、寝室に入っていった。それから、エズィンマをそっとベッドに寝かせ、だれにもなんにも言わずに出ていった。

82 いくつもの段階を踏む婚儀の一部で、夫側が妻側に婚資を支払った後で行われる宴。
83 男性親族の集まり。後出（注90）のウムアダは女性親族を指す。

あたりがざわざわ騒がしくなっても、エズィンマはまだ眠っていた。エクウェフィは、遅れるから、とオビエリカの妻に伝えてくれるよう、ンウォイェの母とオジウゴに頼んだ。かごにココヤムと魚の準備はできていたが、エズィンマが目を覚ますのを待たなければならなかった。

「少し眠ったらどうなの。すごく疲れているみたい」ンウォイェの母は言った。

彼女たちが話していると、エズィンマが離れから出てきて、目をこすり、細い体で伸びをした。子どもたちがみんな水甕を持っているのを見て、オビエリカの妻のために水汲みに行くところだということを思い出した。エズィンマは離れに戻り、甕を持ってきた。

「しっかり眠れた?」と母はたずねた。

「うん、行こうよ」エズィンマが答えた。

「朝ごはんをちゃんと食べてからね」とエクウェフィが言い、離れに入って、昨晩作った野菜スープを温めなおした。

「じゃあ先に行くわ」ンウォイェの母はそう声をかけた。「オビエリカの奥さんには、あんたが後で来るって言っておくから」そうして、ンウォイェの母は四人の子どもを、オジウゴは二人の子どもを連れて、オビエリカの妻の手伝いに出かけた。

妻たちがぞろぞろとオビを通り抜けるのを目にして、オコンクウォは「だれが俺の午後の食事を作ってくれるんだ」と問いかけた。

「わたしが戻って支度しますよ」オジウゴが答えた。

オコンクウォもへとへとで眠気をもよおしていた。だれも気づかなかったが、昨晩は一睡もしていなかったのだ。心配でやきもきしていたというのに、そんなそぶりも見せなかった。エクウェフィが巫女の後について出ていくと、男がとるべき妥当な間をおいてから、きっと社に行ったはずだと考えて、鉈《なた》を手にとり向かった。しかし社に着いてから、巫女はまず村をぐるりとひとまわりすることにしたのかもしれない、と思えてきた。そこでオコンクウォはいったん家に戻り、腰を下ろして待った。もうじゅうぶん時間がたっただろうと思ったころ、ふたたび社へ赴いた。ところが丘と洞の社は、相変わらず静まり返っていた。四度目に戻ってようやくエクウェフィを見つけたときには、心配で気が気ではなくなっていた。

オビエリカの屋敷はまるで蟻塚《ありづか》のようにせわしなかった。ほんのわずかなスペースも埋めつくすように、臨時のかまどがあちこちにこしらえられた。日干しレンガを三つ並べて、その真ん中に火をおこすというものだ。次から次へと料理鍋がかまどに載せられ、下ろされ、たくさんの木臼《きうす》ではひっきりなしにフフがつかれた。女たちはヤム芋やキャッサバを調理したり、野菜スープを準備したりした。若い男はフフをつき、薪《まき》を割った。子どもたちは、何度も何度も水を汲みに小川へ行った。

三人の青年がオビエリカに手を貸して、スープ用のヤギを二頭ほふった。どちらもまるまるとしてはいたが、一番肥えているヤギは屋敷の塀の近くで杭《くい》につながれていた。ヤギなのに子牛ほど大きかった。オビエリカはこのヤギを買うために、親族のひとりをはるばるウムイケまで使いに出したのだった。婿の家族に生きたまま贈ろうと考えていた。

「ウムイケの市場は見事ですね」オビエリカに頼まれて、この巨大なヤギを買いに行った青年が言った。「それはもうすごい混雑だから、砂を一粒放っても地面に落ちていく隙間《すきま》もないほどです」

「強力な呪術のおかげさ」オビエリカが口をはさんだ。「ウムイケの人たちは、自分たちの市場が大きくなって、近隣の市場を全部飲み込んでしまえばいい、と願った。

だから、強力な呪術を生み出したんだ。呪術は、市の日にはかならず、一番鶏が鳴く前に、扇を持った老女の形をして市場に立っている。この老女が魔法の扇で、近隣の一族を残らず手招きするんだ。前にも後ろにも、右にも左にもな」

「だからみんな引き寄せられるわけか」もうひとりの男が言った。「正直者も泥棒も。あの市場では、腰にまとった布ですらはぎとられてしまう」

「そのとおり」とオビエリカ。「だからンワンクウォに、目を光らせ、耳を澄ますように、と言っておいたんだ。かつて、ヤギを売りに行った男がいた。太いロープにヤギをつなぎ、自分の手首にもしっかりロープを巻きつけて連れていった。ところが、市場のなかを歩いていると、みな自分のことを狂人かなにかのように指差すじゃないか。わけがわからなかったのだが、振り返ってみてようやく、ロープの端にいるのがヤギではなく、重い丸太だと気づいたんだとさ」

「そういうことを泥棒が自力でできるんでしょうか」とンワンクウォがたずねる。

「いいや。まじないを使うんだ」オビエリカは答えた。

男たちはヤギの喉もとを切ってボウルに血を注ぐと、毛を焼き落とすために焚火の上にかざした。すると毛の焦げるにおいと料理のにおいが入り混じった。それからきれいに洗い流して、女たちが作るスープのためにこま切れにした。

こうして慌ただしい蟻塚のような活動もすべて順調にいっていたところ、突然、邪魔が入った。遠くから叫び声が聞こえてきたのだ。オジ、オドゥ、アチュ、イジジオー！――しっぽを使ってハエを追い払う者！――ただちに女たちは手を止めて、叫び声のほうへ駆け出した。

「そんなふうに全員出ていったらだめよ。料理が焦げちゃうじゃないの。せめて三、四人は残らなくては」と巫女のチエロが叫んだ。「そうね。三、四人残りましょう」もうひとりの女も言った。

料理鍋の番に五人の女が残り、あとはみんな逃げた牛を見ようと急いで出ていった。女たちは牛を見つけると、持ち主のもとに追い返した。持ち主はその場で重い罰金を支払った。牛を放して近所の作物を荒らしてしまったら、こんなふうに村から罰金が科されるのだった。女たちは罰金を取りたてると、掛け声が上がったときに出てこられなかった人がいるかどうか確認した。

「ムボゴはどこ？」ひとりが聞いた。

「病気で寝てるわ」ムボゴの隣に住んでいる女が言った。

「あとはウデンクウォね」とべつの女が言った。「子どもが生まれて、まだ二十八日だから」

オビエリカの妻に料理の手伝いを頼まれていない女たちは、それぞれ家に戻った。残りは連れ立ってオビエリカの屋敷に引き返した。

「だれの牛だったの？」残っていた女たちが聞いた。

「わたしの夫のよ」そう言ったのはエゼラーボだった。「うちのチビが牛舎の門を開けてしまったの」

昼過ぎになって、オビエリカの義理の親族から、まず椰子酒の甕が二つ届けられた。女たちにしかるべくふるまわれ、みな一、二杯ずつ口にした。こうすると料理がはかどるというわけだ。花嫁と介添えの娘たちにもふるまわれた。髪結いの最後の仕上げで注意深く剃刀が入れられ、なめらかな肌にはカムウッドが塗られていた。

太陽の熱がやわらいでくると、オビエリカの息子、マドゥカが長い箒《ほうき》を持って、父のオビの前を掃いた。そうすると、まるでそれを待っていたかのように、オビエリカの親族と友人たちが続々と姿を見せ始めた。どの人も肩にヤギ皮の袋をかけ、丸めたヤギ皮のマットを小脇に抱えている。木彫りの腰掛けを持った息子を付き添わせている人もいた。オコンクウォもそのなかにいた。客人たちは半円になって座り、さまざまなことを話し始めた。まもなく、求婚者の一行がやって来るところだった。

オコンクウォは嗅《か》ぎ煙草《たばこ》の瓶を取り出し、横に座っているオブエフィ・エゼンワに勧めた。エゼンワは瓶を受け取ると、膝でトントンとたたき、左の手のひらを体で拭《ぬぐ》って乾かしてから、煙草を少し出した。慎重な手つきでこういう動作をしながらも、話を続けていた。

「婿の親族がたくさん酒甕を持ってくるといいけどな。けちで有名な村の人たちだが、アクエケは王の花嫁にも匹敵するとわかっているはずだ」

「まさか甕三十より少ないなんてことはないでしょう」とオコンクウォが言った。

「少なければ、はっきりと言ってやりますよ」

そのとき、オビエリカの息子、マドゥカが父の親族へのお披露目に、屋敷の奥から巨大なヤギを連れてきた。一同はヤギを誉めたたえて、まさにこうでなくては、と口ぐちに言った。そしてヤギはまたもとの場所に引かれていった。

それからまもなく、婿の親族が到着し始めた。まずやって来たのは、一列になって酒甕を運ぶ青年と少年だった。彼らが入ってくると、オビエリカの親族は甕の数を数えた。二十、二十五。そして長い沈黙。主催の花嫁側は互いの顔を見て、「そらみろ」と言わんばかり。だが、またさらに甕が届けられた。三十、三十五、四十、四十五。主催側はいいぞ、とうなずき、「それでこそ一人前の男のやり方だ」とでも言っているようだった。ぜんぶで甕は五十になった。甕が運ばれた後には、求婚者のイベ、そして家族の年長者の一行が到着した。彼らも半月状に座り、花嫁側をあわせると一つの輪になった。真ん中には酒の甕が据えられた。そして花嫁、花嫁の母、六人の女たちが屋敷奥から現れ、輪を一周して全員と握手を交わした。花嫁の母を先頭に、花嫁と介添えの女たちが続いた。既婚女性は一張羅《いっちょうら》を身にまとい、少女たちは腰に赤と黒のビーズ飾りをして、真鍮《しんちゅう》のアンクレットをつけていた。

女たちが退席すると、オビエリカが婿の親族にコーラの実を差し出した。オビエリカの長兄が一つ目を割った。「みなの健康を祈って」割りながらそう唱えた。「両家が友情で結ばれますように」

一同が呼応した。「エーエー！」[84]

「われわれは本日、そちらに娘をお渡しします。この子は良き妻となるでしょう。われわれ一族の母のように、息子を九人産むでしょう」

「エーエー！」

訪問客の最年長者が応えた。「どちらの家にもめでたいこととなりましょう」

「エーエー！」

「うちがここから娘を嫁にもらったのは、これが最初ではありません。まさしく、わたしの母もここの出でした」

「エーエー！」

「もちろん、最後にはなりませんぞ。共に理解している者どうし。あなたがたはまこと偉大な一家です」

「エーエー！」

「栄華を誇る人びとよ、偉大なる戦士よ」と、オコンクウォのほうを向いた。「ここの娘さんは、あなたのような息子を産んでくれるでしょう」

「エーエー！」

コーラの実が食され、椰子酒が酌み交わされる。四、五人ずつ酒甕を囲んで車座になった。夜が更けてくると、来客に食事が出された。フフの巨大な器、スープが入った湯気のたつ鍋。ヤム芋シチューもふるまわれた。実に盛大な宴会となった。

　夜のとばりが下りると、木の三脚台に燃え盛るたいまつが設置され、若者たちが歌を歌った。年配の者は大きな輪になって腰を下ろし、歌い手たちがその輪をまわり、各人の前に出て賞讃の歌を披露した。どの人にもなにがしか讃えるべきところがあった。偉大な農民もいれば、一族のために雄弁をふるう演説家もいる。オコンクウォは当代一のレスラーであり、戦士である。歌い手はぐるっとひとまわりして中央に座ると、こんどは少女たちが奥から出てきてダンスを始めた。最初のうち花嫁の姿はなかった。そしてとうとう右手に雄鶏《おんどり》をつかんだ花嫁が現れると、大歓声がわっとあがった。踊っている女たちは、花嫁のために道をあけた。彼女は雄鶏を楽士たちに託して、ダンスを始めた。花嫁が踊ると、真鍮のアンクレットがガチャガチャと鳴り、カムウッドを塗った体はやわらかな黄色の光のもとで輝いた。木製、陶製、金属製の

84　呼びかけに対する相の手。

楽器を持った楽士たちが、次々に歌を歌っていく。楽士たちはみな陽気。村で最新のこんな歌も歌われた。

手を握ると
あの子は「だめよ！」と言う
足を握ると
あの子は「だめよ！」と言う
でも腰のビーズを握ると
あの子はそしらぬふり

夜がもうかなり更けたころ、客たちはそろそろ帰ろうと腰をあげた。花嫁は村に一緒に戻って、求婚者の家族と七週間を過ごすことになっていた。[85] 一行は歌を歌いながら帰途につき、途中、オコンクウォなど有力者を手短に表敬訪問してから、やがて村へと戻っていった。オコンクウォは彼らに雄鶏を二羽贈ったのだった。

85 妻が夫の親族と一定期間暮らす慣習。親族が女性を気に入らない場合は破談になる。

第13章

ゴ、ディ、ディ、ゴ、ゴ、ディ、ゴ。ディ、ゴ、ゴ、ディ、ゴ。エクウェが一族に語りかけていた。[86]木をくりぬいた太鼓が奏でる言葉は、どの人も身につけて知っていることだ。ディーン、ディーン、ディーン！　合間に大砲の音がとどろいた。

一番鶏はまだ鳴いておらず、ウムオフィアは眠りと静寂のなかにあった。すると突如、エクウェが話し始め、大砲が沈黙を打ち破った。男たちは竹のベッドでもぞもぞ動き、不安そうに耳を澄ました。だれかが死んだのだ。大砲は空を引き裂くようだった。ディ、ゴ、ゴ、ディ、ディ、ゴ、ゴという音色が、夜風にメッセージをのせて漂う。遠くから女たちのむせび泣く声がかすかに聞こえ、悲しみの澱《おり》のように地面に降り注ぐ。男が弔問にやって来ては、胸も張り裂けんばかりに号泣して、女たちの嘆きを圧倒する。弔問客の男は、一度や二度、声を張り上げて男らしく嘆き悲しむと、他の男たちに交じって座り、女たちの尽きることない慟哭《どうこく》とエクウェの深遠な言葉を聞いた。たびたび、大砲が鳴り響いた。女たちの泣き声が集落の外まで届かなくても、エクウェは九つの集落じゅう、そのかなたにさえ、この知らせを運んでいった。まずは一族の名から始まる。ウムオフィア、オボド、ディケ――「ウムオフィアは勇者の地」。ウムオフィア、オボド、ディケ！　ウムオフィア、オボド、ディケ！　エクウェはこれを何度も何度も繰り返した。延々と続けられているうちに、その夜、ベッドで横になり、穏やかに胸を上下させていた人でも、みな不安を募らせるのだった。そしてどんどん範囲が狭まり、集落の名が呼ばれた。「黄色い砥石《といし》のイグエド！」オコンクウォの集落のことだ。イグエドという名が繰り返し呼ばれ、九つの集落の男たちはハラハラしながら待った。ついに死者の名が告げられ、人びとはため息をもらす。「エウー、エゼウドゥが死んだ」オコンクウォは最後に老人が訪ねて

86　エクウェは、いわゆるトーキング・ドラムとしても用いられた。トーキング・ドラムとは西アフリカの多数の地域で遠距離通信に用いられた太鼓の総称。音程の変化を調整し、言語の声調、イントネーション、リズムの特徴をつかむ。

きたときのことを思い出し、背筋にぞくっと冷たいものが走るのを感じた。エゼウドゥは言ったのだった。「あの子はお前を父と呼んでおる。あの子の死に関わってはならんぞ」

エゼウドゥは誉れ高き男だったので、一族が総出で葬儀に参列した。古くから伝わる葬送の太鼓が鳴り、銃と大砲が火を吹いた。男たちは狂ったように駆けまわって、目にした木や動物すべてをぶった切り、壁を飛び越え、屋根の上でダンスをする。これは戦士の葬儀、朝から晩まで年齢集団[87]ごとに戦士たちが往来した。彼らは燻《いぶ》したラフィア椰子《やし》の腰蓑《こしみの》を身につけ、体にチョークと炭で模様を描いている。ときおり、ラフィアですっぽり覆われた祖霊のエグウグウが、地下世界から現れて、この世のものとは思えない震え声で語った。なかには、非常に荒々しい霊もいた。その日の早い時間、鋭い鉈《なた》を手に現れ、人びとが慌てふためいて逃げ出すという事態に陥った。二人の男がこのエグウグウの腰に巻かれた頑丈なロープを使って取り押さえたために、大きな被害を防ぐことができたのだった。エグウグウがたびたび振り向いて追いかけてきたので、二人は命からがら逃げたのだが、そのつど、腰から垂れた長いロープをつかみに戻ってきたのである。エグウグウは恐ろしい声で、エクウェンス——悪魔[88]が日に入りこんだ、と歌っていた。

だが、とびきり恐ろしい精霊はこれからやって来る。この霊はいつもひとりきりで、棺《ひつぎ》のような姿形をしている。どこへ行っても不快な臭気が漂い、ハエが付いてまわる。最強の呪術師ですら、彼が近づいてくると逃げ隠れてしまう。何年も前、こいつの前にべつのエグウグウが立ちはだかろうとしたが、結局、二日間もその場に釘付けにされてしまった。この霊には片手しかなく、かごに水を満たして運ぶのだった。

とはいうものの、まったく害のないエグウグウもいた。ひとりは、かなり年をとってよぼよぼなので、ぐったり杖に寄りかかっていた。遺体が安置されている場所によろよろと歩いていったかと思えば、しばらく亡骸《なきがら》を見つめて、また地下世界へと戻っ

87 同じ年に生まれた（同じ年ごろの）子どもは一緒に通過儀礼を受け、生涯にわたりその集団性を保って、さまざまな社会活動を行うことになる。年齢集団の名称には、その年の重要な出来事や事件などが冠される場合が多い。

88 悪魔と訳される。ただし、イボ社会には本来、「悪魔」という概念はなく、キリスト教伝来以降に同名の神が持つ暴力的な面のみが強調されて悪魔の概念が付されたという説がある。

ていく。

生者の世界は先祖の世界からそれほど離れた場所にあるわけではない。とくに祝祭の日や老人が死んだときには、二つの世界に往来がある。老人はご先祖にとても近い存在だからだ。誕生から死までの人間の一生は、通過儀礼の積み重ねであり、そのたびにどんどん先祖に近づいていくことになる。

エゼウドゥは集落の最高齢だった。死んだときには、一族ぜんぶあわせても、彼より年が上なのはたった三人、同じ年齢集団には四、五人ほどしか残っていなかった。こうした老人が大勢の人の前に現れ、よろめきながら一族の葬送のダンスを踊ると、若い衆は道をあけ、いったんは騒ぎがおさまるのだった。

高貴な戦士にふさわしい、盛大な葬儀になった。夜が近づくにつれ、叫び声や銃声、太鼓の鼓動が勢いづき、鉈を振りかざし、打ち合う音が激しくなっていった。エゼウドゥは生涯で三つの称号を得た。これはまれに見る偉業である。一族にはぜんぶで四つの称号があるが、どの世代でも、四番目の最高位に達したのは一人か二人だけだった。最高位の称号を得ると、この地の長《おさ》になれる。エゼウドゥは称号を受けていたため、日没後、赤々と燃えるたいまつだけが神聖な儀式を照らすなか、埋葬されることになっていた。

だが、この静粛な最後の儀式を前に、興奮が十倍にも膨れ上がった。太鼓が激しく鳴り響き、男たちは熱狂してあちこち跳びまわった。四方八方に銃声がとどろき、戦士たちが敬礼として鉈をカーンと打ち合わせると、火花が飛び散った。あたりはほこりっぽく、火薬の匂いに満ちていた。おりしもそのとき、片手の精霊が、水のいっぱい入ったかごを持ってやって来た。人はあちこちで精霊に道を譲り、ざわめきが静まっていった。火薬の匂いですら、立ちこめる不快な匂いにのまれた。精霊は葬送の太鼓にあわせて少しステップを踏むと、続いて死体を見にいった。

「エゼウドゥ！」精霊はしわがれ声を張りあげる。「わしは、お前が生前貧しかったのなら、次の生で富めるよう願っただろう。だが、お前は裕福であった。臆病だったら、勇気をもつよう願っただろう。だが、お前は恐れを知らぬ戦士だった。若くして死んだのなら、長生きするよう願っただろう。だが、お前は長寿をまっとうした。だからわしは、お前がかつてと同じように生まれてくるよう願おう。お前の死が自然の死であるなら、安らかに眠るがよい。しかしだれかの手によるものであれば、そいつには片ときの平穏も許してはならん」そしてもう一度、ダンスのステップを少し踏むと去っていった。

太鼓とダンスが再開し、熱狂も頂点に達した。夜の闇が迫り、埋葬の時刻も近づいた。銃が最後の敬礼の火を吹き、大砲の音が空を裂いた。次の瞬間、熱に浮かされたような狂騒のただなかから、苦悶の呻《うめ》きがあがり、恐怖におののく悲鳴が響きわたった。まるで、まじないにかかったようだった。あたり一面、静まり返った。たくさんの人が群がるなかに、少年が血まみれになって倒れていた。この子は故人の十六歳になる息子で、兄弟たち、異母兄弟たちとともに、亡き父に向けて伝統の告別のダンスを踊っていた。そこへオコンクウォの銃が暴発し、銃弾が少年の胸を貫通したのだ。

この後続いた混乱といえば、ウムオフィア史上、類のないものだった。非業の死はしじゅうある。だが、こんなことは前代未聞であった。

オコンクウォに残されたただひとつの道は、一族から逃れることだった。同族の者を殺害することは、大地の女神に対する罪であり、罪を犯した者はこの土地から去らねばならない。罪には、男型と女型の二種類ある。オコンクウォが犯した罪は女型だった。不注意によるものだったからだ。彼の場合、七年のちに一族のもとに戻ることができる。

その夜、オコンクウォは頭に載せて運ぶ、一番の貴重品をまとめた。妻たちは泣きじゃくり、子どもたちもわけがわからないまま一緒に泣いていた。オビエリカとその他六人の友人が来て、彼を手助けし慰めた。みな九回か十回か行き来して、オコンクウォのヤム芋をオビエリカの納屋に移した。そして鶏が鳴く前に、オコンクウォと一家は、母の故郷へと落ち延びていった。そこはムバンタという小さな村で、ムバイノの境界を少し越えたところだった。

夜が明けるやいなや、オコンクウォの屋敷には、エゼウドゥの地区から戦闘服を着た男たちが大挙して押し寄せた。家に火を放ち、赤土の塀を破壊し、家畜を殺して、納屋を粉砕した。これは大地の女神の裁きである。男たちは女神が送った使者にすぎない。彼らはオコンクウォに何の恨みも抱いていなかった。最大の親友オビエリカもそのなかにいた。男たちはただ、オコンクウォが一族の者の血で汚した大地を清めていただけなのだ。

オビエリカはじっくりと物事を考えるたちだった。女神の御心が果たされると、主屋《オビ》に腰を下ろして友の災難を憂えた。不注意で犯してしまった罪のために、なぜこれほど悲惨な目に遭わねばならないのだろう。しかし、どれほど長い間考えても、答えは見つからなかった。考えれば考えるほど、いっそう大きな混乱に陥るだけだ。オビエリカは妻の産んだ双子のこと、自分がその双子を捨てたことを思い出した。あの子たちがどんな罪を犯したというのか。大地の女神は、この地で双子が罪となるので、殺すべきと命じていた。そして、一族が偉大なる女神への罪を罰しなければ、罪人はもとより、この地全体に怒りが放たれる。長老たちが言うように、一本の指に油がつくと、他の指も残らず汚れてしまうのである。

第2部

第14章

オコンクウォはムバンタで母の親族に歓迎された。彼を迎えた老人は母の弟にあたり、この一家で存命している最年長者であった。名はウチェンドゥ。三十年前、オコンクウォの母がご先祖のもとに埋葬されるよう、ウムオフィアから故郷に戻されたとき、母を迎えたのもこの人だった。当時オコンクウォはまだ幼く、ウチェンドゥは少年が「母さん、母さん、母さんが行ってしまう」と昔ながらの告別の言葉を叫んでいたのをよく覚えていた。

それもずいぶん昔のこと。この日、オコンクウォは亡き母を故郷で埋葬するために戻ったわけではなかった。三人の妻とその子どもたちを連れて、母の故郷に逃れてきたのである。ウチェンドゥは、オコンクウォと悲しげで疲れ果てた家族を見て、すぐに事情を察知し、なにもたずねはしなかった。次の日になってようやく、オコンクウォはすべてを語った。老人は黙って最後まで話を聞くと、ホッと安堵《あんど》したようすでこう言った。「女型の殺人《オチュ》だな」そうして、彼は必要な儀礼の支度を整え、捧げ物を準備した。

オコンクウォは屋敷を建てるために土地の一画と、きたる植え付けの季節に向けて、耕作用に二、三の土地の区画をもらいうけた。母の親族の手を借りて、主屋《オビ》と妻たちの三つの離れを建てた。それから、自分の守り神《チ》とご先祖たちの象徴を祀《まつ》った。ウチェンドゥの五人の息子は、初雨が降って耕作が始まったら、いとこが植え付けできるように、とそれぞれ三百個ずつ種芋を分けてくれた。

とうとう雨が降り始めた。雨は、だしぬけに、猛烈な勢いで降った。この二、三カ月、太陽は厳しさを増していき、ついには大地に火を吹きつけんばかりだった。もう長らく草は焼けて茶色く変色し、砂の上を歩けば真っ赤に燃える石炭のように感じられた。常緑樹は茶色いほこりにまみれた。森のなかの鳥たちは押し黙り、なにもかもがメラメラと揺れる灼熱のもとで喘《あえ》いでいた。そこに雷鳴がとどろいた。雨季に耳にする、深みがあって潤んだような響きとは対照的に、金属を打ち付けたような猛々《たけだけ》しく乾いた音だった。強い風が巻き起こり、あたりにほこりが立ちこめた。椰子《やし》の木が強風にあおられて揺れ動いた。すると、まるで葉を梳《と》かして奇妙で風変わりな髪形に結ったように、冠羽の形をなしてたなびくのだった。

ようやく雨が降り出したら、「天から降る水の実」と呼ばれる、大きな硬い氷の粒が落ちてきた。降ってきて体に当たると、硬くて痛い。しかし子どもたちは楽しげに走りまわり、冷たい実を拾っては、口に放りこんで溶かすのだった。

大地が一転して息を吹き返し、森の鳥たちも羽をはばたかせて、陽気にさえずった。生命と緑のほのかな香りが大気に広がる。雨が細かい粒になっていよいよ本格的になると、子どもたちは雨宿りの屋根を求めた。すべてが幸福に満ち、活力をみなぎらせ、感謝しているかのようだった。

オコンクウォと家族は、新しい畑に植え付けをするため懸命に働いた。だが、それは若い時分の活力と情熱を持たずに、人生を新しくやり直すかのようだった。まるで老年にさしかかって、左利きを習得しているようなもの。オコンクウォは、仕事をしても以前のように喜びを感じなくなり、仕事がないときは、黙ったまま夢うつつの状態で座っていた。

彼は大きな情熱に駆り立てられて生きてきた。一族の長《おさ》になるという情熱。それこそがずっとオコンクウォの生き甲斐であった。成し遂げるには、もうあと一歩のところだった。それなのに、突然すべてが瓦解してしまった。いまや一族から追放されて、乾いた砂浜に投げ出された魚のように喘いでいた。どうやら彼のチは偉業に向いていなかったのだ。人は自分のチが操る運命を超えることができない。長老たちは、人がよしと言えばチもよしと応えると言うが、この言葉は間違っていたのだ。自分がいくら肯定しても、チに否とつきつけられる男が現にここにいるのだから——。

老ウチェンドゥは、オコンクウォが絶望に陥り、深刻に思い悩んでいることをはっきり見抜いていた。それで、イサ・イフィ[89]の儀式が終わったら、オコンクウォと話してみようと考えた。

ウチェンドゥの五人の息子の末っ子はアミークウといい、ちょうど新しい妻をもらうところだった。婚資もすでに払われ、あとは最後の儀式のみ。アミークウと親族は、

89 婚儀の最終段階であり、妻が結婚の交渉が始まった時点からの夫への貞節を「告白」する儀式。字義どおりには「顔を洗う」。ただし、婚儀には地方差があり、イボランドでこの慣習がない場所も多い。

オコンクウォがムバンタに来る二カ月ほど前に、花嫁の親族のところへ椰子酒を届けていた。そんなわけで、残すところ告白の儀式を行うだけだった。

一家の娘が全員集まり、なかには遠く離れた村からはるばる戻った者もいた。ウチェンドゥの長女は、歩いてほぼ半日かかるオボドからだった。ウチェンドゥの男兄弟の娘もみな来ていた。これはウムアダ[90]全員が集まる機会であり、一家に死者が出た際に集合するのと同じ習わしである。総勢二十二人だった。

女たちは地面に大きな輪になって座り、花嫁はその中心で右手に雌鶏を持って腰を下ろす。ウチェンドゥは花嫁の横に座り、一家に先祖代々伝わる杖を握っている。男たちは輪の外に立ち、見守っていた。その妻たちも見ているだけだ。夕刻になって、太陽が沈みかけていた。

ウチェンドゥの長女ンジデが問いただす。「いいわね、正直に答えないと、お産で苦しむか、死ぬことだってあるわよ」と始めた。「弟が結婚したいと言ったときから、何人の男と寝たの？」

「だれとも」花嫁は一言で短く答えた。

「正直に答えなさい」他の女たちが急《せ》きたてた。

「本当ね？」ンジデがたずねる。

「本当です」花嫁が断言する。

「ではご先祖の杖に誓いなさい」最後にウチェンドゥが口を開いた。

「誓います」と花嫁は言った。

ウチェンドゥは花嫁から雌鶏を受け取ると、鋭いナイフで喉をかき切って、先祖伝来の杖に血を少し垂らした。

この日から、アミークウは若い花嫁を家に入れ、正式な妻とした。一家の娘たちはすぐには家に帰らず、二、三日親族とともに過ごした。

あくる日、ウチェンドゥは息子たち、娘たち、そして甥《おい》のオコンクウォを呼び集めた。男はヤギ皮のマットを持ち寄り、床の上に敷いて座った。女はサイザル麻のマットを盛り土の上に広げて腰掛けた。ウチェンドゥは白髪混じりの顎《あご》ひげをそっと引っ張り、歯をきしらせた。そして、穏やかな声で、慎重に言葉を選びながら話し始めた。

90　女性親族の集まり。男性形は前出（注83）のウムンナ。

「もっぱらわしが話したいのはオコンクウォなんだが」と切り出す。「だが、お前たちにもわしが言うことをしっかり聞いてもらいたい。わしは老いており、お前たちはみなほんの子どもだ。わしはお前たちのだれよりも、よく世の中のことがわかっておる。自分のほうがわかっている、と思うやつがいたら、名乗り出てもらおうじゃないか」ウチェンドゥは少し間をおいたが、口を開く者はなかった。

「なぜオコンクウォはわしらといっしょにいるのだ。わしらはこいつの一族ではないのに。わしらは母方の親族にすぎん。オコンクウォはここの者ではない。七年間、見知らぬ土地に暮らす定めにある流刑者だ。それゆえ、この男は悲しみに打ちひしがれておる。だが、ひとつ聞きたい。オコンクウォよ、言ってくれないかね。子どもにンネーカ――『母は至高なり』という名がよく授けられるのは、どういうわけだね。周知のとおり、男は一家の主で、妻たちは男の命に従うことになっておる。子どもは父と父の家族のもの。母と母の家族のものではない。男は父の故郷に属し、母の故郷には属しておらん。ところが、ンネーカ、『母は至高なり』などと言うのは、いったいどうしたことか」

だれも話さなかった。「オコンクウォに答えてもらいたい」とウチェンドゥが言った。

「わかりません」とオコンクウォが答える。

「わからないのか？ では、お前はまだ子どもということだ。お前には妻と子がたくさんいる。わしよりも子どもが多いな。そしてお前はあの一族の偉大な男だ。だが、お前はほんの子どもだ、このわしの息子だよ。いまから言うことをよく聞くがいい。いや、その前にもうひとつ質問がある。女が死んだら、故郷に戻して埋葬するのは、どういうわけだ。女は夫の親族と一緒に埋葬されない。なぜだ。お前の母はわしのところに戻され、わしの親族と一緒に埋葬された。なにゆえか」

オコンクウォは頭を振った。

「これもわからないのか」とウチェンドゥ。「そのくせ、この男は、わずか数年母の故郷で暮らすからといって、悲嘆にくれておる」ウチェンドゥは無理に笑って、息子と娘のほうを向いた。「お前たちはどうだ。わしの質問に答えられるか」

みな頭を振った。

「では聞くがよい」ウチェンドゥはそう言って、咳払《せきばら》いをした。「たしかに、子は父のものだ。しかし、父が子をぶつと、子は母の離れに行って慰めを求める。万事順調、素晴らしい人生なら、子は父の故郷のもの。しかし、悲しみと苦しみがあれば、母の故郷に庇護を求める。母はここでお前を守ってくれる。この地で母は眠っておる。だからわしらは、母は至高なりと言うのだ。オコンクウォよ、母にそんな浮かない顔を見せ、慰めを拒むのが正しいことかね。気をつけるがよい、死者の機嫌を損ねてしまうぞ。お前の使命は、妻たちと子どもたちをいたわり、七年後、父祖の地に連れ帰ることだ。しかし悲しみに打ちひしがれ、命までも失ってしまうと、妻も子もみな流刑の地で死ぬことになるぞ」ウチェンドゥは長い間をとった。「これはみなお前の親族だ」彼は息子と娘に向かって手を振った。「お前は、自分がこの世で一番苦しんでいると思っているのかね。生涯にわたって追放の憂き目にあう者もいると知っておるか。ヤム芋も子どもも、何もかもを失ってしまう者もいると知っておるか。わしには六人妻がいた。だがいまじゃ、この右も左もわからんような小娘しか残っておらん。わしがわが子をどれだけ埋葬したか、知ってるかね。わしがまだ若く強かったころにもうけた子たちだ。二十二人だぞ。それでも首を吊らず、まだこうして生きておる。自分がこの世でもっとも不幸だと思うなら、娘のアクエニに聞くがいい。この娘が双子をどれだけ産んで、捨てなければならなかったか。お前は、女が死んだときに歌う歌を聞いたことがないのかね。

だれがよろこぶ、だれがよろこぶ
そんなこと、だれもよろこばない

さあ、これでもう何も言うことはない」

第15章

オコンクウォが流刑になって二年目、友人のオビエリカが訪ねてきた。一緒に、重い袋を頭に載せた青年も二人連れていた。オコンクウォは荷を下ろすのに手を貸した。見た目にも、袋にはカウリーがぎっしり詰まっている。

オコンクウォは友人を迎えて、心からうれしく思った。妻たち、子どもたちも大喜びした。それに、いとこやその妻たちも、オコンクウォに呼ばれて、どういう来客か知らされるとうれしがった。

「お客さんを連れて父さんに挨拶にいかないと」いとこのひとりが言った。

「そうだな」とオコンクウォが答える。「すぐに行くよ」だがその前に、彼は一番目の妻になにかささやいた。彼女は肯《うなず》き、ほどなくして、子どもたちが雄鶏《おんどり》を一羽追いかけた。

ウチェンドゥは孫のひとりから、オコンクウォの家に三人見知らぬ人が訪ねてきた、ということを聞いていた。そのうえで、客が来るのを待っていた。客たちが主屋《オビ》に入ってくると、手を差し出し、握手を交わした後、オコンクウォにどういう人かとたずねた。

「こちらはオビエリカ、わたしの親友です。すでにお話ししましたよね」

「ああそうだったな」老人はそう言って、オビエリカのほうを向いた。「あなたのことは息子から聞いておりました。訪ねてきてくださって光栄です。父上のイウェーカを存じ上げていましたよ。そりゃもう、すばらしい方でした。ここにもたくさん友人がいて、よく会いに来られていました。あのころは良かった。遠方の村にも友人を持てた時代ですな。あなたがたの世代はご存じないでしょう。なにしろお隣さんを怖がって、ずっと家にこもりっぱなしだ。近ごろじゃ、母親の故郷ですら見たこともないというのですから」ウチェンドゥはオコンクウォに目を向けた。「わしは老いぼれの話好きでね。それだけが取り柄でしょう」苦労してなんとか立ち上がると、奥の部屋に行き、コーラの実を持って戻ってきた。

「一緒に来た青年はどなたかね」と老人はたずねて、ヤギ皮の上にまた腰を下ろした。

オコンクウォが説明した。

「おお、ようこそ、息子たち」老人はコーラの実を客に差し出し、彼らがじっくり眺めてお礼を述べると、実を割り、みなでほおばった。

「あの部屋に行ってくれないか」オコンクウォにそう言って指差した。「あそこに酒《さか》甕《がめ》があるはずだ」

オコンクウォが甕を取ってくると、一同、酒を酌み交わした。前の日のものなので、ずいぶん強い酒だった。[91]

「そう」長い沈黙の後、ウチェンドゥが口を開いた。「あのころはもっと旅をしていたもんだ。このあたりでわしがよく知らん一族などない。アニンタ、ウムアズ、イケオチャ、エルメル、アバメ――みんな知っておる」

「アバメがもう存在しないことをご存じでしょうか」オビエリカが切り出した。

「どういうことだ」ウチェンドゥとオコンクウォが同時に訊き返した。

「アバメの一族は全滅させられたのです」オビエリカは続ける。「不可解で恐ろしい話なんですが。この目で数少ない生存者を見て、この耳で彼らから直接話を聞いていなければ、信じられなかったでしょうね。あの人たちがウムオフィアに逃げてきたのは、たしかエケの日じゃなかったかね」連れの二人にそう聞くと、彼らは肯いた。

「三カ月前、エケの市の日のことですが、うちの村に小さな集団が逃げてきたのです。ほとんどが、われわれの土地の息子で、母親はわれわれのもとで埋葬されています。もちろん、ここに友人がいるからという者や、ほかに逃げる場所が思いつかなかったという者もいました。いずれにせよこの人たちはウムオフィアに逃れ、なんとも悲惨な話を語ったのです」オビエリカはそう言うと椰子酒をごくりと飲み、オコンクウォがまた角杯をなみなみと満たした。

「先の植え付けの季節に、あの一族のもとに白い男が現れたのです」

「アルビノ[92]だな」オコンクウォが指摘する。

「アルビノじゃない。まったく似ても似つかない」オビエリカは酒をすすった。「それにこの男は鉄の馬に乗っていたというのです。最初に目撃した人たちは逃げ出した。だが、この男はずっと立って手招きしていたらしい。結局、怖いもの知らずの連中が

91 椰子酒はすぐに発酵が進むので、通常では半日ほどおいたものを飲む。
92 先天的にメラニンが欠けている遺伝子疾患。ヨーロッパの「白人」をアルビノと取り違えている。

男に近寄って、手を触れさえしました。長老たちがご神託を仰いだところ、このよそ者は一族をばらばらにし、破滅をもたらすというお告げがありました」オビエリカはまた酒を少し口にふくんだ。「それで、あの人たちは白い男を殺し、鉄の馬を聖なる木に縛り付けたのです。鉄の馬が逃げていって仲間を呼んでくるように思えたから、とのことでした。ああそうだ、ご神託にもうひとつあったのですが、失念していました。ほかにも白い男たちが向かっている、というお告げです。ご神託によれば、これはイナゴの集団で、最初の男は土地の調査に送り込まれた先遣だと。だからこの男を殺したのです」

「殺される前に、白い男はなにか言ったのかね」ウチェンドゥが訊いた。

「何も言わなかったそうです」オビエリカの連れのひとりが答えた。

「いや、何か言ったのはたしかですが、理解できなかったのです」とオビエリカ。「鼻からしゃべっているみたいだったそうですよ」

オビエリカのもうひとりの連れが口をはさんだ。「ある人から聞いたのですが、どうもこの男はムバイノに似た言葉を繰り返し言ったらしいのです。たぶんムバイノに向かう途中で道に迷ったのかと」

「とにかく」オビエリカが話をもとに戻した。「この男を殺して、鉄の馬を縛り上げた。これは植え付けの季節が始まる前のことです。しばらく何事もなく過ぎていきました。雨が降り始め、ヤム芋の植え付けも済みました。鉄の馬はまだ聖なるパンヤの木に縛られたまま。するとある朝、三人の白い男が、われわれと同じような、ごく普通の男たちに連れられて、一族のもとにやって来たのです。彼らは鉄の馬を見てから、また去っていきました。アバメでは、男も女も、ほとんどみんな畑に出ていました。だから、このとき白い男たちと連れを目撃したのは、ほんの数名です。何週間もたちましたが、なんにも起こりませんでした。アバメでは、隔週ごとのアフォの日に、大きな市が立ちます。ご存じのように、一族がぜんぶ残らず市に集まります。まさにその日、事件が起こったのです。白い男三人と、その他大勢の男たちが市を取り囲みました。きっと強力な呪術を使ったにちがいありません。市が人でごった返すまで、連中の姿は目に見えなかったのですから。そして、やつらは撃ち始めました。みんな殺されてしまいました。生き残ったのは、家にいた老人と病人、それにわずかばかりの男女。彼らの守り神《チ》がすっかり目覚めていて、市から連れ出してくれたのです」ここで彼はひと息ついた。

「一族の土地はもぬけの殻ですよ。あの神秘の湖にいる聖なる魚でさえ逃げてしまい、湖は血に染まってしまいました。ご神託の警告どおり、大きな災いがかの地に襲いかかったのです」[93]

長い沈黙が続いた。ウチェンドゥは音をたてて歯ぎしりした。そしてだしぬけに言った。「なんにも言わない男を殺してはならん。アバメの男たちは愚か者だ。この男のなにを知っていたというのかね」また歯ぎしりを始め、自分の言わんとしていることを説明しようと、ある話を引き合いに出した。「母トビはある日、娘に餌《えさ》を取りに行かせた。娘は飛び立ち、子ガモを持ち帰った。母トビは娘に言った。『よくやった。でも教えておくれ、子どもに飛びかかって、さらっていったら、子ガモの母親はなんと言ったの？』『なんにも言わなかった』と娘トビが答えた。『歩いてどこかに行っただけ』『では子ガモを返さないと』と母トビ。『沈黙の裏には不吉なものが潜んでいるから』そんなわけで、娘トビは子ガモを返して、代わりにヒヨコを取ってきた。『ヒヨコの母親はどうだった？』と母。『泣き喚《わめ》いて、わたしを罵《ののし》った』と娘トビが言う。『じゃあヒヨコを食べましょう』母はそう言ったのだった。『大声で叫ぶ者には、怖がることはなにもない』アバメの男たちは本当に愚かだ」

「愚か者ですとも」少し間をおいて、オコンクウォは言った。「危険が迫っているのはわかっていたのですから。市に行くにしても、銃と鉈《なた》を身につけておくべきだった」

「あの人たちは愚行の報いを受けたんですよ」オビエリカは言う。「ですが、心配でなりません。白い男の噂はあれこれ聞いていました。強力な銃や強い酒を造ったとか、海のかなたに奴隷を連れ去ったとか。だれもそんな話を信じてなかったのに」

「真実を含まない噂話などない」ウチェンドゥが応じる。「世界は果てしなく広いのだ。ある人びとのあいだで良いことが、べつの人びとには忌《い》まわしきことであったりする。わしらのなかにもアルビノがいる。アルビノはなにかの手違いで、わしらの一族のもとに来たのだと思わないかね。だれもがあのような外見をしている土地に行く途中で、迷いこんでしまったと」

93　ここで語られるアバメの事件は、一九〇五年にアヒアラ（現イモ州）で実際に起きた虐殺にもとづいている。事件の発端は、小説と同じく、自転車に乗ってこの地域を通りかかったイギリス人が現地の人びとに殺害されたことだった。植民地当局はこの一件を口実に、アヒアラをはじめとする地域に軍事侵攻を行い（注22参照）、抵抗勢力を制圧していったという。その結果、当局および宣教団はナイジェリア南東部の土地をさらに掌握することになった。

まもなくオコンクウォの第一妻は料理を終えて、客の前にヤム芋餅とビターリーフ・スープのごちそうを並べた。オコンクウォの息子、ンウォイェは、ラフィア椰子からとった甘い酒の甕を持ってきた。

「もう一人前の男だな」オビエリカはンウォイェに言った。「お前さんの友達のアネネがよろしくと言ってたぞ」

「彼は元気ですか」ンウォイェが訊いた。

「みんな元気でやっとるよ」オビエリカが言う。

エズィンマが手を洗う水の入ったボウルを持ってきた。その後、食事が始まり、酒が酌み交わされた。

「いつあっちを出発したんだ」オコンクウォがたずねた。

「鶏の鳴く前に家を出るつもりだったが。ンウェーケが明るくなるまで姿を見せなかったんだ。新しい妻をもらったばかりの男と、早朝の約束をするのは禁物だな」一同がどっと笑った。

「ンウェーケは妻をもらったのか」オコンクウォが訊き返す。

「オカディーボの二番目の娘と結婚したんだよ」とオビエリカ。

「それはめでたい」オコンクウォが言う。「なら、鶏の声が聞こえなかったとしても、責めたりしないさ」

食事が済むと、オビエリカは二つの重い袋を指差した。

「それはお前さんのヤムで作った金だ。お前が去ってすぐに大きいものを売ったんだ。それから種芋を売り、残りを小作にやった。お前が戻ってくるまで毎年続けるぞ。だが、いますぐに入り用なんじゃないかと思ってな。だから持ってきたのさ。明日のことはだれにもわからない。白いどころか緑色の男がうちの一族のところにやって来て、バンバン撃つかもしれんぞ」

「そんなこと神が許すもんか。あんたにはなんと言って感謝すればいいのか――」

「では言ってやろう。お前の息子をひとり、わたしのために殺してくれ」

「それじゃ不じゅうぶんだろ」

「じゃあ、自分を殺せ」

「勘弁してくれよ」そう言ってオコンクウォは笑った。「もう礼のことは言わないさ」

第16章

それからおよそ二年後、オビエリカはふたたび流刑の身にある友人を訪ねたが、状況は芳しくなかった。宣教団がウムオフィアに到来していたのだ。教会を建設し、わずかながら改宗者を勝ち得て、近隣の町や村にも伝道師を送り込んでいた。これが一族の指導者たちの大きな苦悩の種となった。とはいえ、指導者の多くは、あんな珍妙な信仰や白人の神などいまのうちだけだ、などと思っていた。改宗者のなかには、村の会合で発言が重んじられるような男はひとりもいない。称号を持つ者もいなかった。連中はたいてい、エフレフ、つまり役立たずで空っぽの男と呼ばれるような人物だった。エフレフのイメージは、一族の言い方で言うなら、鉈《なた》を売り払って、鞘《さや》だけを手に戦に出ていく男といった感じである。アバラの巫女《みこ》チエロは、改宗者を一族の糞と呼んだ。ならば新しい信仰は、糞を食らいに来た狂犬というわけだ。

オビエリカがオコンクウォを訪ねてきたのは、ウムオフィアの宣教団のなかに突然、息子のンウォイェが姿を現したからだった。

「こんなところで何してるんだ」オビエリカがたずねた。いろいろと面倒があったのちに、ようやく宣教団に少年と話すことを許されたのだった。

「あの人たちの仲間になったのです」ンウォイェが答えた。

「親父は元気かね」ほかに何を言えばいいのかわからず、オビエリカはそんなふうに訊いた。

「わかりません。あの人はぼくの父ではありませんから」ンウォイェは暗い表情を浮かべた。

そういうことがあって、オビエリカは友人に会うためムバンタへ出向いたのだった。だが、オコンクウォはンウォイェのことを話したがらなかった。ようやくンウォイェの母から、事情を断片的に聞くことができた。

宣教団がやって来て、ムバンタの村に大きな動揺が走った。彼らは総勢六人、ひとりは白人だった。男も女もみんな、この白い男を一目見ようと出かけていった。アバメで白人が殺され、鉄の馬が聖なるパンヤの木に縛り付けられてからというもの、奇妙な連中の噂はいろいろと広まっていた。それで、村人たちはみな白人を見物しに行ったのだ。この時期にはだれもが家にいた。収穫はもう終わっていたからだ。

人びとが集まると、白人が話し始めた。白人はイボ人の通訳をとおして話したのだが、ただし、この通訳にはムバンタの人には聞き慣れない耳障りな訛《なま》りがあった。男の訛りやおかしな言葉遣いを聞いて、多くの人が笑った。「わたし自身」と言うと、ずっと「わたしの尻」と聞こえた。[94] だが、男には威厳があったので、人びとは彼の話に耳を傾けた。わたしは、肌の色と話す言葉でわかるように、あなたたちの仲間です、と男は言った。四人の黒い男も兄弟です。ひとりはイボ語を話しませんが。白い人も同じように兄弟です。みな同じく神の息子だからです——。それから、男はこの新しい神、万物と万人の創造主とやらについて語った。ここの人たちは偽物の神々、単なる木切れや石でできた神々を崇《あが》めているだけだ、とも言った。男がそう言うと、人びとのあいだに低いささやきが広がった。続いて、真の神は天におられて、人間はみな、死んだら神のもとに行って審判を受ける、と語った。悪人、それにやみくもに木や石に平伏《ひれふ》す異教徒は、ひとり残らず椰子油《やしゆ》が燃えたぎるような炎のなかに投げ込まれる。

しかし真の神を崇める善良な人は、すばらしき神の王国で永遠に生きることができる――。「わたしたちはこの偉大なる神に遣わされ、あなたがたが死の際に救われるよう、邪悪な行いと偽の神々を捨て去り、唯一の神に向かうことをお願いにまいりました」と彼は言った。

「あんたの尻はわしらの言葉がわかるのだな」だれかがふざけて言うと、みなが吹き出した。

「なんと言ったんだ」白人は通訳に訊いた。だが通訳が答える前に、べつの男が質問をした。「白人の馬はどこにいるんだ」イボ人の伝道師たちは話し合い、たぶん自転車のことを言っているのだろうと考えた。彼らがこれを話すと、白人は慈愛に満ちたようすで微笑《ほほえ》んだ。

「こう言ってください。わたしたちがここに落ち着いたら、たくさん鉄の馬を持ってきましょう。みなさんのなかで鉄の馬に乗る人も出てくるでしょうね」この言葉は通訳されて伝えられたが、ほとんどだれも聞いていなかった。人びとは興奮気味に話し

94 地方ごとの方言で声調が異なることから、このような誤解が生じたと想像できる。

合っていた。白人がここに来て、一緒に住むなどと言ったからだ。これは思ってもみなかったことだった。

このとき、ひとりの老人が、訊きたいことがある、と声をあげた。「あんたらの神というのはどの神のことかね。大地の女神、空の神、それとも雷鳴の神アマディオラか、でなけりゃなんだ」

通訳が白人に伝えると、白人はすぐさま返答した。「いまあなたがおっしゃった神々は、ぜんぶ神ではありません。あなたがたの仲間やなんの罪もない子どもまで殺せと命じる、偽りの神々なのです。真の神とは唯一無二であり、大地や空、あなたやわたし、すべてを所有しておられるのです」

ほかの男が訊いた。「じゃあ俺たちが神々を捨てて、あんたの神に従えば、なおざりにされた神々やご先祖の怒りから、だれが守ってくれるというんだ」

「あなたがたの神々は実在していません。だからなんの害もありません」白人は答えた。「あれはただの木切れや石ころです」

これが通訳されると、ムバンタの人たちは嘲《あざけ》るように笑った。こいつらは気が狂っている、とだれもが胸の内で思った。でなければ、アニやアマディオラが恐ろしくないなどと言えるだろうか。それにイデミリやオグヴグウも[95]。徐々に立ち去ろうとする人も出てきた。

するとき、宣教師たちは突然、歌を歌いだした。それは陽気で楽しげな伝道の歌で、イボ人の寡黙でくすんだ心の琴線に触れる力があった。通訳は詩をすべて聴衆に説明したが、なかにはすっかり魅《み》せられた者もいた。神の愛を知らずに闇と恐怖のなかに暮らす兄弟たちの物語。神の門からも親切な羊飼いの手からも離れ、山の中でさまよう一匹の羊のことを語っていた。

歌が終わると、通訳はジェス・クリスティという名の神の息子について話した。オコンクウォは、村からこいつらを追い出すか、鞭打《むちう》ちにできないものか、という思いだけからこの場に残っていたが、こんなふうに詰問した。

「あんたは自分の口で、神はひとりしかいないと言ったくせに、息子のことを話しているじゃないか。じゃあ妻がいるはずだろ」人びとは、そのとおりと同調した。

「妻がいたとは言ってませんよ」通訳が少し力なく言った。

95 イデミリは川の女神、オグヴグウは生命の誕生と保護を司《つかさど》る女神。

「あんたの尻は、神に息子がいると言っただろ」だれかがおどけた。「だから、妻がいただろうし、そいつらみんなに尻があるんだ」

宣教師はこの男を無視し、続いて三位一体のことを説明した。話が終わると、オコンクウォは、こいつはいかれた野郎だと確信した。それで肩をすくめて、午後の椰子酒を造りに帰っていった。

ところが、この話に心を奪われた若者がいた。オコンクウォの長男、ンウォイェである。彼を虜《とりこ》にしたのは、三位一体のいかれた論理などではない。そんなこと彼には理解できなかった。ただ、この新しい信仰が奏でる詩情、骨の髄に沁《し》みるようななにかに魅了されたのだ。闇と恐怖に囚われた兄弟のことを歌う讃美歌は、彼の若い魂を絶えず悩ませるとらえどころのない疑念に対して、答えを与えてくれる気がした。森で泣き叫ぶ双子、そして殺されたイケメフナのこと。歌が渇ききった魂に満ちていくと、心に安らぎが広がるのを感じた。讃美歌の言葉は、まるで喘《あえ》ぐ大地の干あがった口で溶けていく、凍った雨粒のようだった。ンウォイェの未熟な心は激しく揺れ動いた。

第17章

宣教師の一行は、最初の四、五日のあいだ市場で寝泊まりし、朝になると村に行って福音を説いた。この村の王はだれかとたずねられ、村人たちは王などいないと答えた。「高位の称号を持つ人、それに祭司や長老はいるがね[96]」

初日にあのような騒ぎが巻き起こった後で、高位の称号者や長老を集めるのは、簡単なことではなかった。だが宣教師は忍耐強く待ち、ついには、ムバンタの権力者たちに迎えられた。そして、教会を建てるために土地の一画を与えてほしいと願い出た。

どの一族や村にも、悪霊の森という場所がある。この森には、らい病や天然痘など、実に悪質な病で死んだ者がみな埋められている。大物呪術師が死んだときに、強力な呪物を捨てる場所でもあった。そのため悪霊の森には、不吉なエネルギーや闇の力がうごめいているのだ。ムバンタの指導者たちが宣教団に差し出したのは、そういう森だった。彼らは宣教師が一族のなかにとどまるのをよく思わなかった。それで、まともな感覚を持つ者であれば、だれもが辞退するような提案をしたのである。「連中は社《やしろ》を建てる土地が欲しいとのことだが」仲間との話し合いで、ウチェンドゥは言った。「くれてやろうじゃないか」そこで言葉を切ると、みなざわめいて、驚いたり、反対したりした。「あの悪霊の森の一画をやればいい。連中は死に打ち勝てるなどと鼻にかけておる。ならば、その勝利を証明できるよう、本物の戦いの場を与えてやろうじゃないか」一同は笑って賛成し、宣教師たちを呼びにやった。自分たちだけで「ささやき合う」からと、しばらくのあいだ席をはずすよう言っていたのだ。そして、悪霊の森であればいくらでも使ってよいという提案をした。ところが、驚いたことに、宣教師たちは礼を述べて、やにわに歌い始めた。

「やつらはわかっとらんのじゃ」数人の長老が言った。「だが、明日の朝、実際にあそこに行ってみたらはっきりすることだ」そして彼らは解散した。

あくる朝、この狂った連中は、本当に森の一部をならして、家を建て始めた。ムバンタの住民は、四日もすれば全員死ぬだろうと思っていた。一日目が過ぎ、二日目、三日目、四日目も過ぎたが、だれもいっこうに死なない。村の衆は当惑した。そして、白い男の呪物には、信じられないほどの威力があると知れ渡った。白い男は眼鏡をかけていたのだが、そのおかげで悪霊を見て話ができる、と噂になった。まもなく、白人は三人の改宗者を初めて得ることになった。

ンウォイェは最初の日から新しい信仰に惹《ひ》かれていたが、そういう気持ちは心の奥底にしまっていた。父を恐れるがあまり、宣教師には近づこうともしなかった。しかし、彼らが説教をしに市場や村の広場に来たときには、必ず出向いていった。おかげで、すでに宣教師が話す簡単な物語をいくつか理解しつつあった。

「教会を建てたんですよ」通訳のキアガ氏が言った。彼は新しい改宗者たちを任されていた。白人はというと、本拠地を建てたウムオフィアに戻り、そこからムバンタのキアガ氏の信徒を定期的に訪ねた。

「教会を建てたんですよ」キアガ氏は繰り返す。「みなさんには七日ごとに来ていただき、本物の神に祈りを捧げてもらいたいのです」

次の日曜日、ンウォイェは赤土と草ぶき屋根でできた小さな建物の前を行ったり来

96　イボ社会の大多数の地域では、いわゆる王は存在しなかった。注13参照のこと。

たりしたが、中に入っていく勇気を出せなかった。そこへ歌声が聞こえてきた。歌っているのはほんの数名だというのに、その声は力強く自信にあふれていた。教会は円形に切り開いた場所に立っていて、まるで悪霊の森が大きく口を開いているように見えた。その歯で嚙《か》みつこうと待ち構えていたのだろうか。ンウォイェは、教会の前を行きつ戻りつしたのち、結局家に帰った。

ムバンタの人びとのあいだでは、神々やご先祖はときに辛抱強く待ち、わざと人間に反抗させておくことがある、というのはよく知られていた。しかし、そういう場合にも限度があって、七週間、つまり二十八日と決まっていた。この限界を超えると、もはや許されない。そんなわけで、傲慢な宣教師たちが悪霊の森に教会を建ててから七週目が近づくと、村では興奮が高まった。連中には必ず破滅が待ち受けている、と村の衆は自信満々のようすでいたので、改宗者の一人や二人は、新しい信仰への忠誠はひとまず取り下げたほうがいいのではないか、と思ったほどだった。

そしてとうとう、宣教団の連中がひとり残らず死ぬ日がやって来た。ところが、まだぴんぴんして、師のキアガ氏のために、赤土と草ぶき屋根の建物を新たに建てていたのである。その週、さらに改宗者を数名勝ち取った。このときには初めて女性がいた。名はンネーカ。裕福な農民、アマディの妻である。彼女はかなりの身重だった。ンネーカはこれまで四度の妊娠と出産を経験していた。しかしそのつど双子が生まれて、すぐに捨てられてしまった。そんな女だったので、夫も夫の家族も厳しい非難の目を向けるようになっており、彼女が逃げ出し、キリスト教徒の仲間になったからといって、べつだんうろたえるようなことはなかった。要するに、いい厄介払いだったのだ。

ある朝、オコンクウォのいとこ、アミークウが、近隣の村からの帰り道にちょうど教会の前を通りかかったら、キリスト教徒と一緒にいるンウォイエを見かけた。アミークウはびっくり仰天し、帰宅するなりまっすぐオコンクウォの家に向かい、見たことをありのまま伝えた。妻たちは興奮してまくしたてたが、オコンクウォはといえば、身じろぎもせず座ったままでいた。

ンウォイエが戻ったのは、午後遅くになってからのことだった。主屋《オビ》に入って、父に挨拶をしたが、父からは返答がない。ンウォイエが向きを変えて屋敷の奥に行こうとすると、オコンクウォは怒りに駆られて飛び上がり、息子の首もとをつかんだ。

「ど、どこに行ってたんだ」どもりながら責めたてた。

ンウォイェは首を締め付ける手から逃れようともがいた。

オコンクウォは怒鳴った。「殺されないうちに答えろ！」そして低い壁に立てかけてあった頑丈な棒をつかむと、ンウォイェを二度、三度と激しく殴った。

「答えろ！」またも怒鳴り声をあげた。ンウォイェは父をまっすぐ見ていたが、ひと言も口をきかなかった。女たちは怖くて中に入ることもできず、表で悲鳴をあげていた。

「ただちにその子を放せ！」という声が屋敷の外から聞こえてきた。オコンクウォの叔父、ウチェンドゥだった。「気でも狂ったのか」

オコンクウォは何も言わずに、ンウォイェをつかんでいた手を放した。ンウォイェはそのまま立ち去り、二度と帰ってはこなかった。

ンウォイェは教会に戻り、ウムオフィアに行く決心をしたとキアガ氏に伝えた。ウムオフィアでは、白人の宣教師が学校を建て、年若いキリスト教徒に読み書きを教えていたのだ。

キアガ氏は大喜びした。「わたしのために父と母を捨てた彼は幸いである」[97] 彼は厳かに話した。「わたしの言葉を聞く者こそ、わたしの父であり、また母なのである」[98] ンウォイェははっきりと理解できなかった。だがとにかく、父親のもとを離れられてうれしかった。しばらくしたら、母と弟たち、妹たちのところに戻り、新しい信仰に改宗してもらおうと考えた。

オコンクウォはその夜、オビで座って丸太の火を見つめながら、この事態についてじっくり考えた。突然怒りが込みあげてきて、鉈《なた》をつかんで教会に突入し、あの下劣な悪党どもをみな殺しにしてやる、という激しい衝動に駆られた。しかし思い直して、ンウォイェなんかのために戦うなどばかばかしい、と自分に言い聞かせた。オコンクウォは心のなかで叫んだ。よりによってどうして自分が、あんな息子のことで苦しまなければならないのか。この件には、ぜったいに守り神《チ》がかかわっている。そうでな

97 『マタイによる福音書』十九章二十九節「おおよそ、わたしの名のために、家、兄弟、姉妹、父、母、子、もしくは畑を捨てた者は、その幾倍もを受け、また永遠の生命を受けつぐであろう」に由来すると思われる。なお、聖書からの引用は日本聖書協会『聖書 口語訳』を参照している。

98 『マタイによる福音書』十二章五十節「天にいますわたしの父のみこころを行う者はだれでも、わたしの兄弟、また姉妹、また母なのである」に由来すると思われる。

ければ、大変な不運と流刑の憂き目、それにいま、この見下げはてた息子がしでかしている愚行をどう説明できるというのか。落ち着いて考える時間ができると、息子の罪はとんでもないものに思えてきた。父の崇《あが》める神々を捨て、老いぼれの雌鶏《めんどり》のように鳴き騒ぐ女々しいやつらと付き合うなど、醜態のきわみだ。もし自分が死んだ後、息子たちがみなンウォイエに従い、ご先祖を見捨てるようなことになったらどうするのだ。オコンクウォは、絶滅の予感にも似た恐ろしい可能性を考えて、ゾワゾワと悪寒が走るのを感じた。子どもたちが白人の神に祈っているあいだに、自分と父祖たちが先祖の社のまわりに群がり、待てども待てども礼拝もなされず、供物も用意されないまま、ただ過ぎ去りし日々の灰を見ている、という光景が思い浮かんだ。そんなことが起こるくらいなら、自分が、このオコンクウォが、やつらを地上から消し去ってやる。

オコンクウォはみなに「吼《ほ》える炎」と呼ばれていた。丸太の火を見つめていて、その名を思い出した。そう、俺は燃え盛る炎だ。なのにどうして、ンウォイエのような、あんな堕落してなよなよした息子をもうけてしまったのか。あいつは俺の子じゃないかもしれんぞ。そうだ、そうに決まっている。きっとあの女が裏切ったのだ。あいつめ、目にもの見せてやる！　だが、ンウォイェは、祖父のウノカ、つまりオコンクウォの父にそっくりだった。オコンクウォはこの考えを頭から振り払った。このオコンクウォは、燃え盛る炎なのだ。どうして女のような息子をもうけることがあろうか。ンウォイェの年には、最強レスラーとして、恐れ知らずの男として、ウムオフィアじゅうに知れわたっていたんだぞ――。

オコンクウォは大きなため息をもらした。くすぶっていた薪《まき》も、まるで同情するかのように、ため息にも似た音をたてた。そのとたん、オコンクウォは目を開かれ、事の全貌をはっきりと悟った。燃え上がる炎でも、冷たく、無力な灰となるのだ。もう一度、深いため息をついた。

第18章

ムバンタの新しい教会は、早い段階で何度か危機を経験した。最初のうち、一族は、あんなものがもちこたえられるはずがない、と高をくっていた。ところが、もちこたえるどころか、徐々に勢力を強めていった。一族はやきもきしたが、さほど深刻に考えることもなかった。役立たずの連中《エフレフ》が悪霊の森に住むことになろうが、やつらの勝手だ。考えてみれば、あんなけしからん連中には、悪霊の森がうってつけの棲家《すみか》なのだ。たしかに、やつらは森から双子を救い出していたが、双子を村に連れてくることはない。つまり村の衆にしてみれば、双子は捨てられた場所にそのままいるだけなのである。もとより、大地の女神は、宣教師連中の犯した罪を、なんの咎《とが》もない村人に負わせるようなことはしないはずではないか。

しかしあるとき、教会の連中は度を越してしまった。三人の改宗者が村にやって来て、こんな神々など死んでいてまったく無力だ、いまにも社《やしろ》をぜんぶ焼き払って思い知らせてやる、と得意げに吹聴《ふいちょう》してまわったのである。

「では、お前の母親の陰部に火をつけるがよい」祭司のひとりが言った。男たちは捕らえられ、血を流すまでぶちのめされた。それ以降しばらくは、教会と一族のあいだでなんの波風も立たなかった。

しかし、あの白人は宗教どころか、政府まで持ってきた、という噂が広がっていった。なんと、連中の宗教の信徒を保護するために、ウムオフィアに裁きの場を設けたというのだ。宣教師を殺した男が吊るされた、という話も聞こえてきた。

こういう噂がしょっちゅうささやかれるようになったとはいえ、ムバンタではまるでおとぎ話のように思われ、教会と一族の関係を左右することもなかった。ここでは宣教師を殺すなど問題外。キアガ氏は気が狂っていたとはいえ、なんの害もなかった。それに改宗者にしても、一族から逃げ出したりしない限り、だれも連中を殺せない。ろくでもないやつらとはいえ、まだ一族に属していたからだ。そのため、白人の政府のことやキリスト教徒を殺したらどうなるかということがどんなに噂されようと、だれもまじめに考えてみなかった。もしこれまで以上に厄介な存在になれば、一族から追放すればいいだけの話だった。

それに、そのころ小さな教会は、すっかり自分たちの問題にかかりきりになっていたので、一族を悩ませることもなかった。事の始まりは、賤民《せんみん》を受け入れるかどうかという問題だった。

賤民[99]はオスと呼ばれ、新しい宗教が双子など忌まわしきものを歓迎しているのを知り、自分たちも受け入れてもらえるのではないかと考えた。そこで、ある日曜日、二人のオスが教会の中に入っていった。たちまち動揺が起こったが、新しい信仰の影響力は相当なもので、賤民が入ってきても、すぐに教会を出ていこうとする改宗者はいなかった。たんに、二人の一番近くにいた人がべつの席へ移動するにとどまった。これは奇跡というほかない。が、それも礼拝が終わるまでのこと。信者たちは一斉に抗議の声をあげ、彼らを追い出そうとした。そこへキアガ氏が割って入り、こんな説教を始めたのだった。

「神の御前では、奴隷も自由民もありません。わたしたちはみな神の子です。ですから、この兄弟たちを受け入れなければならないのです」

「あなたはわかっていない」改宗者のひとりが言った。「われわれがオスを受け入れたと知ったら、あの異教徒たちはどう言うでしょう。きっと笑いものになりますよ」

「では笑わせておきましょう」キアガ氏は言った。「神は裁きの日に、彼らをお笑いになるでしょう。なにゆえ、もろもろの国びとは騒ぎたち、もろもろの民はむなしい事をたくらむのか。天に座する者は笑い、主は彼らをあざけられるであろう」[100]

「あなたはなんにもわかっちゃいない」改宗者は譲らない。「あなたはわれわれの師ですよ。新しい信仰のことをたくさん教えてくださいます。でも、この問題に関してよくわかっているのは、わたしたちのほうです」そうして、彼はキアガ氏にオスとはなんであるか説明した。

オスとは神に捧げられた人間、隔離すべきもの、永遠の禁忌であり、子々孫々に至るまで運命を免れえない。自由民を嫁にもらうことも、自由民に嫁ぐこともできない。はっきり言えば、社会の除《の》け者であり、村の大社にほど近い特別な地域に暮らしてい

---

99 イボ社会における被差別民。神々に捧げられ、神々の所有物だったと考えられている。差別と侮蔑の対象であり、オスと交わることは禁忌とされていた（場合によっては現在でもそうである）。

100 旧約聖書『詩篇』二篇一節と四節。

る。どこに行くにも、禁忌集団の印であるもつれた汚い長髪を垂らして歩く。剃刀《かみそり》の使用が禁じられているからだ。それに、オスは自由民の集まりに来てはいけない。反対に、自由民はオスの屋根の下にとどまることができない。一族の四つの称号を受けられず、死ぬと仲間の手で悪霊の森に埋められる。こんなやつがどうしてキリストの信者になれるというのか——。

「そのような人はあなたやわたし以上に、キリストを必要としています」とキアガ氏は説いた。

「じゃあ、わたしは一族のもとに戻りますよ」そう吐き捨てて、この改宗者は出ていった。キアガ氏は一歩も引かなかった。そうした彼の堅固な意志こそが、若い教会を救ったのだった。ためらっていた改宗者たちも、キアガ氏の揺るぎない信仰に感化されて自信を得た。彼は賤民たちに、もつれた長い髪を剃り落とすよう言った。とっさに彼らは、死ぬのではないかと怖がった。

「異教の印を剃り落とさないと、教会に受け入れませんよ」キアガ氏は説得する。「あなたがたは死ぬかもしれない、と恐れています。でもなぜでしょう。髪を剃っている人たちと、あなたがたはどう違うというのですか。あなたがたも彼らも、同じ神がお創りになったのです。彼らは、あなたがたをらい病患者のようにつまはじきにしています。これは神の御心に反することです。神はその御名を信じる者すべてに、永遠の命を約束されています。あれやこれやすると命を落とす、と異教徒が言うので、あなたがたは怖がっているだけです。わたしだって、ここに教会を建てると死ぬぞ、と脅されたのですよ。わたしは死んでいますか？　それに、双子を保護すると死ぬぞ、とも言われました。でもこうして生きているではありませんか。異教徒が口にするのは嘘ばかり。神の御言葉だけが真実なのです」

二人の賤民が髪を剃り落とし、まもなく、新しい宗教のもっとも熱心な信徒となった。さらには、ムバンタの大半のオスが二人の例にならった。あまつさえ、一年ほどのちには、そのひとりが熱意のあまり、水の神の化身、聖なるニシキヘビ[101]を殺してしまい、教会と一族が深刻な衝突に陥ってしまったのだった。

ニシキヘビは、ムバンタとその周辺全域の一族からもっとも崇《あが》められている動物で

101 ニシキヘビは川（水）の女神イデミリの使者と考えられ、崇められている。キリスト教の想像力ではヘビが悪魔と関連づけられることから、宣教団および植民地当局はヘビ崇拝の撲滅に力を入れた。

ある。「われらの父」と呼ばれ、どこへ行こうと、たとえ人のベッドに潜り込もうと許された。家ではネズミを食べ、ときに雌鶏《めんどり》の卵を飲み込んだ。一族の者がうっかりニシキヘビを殺してしまったら、贖罪《しょくざい》の供物を捧げ、偉人の死の際のように盛大な葬儀を執り行った。ところが、ニシキヘビを故意に殺す者に対しては、罰の定めがなかった。そんなことが起ころうなどと、ついぞだれも考えたことがなかったのだ。

いや、本当は起こらなかったのかもしれないぞ。一族は最初、そんなふうに事態を見た。実際に現場を目撃した者はいなかった。そもそも、この話はキリスト教徒のあいだでのぼったものだった。

ともあれ、ムバンタの指導者や長老は方針を決めるために集まった。多くの者が激怒して長々と意見を開陳した。戦争の気分が迫っていた。オコンクウォはすでに、母の故郷で協議に参加するようになっており、鞭《むち》を使ってあの忌まわしき連中を村から追い出さないことには、もはや安らぎは得られない、と発言した。

しかし、事情をべつの角度で見ている人も数多くいて、最後には彼らの思慮深い意見が優勢になった。

「神々のために戦うなど、われわれの伝統ではない」ある者が見解を述べた。「いまそんな思い切ったことなど考えないでおきましょう。家の中で人目に触れず聖なるニシキヘビを殺しただけなら、その人物と神のあいだの問題です。なにも現場を見たわけじゃない。神とその相手に割って入るなどしたら、不届き者に向けられた罰のとばっちりを食らうかもしれませんぞ。ある人が神々を貶《おとし》めたとして、どうすべきでしょうか。その者の口を封じるとでも？　それは違う。耳の穴に指を突っ込んで、聞かないようにするのです。これぞ賢明な策です」

「そんな腑抜けの理屈はいただけませんな」オコンクウォが口をはさむ。「だれかが家に入ってきて床で糞をたれようものなら、どうするでしょう。目をつぶるでしょうか。ぜったいにありえない！　棒きれをつかんで頭をぶったたいてやりますよ。それでこそ男だ。やつらは毎日毎日われわれに汚物を浴びせているというのに、オケケは見て見ぬふりをすべきだ、などと言っている」オコンクウォは声に嫌悪感をあらわにした。まったく女々しい連中だ。父祖の地、ウムオフィアなら、まさかこんなことになるまい――。

「オコンクウォは真実を語っておる」べつの男が声をあげた。「何か事を起こすべきだ。だがともかく、あいつらを追放するとしよう。そうすれば、連中の忌まわしい行為に責任を持たずにすむ」

会議で全員が意見を出したところ、最終的にはキリスト教徒を追放することで落ち着いた。オコンクウォはうんざりして歯をきしらせた。

その晩、触れ役がムバンタをくまなく駆け巡り、今後、新しい宗教の信徒は全員残らず、一族の生活と権限から排除される、と言ってまわった。

キリスト教徒の数は増えていき、いまや物怖《ものお》じせず自信に満ちた男女と子どもたちが、小さな共同体を築くまでになっていた。白人宣教師のブラウン氏は、定期的に彼らを訪れた。「あなたがたのあいだに初めて種が蒔《ま》かれて、まだたった十八カ月にしかならないことを思うと、神のなせる業には驚嘆するばかりです」

聖週間[102]の水曜日のこと、キアガ氏は復活祭にあたって教会を磨くため、女たちに赤土と白いチョークと水を持ってくるよう頼んだ。それで女たちは、三つのグループにわかれた。その日の早朝、ひとつは水甕《みずがめ》を持って小川に、もうひとつは鍬《くわ》とかごを持って村の赤土の採掘場に、そして残りは白亜の石切り場に向かった。

キアガ氏が教会で祈りを捧げていると、女たちの激した声が聞こえてきた。そこで、祈りを締めくくり、何事かとようすを見に行った。女たちは空《から》の水甕を持って教会に戻っていた。若い男たちが鞭をふりながら、彼女たちを追い払ったという。まもなく、赤土を取りに行った女たちも空っぽのかごを持って戻った。なかには、ひどく鞭打たれた者もいた。チョークを取りに行った女たちも戻り、似たような話をした。

「どういうことですか」キアガ氏はたいそう困惑していた。

「村はわたしたちを追放したのです」ひとりの女が言った。「昨夜、お触れがあったのです。でも、小川や石切り場から締め出すなんて、習わしにはないことなのに」もうひとりの女が付け加える。「あの人たちはわたしたちを滅ぼすつもりです。市場に入るのも許されないでしょう。そうはっきり言ってます」

キアガ氏が、村に男の改宗者たちを呼びにやろうかと考えていたところ、ちょうど彼らがこちらに向かってくるのが見えた。もちろん彼らもお触れのことは知っていたが、女が小川から締め出されるなど、生まれてこのかた聞いたことがなかった。

「さあ行こう」と女たちを呼んだ。「俺たちが一緒に行って、あの卑怯者どもをなん

102　あるいは受難週。復活祭（イースター）前の一週間。

とかするから」大きな棒、それに鉈《なた》まで手にする者もいた。

だが、キアガ氏は彼らを制した。まずどうして彼らが追放の身になったのか、知りたかったのだ。

「オコリが聖なるニシキヘビを殺した、という噂です」ひとりが答えた。

「嘘っぱちだ」べつの者が言う。「オコリ自身が嘘だと言っていました」

オコリからは真相が聞けなかった。前日の夜、病に倒れ、はやあくる日のうちに死んでしまったのだ。この男が死んだことで、やはり神々がまだ戦いに挑む力を備えているとはっきりした。こうして、一族が自ら、キリスト教徒を懲らしめる必要はなくなった。

第19章

一年最後の大雨が降っていた。外壁を作るために赤土を踏み固める時期がきた。これより前には行われない。雨が強すぎて、踏み固めた土の山を流してしまうのだ。そして、これより後にも行われない。収穫がまもなく始まり、それが終わると乾季がやって来るからだ。

これがオコンクウォにとって、ムバンタでの最後の収穫になる。七年という無駄に過ごした退屈な年月が、ようやく終わりに近づいていた。母の故郷でも富を築いたとはいえ、男がみな勇敢で戦闘的な父祖の地、ウムオフィアにいたなら、もっと豊かになっていたはずだった。この七年のあいだに、頂点まで上り詰めていただろう。そんなふうに考えて、オコンクウォは毎日流刑のことを悔やんだ。母の親族はとても親切にしてくれ、そのことには感謝していた。だがそれでも事実は変わらない。母の親族に対する礼儀として、流刑の地で初めて生まれた子どもにンネーカ、「母は至高なり」と名づけた。しかし二年後に息子が生まれると、ンウォーフィア、「荒野で生まれた子」と命名したのだった。

流刑の最後の年に入ると、オコンクウォはさっそくオビエリカに金を送り、かつての屋敷跡に家を二軒建ててくれるよう頼んだ。そこでひとまず家族と暮らし、その後、また家を増やして、屋敷の塀を作ることにした。だれかに頼んで主屋《オビ》を建てたり、屋敷の塀を作ったりしてもらうなど論外だ。こういうものは男が自分で建てるか、父親から受け継ぐものなのである。

一年最後の激しい雨が降り出したころ、オビエリカから二軒の家が建ったという知らせがあった。さっそく、オコンクウォは雨がやむころの帰郷に向けて準備を始めた。その年もっと早く戻って、雨季が終わる前に屋敷を建てたかったが、それでは七年の刑をしっかり受けなかったことになる。そもそも、そんなことはどだい無理な話だ。そういうわけで、オコンクウォは乾季の到来をいまかいまかと待ちわびていた。

乾季はゆるやかにやって来た。雨はどんどん小降りになり、やがて、横なぐりのにわか雨に変わった。雨の合間にときおり太陽が顔をのぞかせ、そよ風が吹いた。これは陽気で軽やかな雨。虹が現れて、ときにはまるで母と娘のように、若くうつくしい虹と老いておぼろげな影のごとき虹が対になって架かることもあった。虹は空のニシキヘビと呼ばれた。

オコンクウォは三人の妻を呼び、大きな宴会を開く準備をするよう言いつけた。「出発前に母の親族に礼をしないとな」

エクウェフィは自分の畑に、前の年のキャッサバをまだ持っていた。あと二人の妻たちにはなにも残っていなかった。怠けているということではなく、たくさんの子どもを食べさせる必要があったからだ。そのため、エクウェフィが宴会にキャッサバを出すことになっていた。ンウォイエの母とオジウゴはスープ用に魚の燻製《くんせい》、椰子油《やしゆ》やチリペッパーを用意する。そしてオコンクウォが肉とヤム芋を引き受けた。

エクウェフィは翌朝早く起床し、娘のエズィンマと第一妻の娘、オビアゲリ[103]を連れて畑に行き、キャッサバを収穫した。それぞれ長いかごを持ち、キャッサバの柔らかい茎を切る鉈《なた》、そして芋掘り用に小さな鍬《くわ》を携えた。幸い夜のうちに少し雨が降った

103 原文では「オジウゴの娘」となっているが、アチェベの勘違いであると思われる。

ので、土はさほど硬くなさそうだった。

「たくさん取るにしても、すぐ終わりそうね」エクウェフィが言った。

「でも、葉っぱが濡れてるわ」エズィンマが言った。頭上でかごのバランスをとり、胸の前で腕を組んでいる。エズィンマは凍えていた。「冷たい水が背中にしたたるのはいやよ。日が昇って葉が乾くのを待ったらよかったのに」

水が嫌い、などと言うので、オビアゲリはそんなエズィンマを「塩」と呼んだ。「溶けちゃうかも、なんて心配してるわけ？」

エクウェフィが言ったとおり、収穫は楽だった。エズィンマは長い棒で株をひととおり揺さぶってから、かがんで茎を切り、芋を掘った。場合によっては掘るまでもなかった。切り株を引っぱるだけで土が盛り上がり、その下で根がぷつりと切れて、芋が引き抜けた。

かなりの量を収穫すると、三人は二回にわけて小川に運んでいった。女はみなここにキャッサバを発酵させる浅い井戸を持っていた。

「四日、ううん、三日でも食べごろになるね」とオビアゲリ。「新しい芋だから」

「そんなに新しくないわ」エクウェフィが言う。「植え付けたのは、もう二年ほど前よ。あの土地は痩《や》せているから、こんなに小さいの」

オコンクウォは、何事も中途半端なやり方をしないたちだった。妻のエクウェフィが、宴会にはヤギ二頭でじゅうぶんと言い張っても、お前には関係ないと突っぱねた。

「俺が宴会を開くのは、金があるからだ。川岸で暮らしていながら、唾で手を洗うというような真似はできん。母の親族はよくしてくれた。俺も礼を尽くすべきだ」

こうして、ヤギ三頭とたくさんの鶏がつぶされた。まるで婚礼の宴のようだった。フフ、ヤム芋シチュー、エグシ・スープ[104]、ビターリーフ・スープ、それに大量の椰子酒も準備された。

宴会にはウムンナが全員招かれた。二百年ほど前に生きていたオコロの子孫全員のことだ。この大親族で最高齢は、オコンクウォの叔父、ウチェンドゥだった。ウチェンドゥはコーラの実を割るよう手渡されると、ご先祖に祈りを捧げた。健康と子孫に恵まれるよう祈願して言った。「わしらは富を求めたりしません。健康と子孫に恵ま

104 エグシはウリ科の植物。種をすりつぶして煮込み料理に使う。

れる者は、おのずと富を得るからです。わしらは富が増えるよう祈ったりしません。親族が増えるよう祈ります。わしらが動物より優れているのは、親族のつながりがあるからです。動物は脇腹がかゆければ、木にこすりつける。しかし人間は親族にかいてくれ、と頼むことができます」ウチェンドゥはとりわけオコンクウォとその家族のために祈った。そしてコーラの実を割り、ご先祖のために一片を地面に放った。

割れたコーラの実が順に回されると、オコンクウォの妻と子ども、それに料理を手伝いに来ていた女たちが、食事を運んできた。息子たちは椰子酒の甕《かめ》を持ってきた。次から次へとごちそうと酒が並べられたので、多くの人は驚きのあまり、ひゅうっと口笛を吹いた。すべて整うと、オコンクウォが立ち上がって話した。

「このささやかなコーラの実を受け取っていただけますように。こうして宴会を持ちましたのは、これまで七年間、みなさんに賜ったご親切にお返しするためなどではありません。子が母の乳に報いるなど、できるわけありません。みなさんにお集まりいただいたのは、親族が一堂に会するのがすばらしいことだからです」

まずヤム芋シチューが供された。フフよりも軽いというだけでなく、ヤムはつねに何よりも優先されるからだ。続いてフフが出された。フフをエグシ・スープと食べる者も、ビターリーフ・スープと食べる者もいた。それから肉が分けられ、ウムンナ全員に行き渡った。みな年齢順に立ち上がり、自分の分を取っていった。出席できなかった人が数名いたが、その人たちの分も同じように取り分けられた。

椰子酒が酌み交わされているなか、ウムンナの老人のひとりが立ち上がり、オコンクウォに礼を述べた。

「こんな見事な宴会とは夢にも思わんかった、などと言ったりしたら、わしらの息子、オコンクウォがいかに気前がよいか、知らなかったと言うようなもんだ。わしらはこの男のことがちゃんとわかっている。だから盛大な宴会になると考えておった。だが予想以上に盛大だった。感謝するよ。お前さんが差し出してくれたものが、十倍になって返ってくるように。近ごろときたら、若い世代が父親よりも賢いと自惚《うぬぼ》れているような時代だが、こんなふうに壮大な、昔馴染みのやり方を見るのは良いもんだ。親族を宴会に招くのは、何も飢えから守るためじゃなかろう。みな家には食いもんがある。月明かりに照らされた村の広場に集うのは、月を愛《め》でるためではない。だれだって屋敷から月を眺められる。こうやって集まるのは、親族にとって良いことだからだ。どういうわけでわしがこんな話をするのか、と思うかもしれない。わしは若い世代を心配しておるのだ。お前らのことをな」老人は若者の大半が座っているほうを指して手を振った。「わしはといえば、老い先が短い。ウチェンドゥも、ウナチュクウも、エメフォもだ。ただ若い衆のことが気がかりなのだよ。お前たちは親族の絆がどれほど強いかわかっとらん。声をひとつにして話すとはどういうことかわかっとらんのだ。それでどうなったか。忌まわしい宗教が入り込んできたではないか。いまじゃ、父も兄弟も平気で見捨てられてしまう。父祖の神々やご先祖を呪うことさえできる。まるで、猟犬が突然狂いだして、主人に食ってかかっているみたいではないか。お前たちが心配だ。一族が心配でならん」そして老人は、もう一度オコンクウォに向き直って言った。「わしらを集めてくれて、感謝するよ」

第3部

第20章

一族から離れていた七年は、実に長いものだった。自分の地位がずっとそこにあり、待っていてくれるとは限らない。去る者がいれば、またべつの者が台頭してその穴を埋める。一族とはトカゲのようなもの。しっぽを失っても、また新しいしっぽが生えてくる。

オコンクウォにはそれがわかっていた。一族の裁判を担う九人の仮面の精霊《エグウグウ》のひとりという地位を失ったことも。勢力を広げたと伝え聞く新しい宗教に対して、戦闘的な一族を率いる機会を失ったことも。このかん、一族の最高位を得られたかもしれないのに、多くの年月を無駄にしてしまった。とはいえ、失ったものでも、いくらかは取り返しがつくかもしれない。オコンクウォは、自分の帰郷が人びとに注目されるものでなくてはならない、と断固たる思いでいた。華々しく故郷に戻って、無駄にした七年を取り戻してやるぞ、と心に誓った。

　オコンクウォは流刑の最初の年にも、はや帰郷のことを思い描いていた。まずはもっと壮大な規模で屋敷を建て直すことにしよう。前に持っていた納屋より大きいものを作り、二人の新しい妻に離れを建ててやろう。それから、息子たちにオゾの称号を持たせてその結社に入れ、富を見せつけてやるんだ。一族でそれができるのは、真に傑出した男だけ。オコンクウォは、大きな敬意を受ける自らの姿をありありと思い浮かべ、この地で最高位の称号を得ることも確信していた。

　流刑の年が一年、また一年と過ぎていくと、自分の守り神《チ》が過去の災厄の埋め合わせをしているのかもしれない、と思えてきた。オコンクウォのヤム芋は母の故郷のみならず、ウムオフィアでも豊富に実ったので、友人が毎年小作に分け与えてくれていた。

　そこへ、あのような長男の悲劇が襲いかかったのだった。最初のうちは、あまりの衝撃に、彼の精神をもってしても耐えられないかのように思えた。しかしオコンクウォの精神には回復力があり、ついには悲しみを乗り越えることができた。あと五人も息子がいるわけで、その子たちを一族のやり方で育てればよい、と折り合いをつけられたのだ。

オコンクウォは五人の息子を呼び寄せた。息子たちは主屋《オビ》に入って腰を下ろした。一番下の子は四歳だった。

「お前たちは、兄のとんでもない醜態を見ただろう。あいつはもう俺の息子でもないし、お前たちの兄でもない。俺が息子と認めるのは、一族のなかで堂々とできる一人前の男だけだ。女のほうがいいと思うやつがいるなら、俺の目が黒いうちにンウォイェの真似をしたらどうだ。そしたらこの俺が呪ってやる。俺が死んでから裏切るんだったら、戻ってきて首をへし折ってやるからな」

オコンクウォは、こと娘には恵まれていた。エズィンマが女であることを悔やまなかった日はない。子どもたちのなかで、この子だけがオコンクウォの気性をすべて理解していた。ときがたつにつれ、二人の心は通じ合い、絆が強まっていった。

エズィンマは父親の流刑中に成長を遂げ、ムバンタ一の美女に数えられるようになった。若いころの母親と同様、美の結晶と呼ばれた。かつて母の心をひどく苦しめた病みがちな少女は、ほぼ一夜にして健康で快活な娘に生まれ変わった。たしかに、彼女にはふさぎこむときがあり、そんなおりには、猛犬のごとくだれかれかまわずかみついた。こうした気分は突然襲いかかり、はっきりとした理由も見つからなかった。

しかしそれもめったに起こらず、つかの間のものだった。ただ、気分の落ち込みが続いているあいだには、父親以外だれも受け付けなかった。

ムバンタの青年や裕福な中年男が、相次いで彼女と結婚したいと言ってきた。しかしエズィンマはどんな申し出もはねつけた。ある夜、父に呼ばれて、こんなふうに言われたからだ。「ここには善良で裕福な人がたくさんいる。だが、故郷に戻ってから、ウムオフィアで結婚してくれたらうれしいよ」

父が言ったのはこれだけだった。にもかかわらず、エズィンマはわずかな言葉の裏にある、父の考えや隠れた意図をぜんぶはっきりと見抜いていた。そのうえで父に従ったのである。

「お前のきょうだいのオビアゲリは、俺の言うことをわかってくれない。お前から話してくれないか」

二人は同じ年ごろだったが、エズィンマは異母妹に強い影響をおよぼしていた。オビアゲリに自分たちがなぜまだ結婚するべきでないのか説明すると、彼女も納得した。こうして二人とも、ムバンタでの縁談をことごとく断ったのだった。

「あいつが男だったらなぁ」オコンクウォは心中でつぶやいた。あいつなら完璧に事情を理解できる。子どもたちのなかで、これほどはっきり俺の心がわかるやつはいない。二人のうつくしい娘をつれてウムオフィアに戻れば、ずいぶん注目をひくことになるだろう。一族の権力者が婿に来るはずだ。まさか貧乏で無名なやつに名乗りをあげる肝《きも》などあるまい。

オコンクウォが流刑の身にあった七年で、ウムオフィアはがらりと変化していた。教会がやって来て、多くの者を道に迷わせていた。生まれの卑しい者や賤民《せんみん》ならまだしも、立派な男でさえも入信していたのだ。そのひとりがオブエフィ・ウゴンナという男。二つの称号を持っていたのだが、突然狂ったかのように、称号を表すアンクレットを切り捨てて、キリスト教徒の仲間入りをしたのである。白人宣教師はこの男をとても誇りに思っていた。それに、彼はウムオフィアで最初に聖餐《せいさん》[105]を、イボ語で言うなら「聖なる宴」を受けた信者となった。オブエフィ・ウゴンナは、この宴を飲み食いのことだと勘違いし、村で行う宴会より少しばかり神聖なのだろう、ぐらいに考えていた。それでこの日のために、角杯をヤギ皮の袋に入れておいたのだった。ところが、白い男たちは教会だけではなく、政府までも持ち込んでいた。法廷が作られて、地方長官とやらがこの土地のことなどなにも知らずに事件を裁いていた。地方長官は廷吏とかいうやつを使って、人びとを法廷に引っ立ててこさせた。こうした廷吏の多くは、大河[106]の岸にあるウムルの出身だった。ここでは何年も前に最初に白人がやって来て、宗教と貿易と政府の拠点を築いていた。[107]廷吏たちはウムオフィアで忌《い》み嫌われる存在となった。よそ者であるうえに、傲慢で高圧的だったからだ。連中はコトマ[108]と呼ばれ、灰色の半ズボンをはいていたので、「灰色のケツ」などとも呼ばれた。やつらはおまけに、白人の法を犯した人で膨れ上がる牢屋の監視もやっていた。

105　イエスの「最後の晩餐」に由来するキリスト教の儀式。イエスの血と肉を象徴するパンとぶどう酒が信徒に分け与えられる。なお、宗派によってその方法や考え方は異なる。

106　イボ語ではオリミリ、ニジェール川のこと。

107　架空の町ウムルはオニチャ（現アナンブラ州）をモデルにしている。一八五七年、ここに貿易拠点が築かれ、ヨーロッパへ椰子油の輸出が行われるようになった。続いて、英国国教会とカトリックの宣教団が教会と学校を建てた。

108　英語で廷吏を表すコート・メッセンジャーがコート・マンになり、コトマとなった。もっとも早い段階で植民地当局に雇用された現地の人びと。小説内で描かれるように、当局の手先となって統治を手助けする仕事を請け負った。

牢屋にぶちこまれたのは、双子を捨てた者、キリスト教徒に嫌がらせをした者など。囚人は牢屋でコトマにさんざん殴られ、毎朝、法廷の敷地内の掃除や白人長官と廷吏のために薪《まき》運びをさせられた。なかには、こんな卑しい仕事に不釣合いな称号者もいた。彼らは名誉を傷つけられたことを嘆き、放りっぱなしの畑を思って心を痛めた。若い囚人たちは朝に草刈りをしながら、鉈《なた》の動きに合わせてこんな歌を歌った。

灰色のケツしたコトマ
やっこそ奴隷にぴったり
無知で愚かな白人
やっこそ奴隷にぴったり

廷吏は「灰色のケツ」と呼ばれるのが気にくわず、男たちを殴りつけた。にもかかわらず、この歌はウムオフィアじゅうに広まっていった。

オビエリカからこうしたことを聞いて、オコンクウォは悲しみにうなだれた。

「たぶん、故郷を離れていたのが長すぎたんだ」オコンクウォは独り言のように、ほそっとつぶやいた。「だが、あんたの言ってくれたことは、どうも納得できん。いったい、みんなどうしたっていうんだ。なぜ戦う力をなくしてしまったんだ」

「白人がどんなふうにアバメを全滅させたか聞いただろ」とオビエリカ。

「ああ聞いたとも。だが、アバメのやつらは根性なしで、まぬけだとも聞いたぞ。なんで応戦しなかったのだ。連中には銃も鉈もなかったというのか。アバメのやつらと比べたりなどしたら、俺たちも腰抜けということになってしまうぞ。あいつらの先祖は俺たちのご先祖に立ち向かうなど、一度たりともできやしなかった。俺たちこそが白人どもと戦って、ぜったいにこの土地から追い出さねばならん」

「もう手遅れだ」オビエリカが悲しげに言う。「一族の男たち、息子たちは、よそ者の仲間入りをしてしまった。連中の宗教に加わり、政府を守る手助けもしている。ウムオフィアの白人を追い出すだけなら、簡単なことさ。白人などたった二人しかいないのだから。だが、白人のやり方に従って、権力を得ているやつらはどうだ。ウムルに行って兵士を呼んできたりなどしたら、われわれもアバメの二の舞になるぞ」そして、長いあいだ黙りこんだ末に口を開いた。「この前ムバンタに行ったとき、話しただろ。アネトがどんなふうに処刑されたか」

「例の係争中とかいう土地はどうなったんだ」オコンクウォは訊いた。

「白人の法廷では、ンナマ一家の所有ということになった。やつらは白人の廷吏と通訳をかなりの額で買収したんだ」

「白人は、土地に関する慣習をわかってるのか」

「そんなわけないだろ。われわれの言葉すら話せないというのに。白人はここの慣習は悪いと言うだけさ。そのうえ、白人の宗教に乗りかえた同胞ですらも、ここの慣習は悪いと真似して言う始末だ。同胞が背を向けているというのに、どうやって戦えるというんだね。白人ときたら、まったくずる賢いやつらだよ。宗教をひっさげて、静かに、平和的にやって来た。われわれはあのまぬけっぷりを見て面白がり、ここにいるのを許可してやった。しかしいまじゃ、同胞をかっさらわれ、もはやひとつに結束できない。白人はわれわれを固く結びつけていたものにナイフを入れ、一族はばらばらになってしまった」

「アネトはどんなふうに捕まって、処刑されたんだ」オコンクウォはたずねた。

「土地をめぐる争いでオドゥチェを殺してしまい、大地の怒りから逃れようとアニンタへ向かった。争いから八日ほど後のことだ。オドゥチェは負傷していたが、すぐに死んだわけではなかったんだ。七日目にオドゥチェは死んだ。だが、死にかかっているのはだれの目にも明らかだったから、アネトは荷物をまとめてすぐ逃げられるようにしていた。ところがだな、キリスト教徒が白人に事の次第を話したんだ。それで、白人はコトマを差し向けて、アネトを捕まえた。アネトだけでなく、一家の主要な者も一緒に牢屋にぶちこまれた。結局オドゥチェは死に、アネトはウムルに連行されて吊るされた。他の者は釈放されたが、恐ろしさのあまり、まだこの災難を口にできないでいる」

その後、二人はずっと何も言わずに座っていた。

第21章

ウムオフィアの男も女も、多くの者は、オコンクウォほど深刻に新しい状況を受け止めてはいなかった。たしかに白人は、ばかげた宗教を持ち込んだ。しかし貿易商館も作られたおかげで、椰子油《やしゆ》や椰子の実が初めて高値の商品になり、ウムオフィアに大金が流れ込んだのである。

それに宗教のことをとっても、どうやら何かが、とんでもない狂気のなかにも、おぼろげながら理屈のようなものがありそうだ、という感覚が広まりつつあった。

こういう感覚が高まっていたのは、白人宣教師のブラウン氏の影響だった。彼は一族の怒りを招かないよう信徒たちを厳しく戒めていた。だが、自制させるのが大変な信者がひとりいた。男の名はイーノック。父親がヘビ崇拝の祭司だった。イーノックが聖なるニシキヘビを殺して食べてしまい、父親が彼に呪いをかけた、という噂が飛び交っていた。

ブラウン氏はそんなふうに熱意が度を越すのはよくない、と説教した。すべてのことは許されているが、すべてのことが益になるわけではない、[109]と熱心な信者たちに向かって説いた。そんなわけで、ブラウン氏はここの信仰に対しても配慮があるということで、一族の者からも一目置かれるようになっていたのである。一族の有力者などとも親交を深め、近隣の村を足繁く訪れるなか、威厳と地位を象徴する象牙の彫刻を贈られたりもした。そうした村の有力者にアクンナという人物がいたが、この人は白人の知識を学ばせるために、息子のひとりをブラウン氏の学校にやっていた。

ブラウン氏は、この村に行くと必ず、長い時間アクンナの主屋《オビ》に座り、通訳をとおして彼と信仰のことを語り合った。どちらも互いに考え方を変えなかったが、異なる信仰の理解を深めることができたのだった。

「あなたは、天と地を創った唯一の最高神がいるとおっしゃいますがね」アクンナは、ブラウン氏が訪ねてきたおりに切り出した。「わたしたちもその神を信じており、

109 『コリント人への第一の手紙』十章二十三節。

チュクウと呼んでいます。チュクウは全世界を創り、他の神々も創られました」

「他の神々なんていませんよ」ブラウン氏が切り返す。「チュクウのみが神で、他は偽物です。木を彫っただけじゃないですか――ほら、あれみたいに」と、イケンガ[110]の彫像がかけてある垂木を指さした。「あなたがたはそれを神と言っていますが、単なる木切れにすぎません」

アクンナは反論する。「そのとおり木切れですよ。でも、それはチュクウがお創りになった木からとったものです。小さな神々もまたしかりです。チュクウは神々を使者として創られました。それで、わたしたちが神々を介してチュクウに近づくことができるのです。あなたのようなものですよ。あなたは教会の長《おさ》でしょう」

ブラウン氏は訂正した。「いえいえ。教会の長は神ご自身です」

「いや、わかっていますよ。ですが、この世の人間のなかで長が必要でしょう。あなたのような人物がここでは、長ではありませんか」

「そういう意味なら、わたしの教会の長は、イングランドにいます」

「わたしが言わんとしているのは、まさにそれですよ。あなたの教会の長はあなたの国にいる。その人があなたを使者としてここに遣わしたのです。それにあなただって、ご自分の特使や召使いを任命なさっているでしょう。じゃあもうひとつの例で、地方長官のことをお話ししましょう。あの人はあなたの国の王に遣わされたのです」

「あの国では女王[111]ですよ」通訳が自ら口をはさんだ。

「そう、あなたの国の女王が使者として、地方長官を派遣しました。だが長官はひとりでは仕事ができないと考え、その手伝いにコトマを任命します。神、つまりチュクウも同じです。小さな神々を手伝いに任命されているのですよ。チュクウおひとりでは、大きすぎる仕事だからです」

「神を人と思ってはなりません。そんなふうに考えるから、神に手助けが要ると想像してしまうのです。その点でもっともひどいのは、あなたがたは、自ら創ったまがいものの神々だけを熱心に崇めている」

「それは違う。わたしたちは小さな神々に供物を捧げますよ。しかし神々でも歯が立たず、他に頼るところがなくなれば、チュクウのもとにお願いしにまいります。まっ

---

110 勤労、成功、勝利などを象徴する神で、字義どおりには「力の場所」という意味。

111 ヴィクトリア女王（在位一八三七年から一九〇一年）のこと。

たく正当ではないですか。召使いをとおして偉人に近づくのですから。しかし、召使いが助けにならなければ、最後の頼みの綱のもとに出向くのです。一見すると小さな神々に心血を注いでいるようですが、実際にはそうじゃない。小さな神々をよりいっそう気づかうのは、その主人を気づかうのが恐れ多いからです。ご先祖はチュクウを至高の神と考えておられた。だから多くの父祖が子どもにチュクウカ、つまり『チュクウは至高なり』という名前をつけられたのです」

ブラウン氏は話す。「ひとつ面白いことをおっしゃいましたね。あなたがたはチュクウを恐れている、と。わたしの宗教では、チュクウは慈悲深い父であり、そのご意志に従う者は恐れる必要などありません」

「ですが、従っていないときには、恐れなければいけないでしょう」アクンナはまた反論する。「それにだれが神のご意志を伝えるのですか。そんなこと、大きすぎてわかるはずありませんよ」

こんなふうにして、ブラウン氏は一族の信仰を大いに学び、正面攻撃をしたところでうまくいかない、という結論に行き着いた。そこで、ウムオフィアに学校と小さな診療所を建てることにした。家を一軒一軒まわり、ぜひ子どもたちを学校にやるように、と頭を下げた。だが最初のうちは、どの人も奴隷や、まれに怠け癖のある子を連れてくるだけだった。ブラウン氏は懇願したり、意見を述べたり、未来のことを話したり、とあらゆる手を打った。将来、この地で上に立つのは、読み書きができる男女です、とも語った。ウムオフィアの人たちが子どもを学校にやらないと、よその土地から見知らぬ者がやって来てここを支配することになりますよ、などとも。そうしたことは、すでに原住民裁判所で起こりつつあった。長官のまわりには、長官と同じ言葉を話すよそ者が居並んでいたのだ。このよそ者はたいてい、白人が初めて到来した、大河の岸に位置する遠方のウムルから来ていた。

ついには、ブラウン氏の話が影響をおよぼし始めた。学校に来る人が増え、ブラウン氏は、ランニングシャツやタオル[112]をプレゼントして激励した。学びに来たのは若い人とは限らない。なかには三十歳かそれ以上の者もいた。この人たちは午前中に農作業をして、午後になると学校に行った。そしてまもなく、白人の薬は効き目が速い、という噂も広まっていった。ブラウン氏の学校もすぐに成果をあげた。二、三カ月通

112 当時新しく入ってきたイギリスの製品。

うだけで、すぐに廷吏になれたし、法廷書記官になることさえできた。もっと長く通った人は教師になった。こうしてウムオフィアの労働者は、主のぶどう園へと出かけていったのだった。近隣の村々に教会が新しく建てられ、学校もいくつか併設された。そもそもの始まりから、宗教と教育は手に手を取って進んだのである。

ブラウン氏の宣教団はますます力をつけていき、新しい政府と結びつきがあったので、新たに社会的な名声も得られた。ところが、ブラウン氏自身は健康を損ないつつあった。初めのうちは病の兆候を軽く見ていたのだが、とうとう、悲しみにうちのめされながらも、信徒たちのもとを離れることになってしまった。

ブラウン氏が帰国の途についたのは、オコンクウォがウムオフィアに戻り、初めての雨季を迎えたころのことだった。その五カ月前、オコンクウォの帰郷を聞きつけて、宣教師はすぐに彼を訪問した。というのも、彼はオコンクウォの息子、ンウォイェを——いまではアイザック[113]という名であったが——ウムルに新設された教師養成学校に送ったところだった。それで、オコンクウォがそれを聞いたらさぞかし喜ぶだろう、と思っていたのである。だがなんと、オコンクウォは、こんど屋敷に足を踏み入れたりしたらたたき出してやる、と脅し文句を吐いて、宣教師を追い出したのだった。

オコンクウォの帰郷は、期待どおりに華々しいものにはならなかった。二人のうつくしい娘は男たちの大きな関心を呼び、結婚話がさっそく進んでいった。けれどもそれ以外に、ウムオフィアでは、この戦士の帰郷にとりたてて注目しているようすはなかった。一族は彼の流刑中に劇的な変化に見舞われて、もはやかつての姿をほとんどとどめていなかった。人びとの目や心を占めていたのは、新しい信仰と政府、それに貿易商館だった。こうした新しい制度を悪とみなす者はまだたくさんいたが、そういう人ですら他のことなどほとんど話したり考えたりしなかったし、むろん、オコンクウォの帰郷などおかまいなしだった。

そのうえ時期も悪かった。オコンクウォが当初の計画どおり、すぐに二人の息子をオゾ結社に入れていたら、さぞ話題にもなったことだろう。ところが、ウムオフィア

113 旧約聖書『創世記』二十二章一節から十九節「イサクの燔祭《はんさい》」において、イサク（アイザック）は父のアブラハムの手で神への生贄《いけにえ》に捧げられようとしたとき、すんでのところで神の使いにより命を救われる。ンウォイェは、養父のオコンクウォに殺害されたイケメフナのことを思ってこの名を選んだと解釈できる。

では三年に一度、加入の儀式が執り行われるだけで、次に儀礼の年が巡ってくるまで、二年近く待たなければならなかった。

オコンクウォは悲嘆にくれた。単なる個人の悲しみなどではない。いままさに目の前で崩れゆき、ばらばらに壊れつつある一族を思って嘆いた。そして、かつてのウムオフィアの戦闘的な男たちを思って嘆いた――男たちは、まったく不可解なほど、女々しく軟弱になってしまったのだ。

第22章

ブラウン氏の後任はジェームズ・スミス牧師といい、これまたブラウン氏とはまったく違うタイプの人物だった。ブラウン氏の妥協と融和にもとづく方針を公然と批判したのである。スミス氏は物事を白か黒かではっきり見るタイプだった。そして黒は悪とみなした。この世を戦場とみなし、光の子が闇の息子との死闘を繰り返す場所と考えていた。説教では、羊とヤギ[114]、小麦と毒麦[115]について話した。バアルの預言者の殺害を正当だと信じていた[116]。

スミス氏は信徒の大半が、三位一体や聖餐といったことすら理解していないと知り、大いに困惑した。要するに、こいつらは岩だらけの土に蒔《ま》いた種みたいなものだ。ブラウン氏の頭には数字しかなかった。神の王国が群衆から成るものではないと、わかっていたはずだろうに。現に、主は自ら少数の大切さを強調されている。道は細く、数も少ない、と。[117] 奇跡を求めて騒ぎたてる偶像崇拝者で主の聖堂を埋め尽くすというようなやり方は、のちのちまで禍根を残すような愚行だ。主はたった一度だけ鞭《むち》をふるわれた。それは、まさしく神殿から群衆を追いはらうためだったのである。[118]

ウムオフィアに来て数週間もたたないうちに、スミス氏は、新しいぶどう酒を古い皮袋に入れた[119]ということで、若い女を教会から締め出した。この女は、異教徒の夫が死んだ子どもを切断するのをなすがままにしたのだった。子どもは邪悪な子《オバンジェ》と宣告されていた。死んで母の子宮に入り込み、再度生まれてきて母を苦しめる、あの子どものことだ。この子はすでに四度もその悪事を繰り返していたので、もう二度と戻ってこられないように切り刻まれたのである。

スミス氏はこれを聞いて憤激した。もっとも忠実な信者たちですら認めた話だというのに——つまり、どうしようもなく邪悪な子が、切り刻まれても思いとどまることなく、傷跡をいっぱいつけたまま戻ってくる、という話だが——スミス氏はいっこうに信用しなかった。それどころか、こういう話は悪魔が人間を道に迷わせようとして、言いふらしているのだと応じた。このような話を信じる者は、主の食卓にふさわしくない、とも。

ウムオフィアにはこんなことわざがある。人がダンスをすると、ダンスに合わせて太鼓がたたかれる。スミス氏が怒り狂ったステップを踏んだので、太鼓も発狂してしまった。こうして、ブラウン氏にたしなめられてくすぶっていた過激な信者が、完全に優位に立ち、勢いを盛り返した。そのひとりがイーノックである。イーノックはヘビ崇拝の祭司の息子で、聖なるニシキヘビを殺して食べたと思われていた。彼の新し

114 『マタイによる福音書』二十五章三十一節から四十六節。
115 『マタイによる福音書』十三章二十四節から三十節。
116 旧約聖書『列王記上』十八章「カルメル山の対決」。預言者エリヤがバアルの預言者四百五十人をうち滅ぼした。バアルは農耕神で天候を支配する神、聖書では邪神と解釈されている。
117 『マタイによる福音書』七章十四節。「命にいたる門は狭く、その道は細い。そして、それを見いだす者が少ない」
118 『ヨハネによる福音書』二章十四節から十五節に由来するものと思われる。
119 『マタイによる福音書』九章十七節。「だれも、新しいぶどう酒を古い皮袋に入れはしない。もしそんなことをしたら、その皮袋は張り裂け、酒は流れ出るし、皮袋もむだになる。だから、新しいぶどう酒は新しい皮袋に入れるべきである。そうすれば両方とも長もちがするであろう」

い信仰への傾倒ぶりときたら、それはもうすさまじいもので、ブラウン氏の熱意にすら勝るようだった。そのため、村人たちからは、遺族よりも大声で泣くよそ者、と言われていた。

イーノックは背が低く、華奢《きゃしゃ》な体格をしており、いつもせかせかしているように見えた。足は小さくて幅広、立ったり歩いたりしていると、踵《かかと》がくっついて足が外に広がり、まるで両足がけんかして別々の方向へ行こうとしているみたいだった。イーノックの小さな体には、ありあまるほどのエネルギーが鬱積していたので、口論や争いになるといつもそれが爆発した。日曜が来るたび、説教は自分の敵へのあてつけに行われていると考えた。たまたまそういう人の近くに座ることがあれば、相手に二度、三度と意味ありげな視線を向け、「ほら言ったとおりだろ」とでも言わんばかり。ブラウン氏が去ってからというもの、ウムオフィアでは教会と一族の対立が高まりつつあったが、それに火をつけたのもイーノックだった。

事件が起こったのは、大地の女神を讃える毎年恒例の儀式の時期だった。このころ、死のときに母なる大地に身を捧げた一族のご先祖が、仮面の精霊《エグウグウ》として小さな蟻《あり》の穴からふたたび現れ出ることになっていた。

人が犯す罪でもきわめて深刻なのは、公の場でエグウグウの仮面を剝《は》ぎ取ったり、俗人の目の前で、エグウグウの不朽の名誉を貶《おとし》めるような言動をしたりすることだ。イーノックが手を染めたのは、まさにこうした罪だった。

この年の大地の女神の儀礼はちょうど日曜日にあたった。エグウグウたちが外に現れていたため、教会にいたキリスト教徒の女性たちは、家に帰ることができなくなった。そんなわけで男たちが、エグウグウのところに行って、女が道を通るあいだ、少し退いてもらえないでしょうかと頭を下げた。エグウグウは頼みを聞き入れ、退去しているところだった。そこにイーノックが出てきて、こいつらはキリスト教徒に触る根性もない、などと大声で挑発した。それを聞いてエグウグウは一斉に引き返し、そのうちひとりがいつも手にしている杖でイーノックに一撃を食らわせた。するとイーノックは相手に飛びかかり、なんと精霊の仮面を引き剝がしてしまった。エグウグウたちはとっさに、冒瀆《ぼうとく》された仲間を取り囲んで、女や子どものけがれた視線から守り、そのまま連れ去っていった。イーノックはご先祖の霊を殺してしまったのである。こうしてウムオフィアは混乱に陥った。

その夜、精霊の母は一族の地を隅から隅まで歩きまわり、殺された息子を悼《いた》んで嘆き悲しんだ。それはそれは恐ろしい夜となった。ウムオフィアの最高齢の老人ですら、こんな奇怪で恐ろしい声など聞いたこともなかった。それに今後、もう二度と聞くこともあるまい。まるで一族の魂が、きたるべき大きな災厄――一族の破滅――を予感し、むせび泣いているかのようだった。

翌日、市場には、ウムオフィアじゅうからエグウグウが結集した。彼らは一族の土地のあらゆる地域からやって来た。そのうえ、近隣の村々の精霊たちでさえ集まった。あの恐ろしいオタカグはイモ村から、エクウェンスは白い雄鶏《おんどり》をぶらさげてウリ村から駆けつけた。身の毛もよだつ集会だった。数えきれないほどの精霊が不気味な声をあげ、ときに背中の鈴が鳴り、前へ後ろへと行き来し、挨拶を交わして鉈をカンカン打ち鳴らすのを耳にすると、どんな人でも恐怖に震えあがった。昼日中《ひるひなか》に神聖な唸《うな》り板[120]の音色が聞こえるなど、記憶にある限り初めてのことだった。

憤激したエグウグウの一団は、市場からイーノックの家に向かった。一族の長老たちも数名付き添い、まじないや魔除けをじゃらじゃら身につけて歩いた。この男たちは呪術《オグウ》に長《た》けていた。一般の男女は、家に閉じこもって耳を澄ましていた。

キリスト教徒の上層部は、前日の夜、スミス氏の牧師館に集まっていた。話し合いの最中に、精霊の母が息子を悼み、泣き叫ぶ声が聞こえてきた。身も凍るようなおぞましい声を聞いて、さすがのスミス氏もこたえたのか、今度ばかりは恐れをなしているように見えた。

「連中は何をするつもりなんだ」スミス氏はたずねた。ところがだれにもわからない。こんなことは前代未聞だったからだ。スミス氏は長官と廷吏を呼びにやるはずが、あいにく一行はその前日、視察の旅に出かけていた。

「ひとつはっきりしているのは、体を張るような真似はできない、ということだ。われわれの力は神にこそある」スミス氏は述べた。そこで彼らは一斉にひざまずき、神に救済を祈った。

「主よ、あなたの民を救いたまえ」スミス氏は大声をあげた。

「あなたのものである民を祝福してください[121]」一同が応えた。

彼らは、イーノックを一日か二日、牧師館に匿《かくま》うことにした。イーノックはといえ

120 英語でブルロアラーと呼ばれる楽器。細長い板に紐《ひも》がついており、振りまわして音をたてる。

121 旧約聖書『詩篇』二十八篇九節。聖書の日本語訳では「嗣業《しぎょう》」という造語が用いられている。嗣業とは神の恵み、祝福、財産などを継承すること。

ば、これを聞いて大いに落胆した。というのも、彼は聖戦が迫っていると期待していたのだ。このように考えたキリスト教徒は、あと数名ほどいた。しかし、忠実な信者のあいだで良識が勝り、結果的には多くの命が救われることになった。

エグウグウの一行は荒れ狂う旋風のようにイーノックの家に襲いかかり、鉈を振り回して火を放ち、たちまち屋敷を荒れ果てたがれきの山に変えた。そこからさらに、破壊の興奮に酔いしれて、教会へと向かっていった。

教会にいたスミス氏は、仮面の精霊たちが迫ってくる気配を耳にした。教会の敷地に続く道を見渡せるドアにそっと歩いていき、足を止めた。だが、敷地内にエグウグウが三、四人現れると、思わず逃げ出しそうになった。なんとか衝動を抑えて、逃げるかわりに教会の階段を二段下り、迫りくる精霊たちのほうへと近づいていった。

精霊たちが一気に押し寄せたので、教会の敷地を囲む竹の柵が倒された。鈴が耳障りな音をたて、鉈が打ち鳴らされ、ほこりと不気味な音があたりに充満した。スミス氏は背後で足音がするのを聞いた。振り返ってみると、通訳のオケケだった。夜分に行われた教会上層部の会議で、オケケがイーノックの行為を猛烈に批判したために、主人とはいささか気まずくなっていた。オケケは、イーノックを牧師館に匿うべきではない、そんなことをすれば、一族の怒りがご自身に降りかかってしまうだけだ、とまで言った。スミス氏はかなり厳しい言葉でオケケを叱責し、その日の朝にも、彼の意見を求めようとしなかった。ところがいま、オケケが来て自分の側に立ち、怒れる精霊に向き合ってくれている。スミス氏は彼を見て微笑《ほほえ》んだ。笑顔には血の気がなかったが、それでも深い感謝の気持ちが表れていた。

二人の男が予想外にも落ち着いていたので、エグウグウはつかの間、猛進する歩みを止めた。だがそれもほんの一瞬のこと、雷鳴がとどろく合間の張りつめた静寂のようだった。二度目に突進してきたときは、最初よりも激しく、瞬く間に二人の男を飲み込んだ。続いて、誰の耳にもはっきりした声が響いて喧騒を破り、たちどころに静寂が落ちた。二人の男のまわりにスペースがあけられ、悪霊の森《アジョーフィア》が話の口火を切った。

アジョーフィアは、ウムオフィアで最高位のエグウグウである。一族で裁きを司《つかさど》る九人の先祖の統率者であり、代弁者でもあった。その声ははっきりとした独特のもので、激昂《げっこう》した精霊たちを即座に落ち着かせることができた。彼はスミス氏に語りかけた。アジョーフィアが話していると、頭から煙がもくもくと立ち昇った。

「白人の肉体よ、挨拶申し上げる」不死の精霊が人間に対して用いる言葉で呼びかけた。

「白人の肉体よ、わたしを知っておるかね」

スミス氏は通訳に目を向けたが、オケケも遠く離れたウムルの出身だったため、わけがわからず当惑していた。

アジョーフィアはしわがれ声で笑った。まるで錆びた金属が鳴るような笑い声だった。「この者たちはよそ者だ。それゆえ、何もわかっとらんのだ。だがそこは大目にみてやろう」仲間のほうを向いて敬礼し、ウムオフィアの父祖たちよ、と呼びかけた。ガラガラ音をたてる鳴杖《めいじょう》を地面に突き刺すと、杖は金属の生命を得たかのように激しく揺れた。それから、ふたたび宣教師と通訳に向き直った。

「白人に言うがよい。われわれは危害を加えるつもりはない」と通訳を見て言った。「己の家に戻り、われわれのことには口出しするな、と伝えてくれ。われわれは以前ここにいた、この白人の同胞を好ましく思っていた。まぬけなやつだった。が、やつはよかった。したがってあの男に免じて、同胞を傷つけることはするまい。だが、やつが建てたこの社《やしろ》は、取り壊さねばならん。われわれのなかに、こんなものがあるのを許しておけない。この社のせいで計り知れぬ忌まわしき出来事が起きた。われわれはそれを終わらせに来たのだ」そして仲間に呼びかけた。「ウムオフィアの父祖たちよ、挨拶いたす」一斉にしわがれ声で返答があがった。そして彼はもう一度宣教師のほうを向いた。「われわれのやり方に納得するなら、ここにとどまるがよい。そして己の神を崇《あが》めるがよい。人間が神々と祖霊を拝むのは良いことだ。さあ、傷つかないうちに家へ戻れ。われわれの怒りはすさまじい。しかし怒りを抑えて、あなたと話をしているのだ」

スミス氏は通訳に言った。「ここから出ていけ、とあいつらに言ってくれ。ここは神の住まいだ。わたしの目が黒いうちは、冒瀆など許すものか」

オケケはウムオフィアの精霊かつ指導者に、機転を利かせてこう通訳した。「この白人が言っておられます。ここにいらして、友のように、直接怒りの声を伝えてくださったことに感謝します。この件は自分にお任せくだされば幸いです」

「この男に任せるわけにはいかん。われわれがこの男の慣習を知らんように、この男はここの慣習がわかっていないからだ。やつは愚かだ、とわれわれが言うのは、われわれのやり方を知らんからだ。おそらく、やつはわれわれを愚かだ、と言うだろう。われわれがやつのやり方を知らんからだ。さあ、行くがよい」

スミス氏は自分の立場を断固として守った。しかし教会は守れなかった。エグウグウが去ったときには、ブラウン氏が建てた赤土の教会は、土と灰の山と化していた。
こうしてひとまず、一族の怒りはなだめられたのだった。

第23章

オコンクウォは実に久しぶりに、幸福にも似た感覚を味わった。自分の流刑中に、時はなんとも言いようのないほど移ろってしまったが、ふたたびかつての時代が巡ってきたかのようだった。これまで自分に背を向けていた一族が、償いをしているようにも思えた。

一族の者たちが方針を決めようと市場に集まったとき、オコンクウォは荒々しい言葉で語った。するとみな敬意をもって耳を傾けてくれたのだ。まるで、戦士がれっきとした戦士であったころ、あの古き良き時代に戻ったかのようだった。一族の者は宣教師を殺したり、キリスト教徒を追い払ったりすることには同意しなかったものの、確実になにか具体的な行動を起こすという約束を交わした。そしてそれを実行したのだった。オコンクウォは、以前と同じような幸福感をかみしめた。

教会が破壊されて二日たっても、何事も起こらなかった。ウムオフィアの男はひとり残らず、銃や鉈《なた》で武装して歩きまわった。アバメの人びとのように不意打ちを食らうなど、もってのほかだった。

まもなく、地方長官が旅から戻った。スミス氏はすぐに飛んでいって、長い議論を交わした。ウムオフィアの男たちは、このことをまったく気にもとめなかった。気づいていたとしても、取るに足らないと考えたのだ。宣教師はしょっちゅう同胞の白人に会いに行っていたのだから、そのこと自体、とりたてて変わったことではなかったのである。

三日後、地方長官は口達者な廷吏をウムオフィアの有力者たちのもとに送り、本庁でお会いできないだろうか、と伝えさせた。これもべつだん変わったことではない。長官はたびたびこのような——彼の言い方では「討議《パラヴァー》」を行おうと持ちかけることがあった。招かれた六人の有力者のなかにはオコンクウォもいた。

オコンクウォはみなに、武器を持ってしっかり備えるよう忠告した。「ウムオフィアの男は招きを拒んだりしない。頼まれたことを実行するのは断るかもしれないが、頼まれること自体は拒まない。しかし時代は変わった。じゅうぶんに備える必要がある」

こうして、六人の男たちは鉈を持って、地方長官に会いに行った。見苦しいと考えて、銃は携帯しなかった。彼らは長官がいる法廷に通された。地方長官は彼らを丁重に出迎えた。六人はヤギ皮の袋と鞘《さや》に入った鉈を肩からはずして床に置き、腰を下ろした。

長官が口を開く。「あなたがたにお越しいただいたのは、わたしの留守中に起こったことをお聞きしたかったからです。多少の報告は受けましたが、あなたがたからお話をうかがうまでは、信用できません。ぜひ友人として話そうではありませんか。そして、こうした問題が二度と起こらないように、なにか策を見つけましょう」

オブエフィ・エクウェメが立ち上がって、語り出した。

「ちょっとお待ちを」地方長官がさえぎった。「うちの者を来させて、あなたがたの苦情を聞き、肝に銘じてもらいたいのです。多くの者は遠方から来ており、あなたがたと同じ言語は話せても、なにしろここの慣習にはまったく不案内なので。ジェームズ！　連れてきなさい」通訳は法廷を離れ、まもなく十二人の部下を連れて戻ってきた。彼らはウムオフィアの男たちと並んで座った。そこでオブエフィ・エクウェメは、イーノックがエグウグウを殺した顚末を話そうとした。

あっという間のことだったので、六人は事が起きる気配すら感じなかった。一瞬つかみ合いになったが、あまりにあっけなく、鉈を鞘から引き抜くことさえできなかった。六人の男たちは手錠をかけられ、牢屋に連行されていった。

その後、地方長官が彼らに言った。「手荒な真似はしませんよ。われわれにご協力いただければね。われわれは、あなたがたをはじめ、ここの人《ひと》びとが幸せでいられるよう、平和的な政府をもたらしました。だれかがあなたがたに酷いことをしたら、助けにまいりましょう。ですが、他人に悪事をはたらいてはいけません。偉大なる女王陛下のもと、わが祖国でも行われているように、ここでも事件を審理して裁く法廷というものが存在します。ここにあなたがたを連れてきたのは、あなたがたが一緒になって他人を困らせたからです。人の家を焼き、礼拝の場所を焼いたからです。世界最強の統治者たるわれらの女王陛下の支配のもとで、あってはならないことなのです。わたしは決めましたよ。カウリー二百袋を罰金として払ってもらいましょう。これに同意し、村から罰金を集めると約束するなら、すぐに釈放してさしあげます。いかがですか？」

六人はむっつり黙ったままでいたので、地方長官はいったん席を外した。牢屋を離れる際、六人はウムオフィアの有力者なのだから丁重に扱うように、と廷吏に声をかけた。彼らは「かしこまりました」と言って敬礼した。

地方長官が出ていくと、囚人の散髪係でもある廷吏長が、剃刀《かみそり》を持って、全員の頭を丸坊主にした。六人は手錠をかけられたまま、じっと座ってうなだれるほかなかった。

「お前らのなかで、どいつが首長なんだ?」廷吏たちがふざけて言った。「ウムオフィアじゃあ、どんな貧乏人でも、あの称号の足輪をつけているようだな。あんなもの、十カウリーもするのかよ?」

六人の男たちはその日まる一日、そして次の日も、なにも口にしなかった。水さえ飲ませてもらえず、どんなにもよおしたところで、用を足しに外に出ることも、茂みに行くこともできなかった。夜になると、廷吏がやって来て嘲《あざけ》ったり、丸刈りの頭と頭をゴツンとぶつけたりした。

廷吏の連中がいないあいだにも、彼らは口をきかなかった。三日目になってようやく、空腹にも侮辱にも耐えられなくなり、降服したほうがいいんじゃないか、という話がのぼった。

「俺の言うことを聞いて、白人を殺すべきだったんだ」オコンクウォが怒鳴った。

「いまごろ、ウムルで処刑を待っていたかもしれんぞ」仲間のひとりが答えた。

そこへ突然、廷吏が駆け込んできて言った。「だれが白人を殺したいだって?」男たちは口を閉ざした。

「お前らは罪を犯してもまだ飽き足らず、そのうえ白人様を殺すってか」男は頑丈な棒を手に取り、全員の頭と背中を数発ずつ殴った。オコンクウォは憎悪に息を詰まらせた。

六人の男たちが拘留されると、廷吏たちはさっそくウムオフィアに赴き、カウリー二百五十袋を支払わなければ指導者たちは釈放されない、と告げた。

「すぐに罰金を払わないと、お前たちの指導者をウムルに連行して、偉い白人様に引き渡し、処刑してしまうぞ」廷吏長が言った。

この話は集落から集落へと瞬く間に広がり、そのたびに尾ひれがついていった。男たちはもうすでにウムルに連れていかれ、次の日に処刑されると言ったりする人、それに家族までもが処刑される、などと言う人もいた。そうかと思えば、兵士たちがウムオフィアにもう向かっていて、アバメで起こったようにここの人も撃ち殺すつもりだ、とまで言う者も出てきた。

ちょうど満月の時節だった。しかしその夜、子どもたちの声は聞こえてこなかった。いつもなら子どもたちが月遊びにやって来る村の広場《イロ》は、空っぽだった。イグエド[122]の女たちも、村で披露する新しいダンスを練習するはずだったが、この夜は秘密の場所に集まらなかった。若者たちですら、いつもなら月の光のもとで出歩いていただろうに、このときばかりは家に閉じこもっていた。村の道という道、どこに行っても、友達や恋人を訪ねていく男たちの凜々《りり》しい声は聞こえてこない。ウムオフィアは、まるで恐怖におののく動物のごとく耳をそばだてて、静まり返った不穏な気配を嗅《か》ぎ、どちらの方向に逃げるべきか見当もつかずにいるようだった。

村の触れ役がオゲネを朗々と響かせ、ついに沈黙が破られた。アカカンマ[123]年齢集団

122　ウムオフィアの九つの集落のひとつで、オコンクウォが暮らす集落。
123　年齢集団については注87を参照のこと。アカカンマは、「優れた手」という意味。おそらく、自分たちは他のグループより優れている、と自称している。

以上のウムオフィアの男は全員、翌朝の朝食後、市場に集まるよう通達された。触れ役は村の端から端まで、くまなく歩いてまわり、主要な道は残らず通っていった。

オコンクウォの屋敷は、ひっそりともの寂しい廃屋のようだった。まるで上から冷たい水をザブンと浴びせられたみたいだ。家族はみな家にいたが、ひそひそ声で話をしていた。娘のエズィンマは、父が投獄され、まもなく処刑されると聞き、結婚相手の家族と二十八日間共にする慣習を破って家に戻っていた。帰宅するなり、オビエリカのもとに飛んでいき、ウムオフィアの男たちはどうするつもりなのか、とたずねようとした。ところが、オビエリカは朝に家を出ていったきりだった。妻たちの考えでは、極秘の会合に出かけたらしい、ということだった。エズィンマは何らかの策が講じられているのを知って、胸を撫《な》で下ろした。

村の触れ役の呼びかけがあった翌朝、ウムオフィアの男たちは市場に集合し、白人の怒りを静めるために、即刻カウリーを二百五十袋集める決断をした。実はそのうち五十袋が罰金に上乗せされていて、廷吏の懐に入るということなど、彼らには知る由もなかった。

第24章

オコンクウォと仲間は、罰金が払われるとすぐに釈放された。地方長官は、またも彼らに偉大な女王のことや、平和やすばらしい政府のことを話した。が、男たちがこんな話に耳を傾けるはずもない。身じろぎもせず座り、長官と通訳をまじまじと眺めていただけだった。そしてようやく、彼らはヤギ皮の袋と鞘《さや》に入った鉈《なた》を返してもらい、家に戻ってもよいということになった。男たちは立ち上がり、法廷を後にした。だれひとりとして口を開かず、言葉を交わすこともなかった。

法廷も教会と同じく、村からほんの少し外れた場所に立っていた。村からの道は、法廷の向こうにある小川にも続いているため、人通りがかなり多い。道は広々とした砂地だった。乾季にはどの道も同じようなようすだが、雨が降り始めると両側に低木が生い茂り、道にせり出してくる。このときは乾季だった。

六人が村に戻る途中、水甕《みずがめ》を持って小川に向かう女たちと子どもたちに出くわした。しかし彼らがあまりに重苦しく恐ろしい表情をしていたので、女も子どもも「お帰りなさい《ンノ》」と言葉をかけることもできず、ただそろそろと脇にどいて道をあけた。村に着くと、男たちが三々五々やって来て彼らに加わり、やがて一行はかなりの人数に膨れあがった。だれもが押し黙ったまま歩いていた。六人はそれぞれ自分の屋敷に着くと、集まってきた男たちのなかから何人か連れて家に入った。村は黙りこみ、感情を押し殺しながらも、ざわめき立っていた。

六人がまもなく釈放されるという知らせが伝わると、エズィンマは父のために、すぐ食事の支度にとりかかった。そして、食事を主屋《オビ》の父のもとへ運んでいった。オコンクウォは、心ここにあらずといった状態で口を動かした。まったく食欲はなかったが、エズィンマを喜ばせたかったのだ。親戚や友人がオビに集まっていて、オビエリカはオコンクウォにしっかり食べるよう促した。ほかに口を開く者はなかった。しかしだれもが、オコンクウォの背中に看守の鞭が食い込んで、長い縞《しま》状の傷になっていることに気づいていた。

夜になると、村の触れ役がふたたび現れた。鉄の鐘をたたいて、翌朝また集会が開かれる旨を告げた。ついにウムオフィアが、目下起きている事態に対して、はっきりと意思表明するときがきた。だれもがそう確信した。

その晩、オコンクウォはろくに眠ることができなかった。心に巣くった苦々しい思いが、子どもじみた高揚感と混じり合っていた。ベッドに入る前、戦闘着を下ろした。流刑から戻って以来、一度も触れることがなかった。燻《いぶ》したラフィア椰子の腰蓑《こしみの》をゆすり、長い羽根のついた頭飾りと盾をじっくり眺めた。すべて申し分ないぞ、と心の内でつぶやいた。

オコンクウォは竹のベッドに横になると、白人の法廷で受けた仕打ちを思い浮かべて復讐を誓った。ウムオフィアが戦争を決断するなら、なにも問題はない。しかし腰抜けでいることに甘んじるなら、自分ひとりでこの恨みを晴らすほかない。彼は昔日の戦のことを考えた。もっとも壮観だったのは、イシケとの戦争だ。当時、オクドはまだ生きていた。オクドはだれも真似できないやり方で戦の歌を歌った。[124] 彼は戦士で

124 かつて戦争には歌い手が帯同した。

はなかったが、その歌声を聞くと、どんな男もライオンのごとく猛々《たけだけ》しくなったものだ。「立派な男たちはもういない」オコンクウォは過ぎ去った時代を思い返して、ため息をついた。「イシケの連中は、俺たちがあの戦争でどんなふうに殺したか、忘れはしまい。俺たちはあっちの十二人をやったが、こちらは二人しかやられなかった。四週目の終わりには、和平を求めてきたからな。あのころは、男が真の男になれた時代だった」

こういうことを思い出していると、遠くで響く鐘の音が聞こえてきた。耳を澄ますと、触れ役の声がなんとか聞き取れる。だが、おぼろげにしかわからない。ベッドで寝返りを打つと、背中が痛んだ。オコンクウォは歯ぎしりした。触れ役はどんどん近づき、ついにはオコンクウォの屋敷の側《そば》を通り過ぎていった。

オコンクウォは苦々しい思いで考えた。「ウムオフィアで一番の障害は、あの腰抜け野郎のエゴンワンネだ。あいつの甘い言葉にかかると、燃え上がる炎も冷たい灰に変わる。やつが話したら、男たちが無能になってしまう。五年前、あんな野郎の女々しい知恵など無視していれば、こんなことにならなかったはずだ」オコンクウォはまた歯をかみしめた。「明日、やつはほざくだろうよ。ご先祖は『非難をよぶ戦い』をしなかった、となる。みながあいつの言うことを聞くというなら、かまうもんか、ひとりこの手で復讐してやる」

触れ役の声がふたたび小さくなり、鐘が遠ざかっていくと、耳障りな鋭い音も薄れていった。体の向きを変えたら、背中の痛みから快感のようなものを感じた。「明日、エゴンワンネのやつに『非難をよぶ戦い』などと、言わせておけばいいんだ。あいつに俺の背中と頭を見せてやる」そしてまたもや歯ぎしりをした。

太陽が昇ると、たちまち市場は人であふれ出した。オビエリカが主屋《オビ》で待っていると、オコンクウォが来て彼を呼んだ。ヤギ皮の袋と鞘入りの鉈を肩からさげ、家を出てオコンクウォに合流した。オビエリカの家は通りにほど近いため、市場に向かう人がぜんぶ見えた。その朝はすでに、通りかかった人たちと何度も挨拶を交わしていた。

オコンクウォとオビエリカが集合場所に着くと、砂を一粒放っても地面に落ちていく隙間がないほど、すでにたくさんの人が集まっていた。それに九つの集落の隅々から、さらに多くの人が向かっている途中だった。おびただしい人の群れを見て、オコンクウォの心は沸き立った。だが、彼はある男を探していた。オコンクウォはこの男の言葉を恐れもし、軽蔑もしていた。

「見たかい？」とオビエリカに切り出した。

「だれのことだ」

「エゴンワンネだよ」オコンクウォの視線は、巨大な市場の端から端までさまよった。ほとんどの男たちは、携えてきた木の腰掛けに座っていた。

「いいや」オビエリカは人だかりのほうに目を向けた。「ああ、いたいた。パンヤの木の下だ。気がかりなのか？　戦争を避けるよう説得されてしまうんじゃないかって」

「気がかりだと？　あいつがあんたらに何をしようと、どうだっていい。俺はあの野郎やあんなやつに耳を貸す連中を軽蔑しているだけだ。その気になれば、ひとりで戦うさ」

だれもが話をしていたので、二人は大声を張り上げていた。大きな市場の喧騒のような雰囲気だった。

「やつが話すまで待つとしよう」オコンクウォは考えた。「その後で俺が話せばいい」

「だが、どうしてあの男が戦に反対するとわかるのかね」しばらくして、オビエリカが訊いた。

「あいつが腑抜けだからだ」オコンクウォが言った。オビエリカは話の続きを聞き損ねた。ちょうど後ろから肩をたたかれたので、振り返って、五、六人の友人と握手をし、挨拶を交わしたからだ。オコンクウォは声を聞いてだれかはわかっていたが、振り向かなかった。挨拶するような気分ではなかったのだ。しかしひとりがオコンクウォに触れて、家族のことをたずねてきた。

「おかげさまで」と無関心なようすで返答した。

その朝、ウムオフィアの男たちに語る一番手は、投獄された六人のひとり、オキカだった。オキカは偉大で雄弁な男だったが、通りのいい声をしていなかった。一族の集まりで最初に演説を行う者は、静粛を促す必要がある。そんな声を誇っていたのが、オニエカである。そのため、オキカが話す前に、オニエカがウムオフィアに挨拶するよう言われた。

「ウムオフィア、クウェヌ！」オニエカは声を響かせ、左腕を突き上げ、手を開いて大気を押し上げた。

「ヤー！」ウムオフィアが叫び声をあげた。

「ウムオフィア、クウェヌ！」二度、三度、四度、そのつど方角を変えて絶叫した。

「ヤー！」群衆も応じた。

そしてたちまち沈黙が落ちた。まるで冷えた水が燃え盛る炎に注がれたようだった。

オキカがさっと立ち上がり、また四たび一族の者たちに挨拶をした。そしてこのように話し始めた。

「この時期、納屋を作り、家を修理し、屋敷を整頓すべきだというのに、どうしてわれわれがここにいるか、みなさんはすべてご存じです。わたしの父は言ったものです。『真っ昼間にヒキガエルが跳ねるのを見たら、必ずその命を狙う者がいると思え』と。みなさんがこうして、これほど朝早くに、一族の地の至るところからこの集会へ押し寄せているのを目にし、何者かがわれわれの命を狙っているということを、このわたしははっきり悟りました」彼は一呼吸おいて、また続けた。

「神々はみな泣いておられます。イデミリが泣いておられます。オグウグウが泣いておられます。アバラが泣いておられます。他の神々も同じです。亡き父祖たちが嘆いておられます。ご先祖が屈辱的な冒瀆を受け、われわれがこの目で忌まわしき出来事を目《ま》の当たりにしているからです」もう一度言葉を切り、震える声を落ち着かせた。

「これはたいへんな集まりです。どこの一族もこれほどの数、これほどの勇気を誇ることはできません。だが、一族はここにそろっているでしょうか。あなたがたにお訊きしたい。ウムオフィアの息子たちは、ひとり残らずここに集まっているでしょうか」低いささやきが群衆のなかに走った。

「残念ながらそうではありません。息子たちは自らの手で一族をばらばらにし、自分勝手にいくつもの道に分かれていきました。今朝、ここに結集したわれわれは、ご先祖に忠誠を誓ったままでいます。しかし、同胞たちはわれわれを捨てたあげく、よそ者に交じってこの父祖の地を汚しているのです。われわれがよそ者と戦えば、同胞にも刃を向けることになり、おそらく一族の血を流すことになるでしょう。しかしやらねばなりません。ご先祖たちはこんなこと夢にも思わなかったでしょうし、自らの同胞を殺すなどありえませんでした。ところが、ご先祖の時代には、白人が来ることもなかった。だから、ご先祖が決してなされなかったことを、せねばならんのです。鳥のエネケは、なぜいつも飛んでいるのかと訊かれて、こう答えました。『人間が的を外さず撃つようになったから、自分は羽を休めず飛ぶすべを身につけた』と。この禍《わざわい》のもとを根絶せねばなりません。もし同胞が悪の側につくのであれば、彼らも一掃せねばなりません。いまこのときこそ、やらねば。いまこそ、まだ足首の深さまでしかないうちに、この水を汲み出さねばなりません」

そのとき、群衆がにわかにざわめき、一斉に同じ方向を見た。市場から白人の法廷へ、そしてその先の小川へと続く道には急カーブがあった。そのため、カーブを曲がるまで、つまり人混みの一番外側からほんの数歩のところに突然姿を現すまで、だれも五人の廷吏が近づいていることに気づかなかった。オコンクウォはちょうどその端のところで腰を下ろしていた。

オコンクウォはそれが何者か気づいて、弾《はじ》かれたように飛び上がった。憎悪に体を震わせ、ひと言も口をきかないまま、廷吏長の前に立ちはだかった。当の男はふてぶてしく一歩もひかず、四人の部下を後ろに従えていた。

つかの間、世界がすべて静止し、なにかを待っているようだった。あたりはまったき沈黙に包まれた。ウムオフィアの男たちは、物音ひとつたてない木々や巨大な蔓草と混ざりあって背景に遠のき、息をひそめてたたずんでいた。

廷吏長の言葉で呪縛が破られた。「道をあけろ！」と命じる声。

「ここになんの用だ」

「お前らは白人様の力がよくわかってるだろう。その白人様のご命令だ。この集会を中止しろ」

瞬く間に、オコンクウォは鉈を抜いた。男は一撃を避けようと身をかがめた。無駄なあがきだった。オコンクウォの鉈が二度振り下ろされると、制服姿の胴体の横に頭が転がった。

固唾《かたず》をのんで見守っていた背景が、突如、息を吹き返したように騒然となり、集会は打ち切りになった。オコンクウォは突っ立ったまま、死んだ男を睨みつけていた。彼には、ウムオフィアが戦争に打って出ないとわかっていた。人びとは残りの連中を逃がしてしまったのだ。行動を起こすどころか、慌てふためき大混乱に陥っていた。この騒動のなかに恐怖が漂うのを感じた。そしてこんな声が聞こえてきた。「なんでこんなことやっちまったんだ」

オコンクウォは砂で鉈を拭《ぬぐ》い、その場を後にした。

第25章

武装した兵士と廷吏を引き連れ、地方長官がオコンクウォの屋敷にたどり着くと、主《オビ》屋で数人が寄り合い、ぐったりしたようすで座っていた。長官に外へ出るよう命令されて、男たちは文句のひとつも言わずに従った。

「どれがオコンクウォだね」彼は通訳を通して訊いた。

「ここにはいない」オビエリカが答えた。

「じゃあどこにいる」

「ここにはいないと言ってるでしょうが！」

地方長官は怒って顔を真っ赤にした。すみやかにオコンクウォを引き渡さないと、全員ぶちこむぞ、と戒めた。男たちは小声で話し合い、オビエリカがふたたび口を開いた。

「彼のいるところまでお連れしますよ。あんたの部下が手を貸してくれるでしょう」

長官には、オビエリカがどういうわけで「部下が手を貸してくれる」と言ったのか、見当がつかなかった。こいつらの習慣で一番苛立《いらだ》たしいのは、やたらと無駄な言葉を使いたがることだ、と心中で悪態をついた。

オビエリカは五、六人の男たちとともに道案内をした。長官と部下たちは、銃を構えて後に続いた。長官は先んじて、悪ふざけでもしようものなら撃ち殺すぞ、とオビエリカに警告していた。そのうえで出ていったのだった。

オコンクウォの屋敷の裏には、小さな茂みがあった。屋敷からここに入るには、赤土作りの塀にあいた小さな丸い穴しかなく、鶏がそこを出たり入ったりして、ひっきりなしに餌《えさ》を探していた。むろん人はこの穴を通れない。オビエリカはこの茂みの場所に、地方長官と部下たちを連れてきたのだった。一行は塀のきわに寄って、屋敷をぐるりとまわった。枯葉を踏みしめる足音だけが響いていた。

そして彼らは一本の木のもとにやって来た。その木からオコンクウォの体がぶらさがっていた。一行は、はたと立ち止まった。

「あんたの部下が手伝ってくれるでしょう。彼を降ろして埋葬したいのです」オビエリカが言った。「よその村から助けを呼んだのですが、時間がかかるかもしれないので」

これを聞いて地方長官の態度が豹変した。毅然とした行政官の態度が消えうせて、代わりに未開文化の研究者とでもいった好奇心が顔をのぞかせた。

「どうして自分たちで降ろせないのだ」

「慣習に背くからです」とひとりが答えた。「自ら命を絶つなど、忌まわしきことです。大地に対する罪になります。そんな罪を犯したら、一族の者の手では埋葬されません。肉体は不吉なものとなり、よそ者しか触れることができません。ですから降ろしてくれないか、と頼んでいるのです。あんたがたはよそ者ですから」

「通常どおりに埋葬するのかね」地方長官は続けて訊いた。

「わたしたちの手では埋葬できません。よそ者にやってもらうしかない。やってもらえるなら、あんたの部下に金を払いますから。埋葬が済んだら、彼に対する務めを果たします。供物を捧げて汚れた大地を浄化するのです」

オビエリカはぶらぶら揺れる友人の亡骸《なきがら》を見つめていたが、ふいに地方長官のほうを向き、激しい口調で言った。「あの男はウムオフィアきっての偉人だった。それなのに、あんたが自殺に追い込んだんだ。いまじゃどうだ、犬のように埋められてしまうんだぞ……」それ以上続けられなかった。声が震え、うまく言葉にならなかった。

「黙れ！」廷吏のひとりがことさら大声をあげた。

「死体を降ろすんだ」地方長官は廷吏長に命じた。「それから、死体もろとも、全員を法廷に連行したまえ」

「承知しました」廷吏長はそう言って敬礼した。

地方長官は三、四人の兵士を連れて帰っていった。長年、アフリカ各地に文明をもたらそうと励んできたなか、学んだことは数知れずあった。ひとつに、地方長官たる者、首を吊った男を木から降ろすなどという、面汚しになるような瑣末《さまつ》なことにかかずらうべきでない。そんな配慮をしたら、たちまち原住民になめられてしまう。これから書く本では、その点を強調するとしよう。地方長官は法廷に戻る道すがら、本のことをあれこれ考えた。日々、新しいネタが手に入る。廷吏を殺して首を吊ったこの男の話は、間違いなく興味をそそるだろう。この男のことでまる一章分書けるほどだ。いや、一章全体とまでいかなくても、長いくだりになる。他にも書くべきことは膨大にあるから、あくまで細部は省略しなくてはならない。じっくり考えたうえで、本のタイトルはもう決めてあった——『ニジェール川下流域における未開部族の平定』[125]。

125 「平定」と訳したpacificationは、アフリカにおけるイギリスの植民地政策の文脈において、主に武力鎮圧を意味する。ナイジェリアでは、公式の植民地支配が始まった直後の一九〇一年から一九二〇年のあいだに行われた軍事侵攻のことを指す。ただ、pacificationは、「なだめる」「平和な状態にする」という意味でもあり、支配側の視点からすると、「抵抗勢力」を武力で抑えて「平和」をもたらすということになる。

解説　チヌア・アチェベとアフリカ文学の「誕生」

粟飯原文子

チヌア・アチェベは「アフリカ文学の父」と呼ばれ、彼の最初の小説『崩れゆく絆』（*Things Fall Apart*, 1958）はしばしばアフリカ近代文学の原点、あるいは起源として位置づけられてきた。むろん、アチェベが文字通りの意味でアフリカ文学の創始者ということではない。アチェベ以前や同時代には、たとえば、レオポール・セダール・サンゴール（セネガル）、センベーヌ・ウスマン（セネガル）、ポール・ハズメ（ダホメー、現ベナン）、ソル・プラーキ（南アフリカ）、ピーター・エイブラハムズ（南アフリカ）、トマス・モフォロ（レソト）、シャーバン・ロバート（タンガニーカ、現タンザニア）、カマラ・ライ（ギニア）、モンゴ・ベティ（カメルーン）などをはじめ重要な作家や詩人が多く存在した。ナイジェリアで言うなら、『やし酒飲み』（*The Palm-Wine Drinkard*, 1952［土屋哲訳、晶文社／岩波書店］）で世界に衝撃を与えたエイモス・トゥトゥオラ、それにアフリカ版「大衆小説」ともいうべきジャンルを得意としたシプリアン・エクウェンシも『崩れゆく絆』に先立って作品を出版している。ではなぜ、一九五八年のアチェベの小説がアフリカ文学の「誕生」と結びつけられるのか。たしかに、世界の至るところでこれほど読まれ、論じられ、影響力をもち、名声を勝ちえたアフリカ文学作品は『崩れゆく絆』をおいてほかにないため、このことは当然のように受けとめられがちである。しかし実のところ、ここにこそアフリカ文学を語る際に立ち返るべき根本的な問いがある。すなわち、「いかにアフリカを書くのか」、「アフリカの文学はどうあるべきか」という文体や形式、主題にかかわる問題であるが、アチェベが「アフリカ文学の父」たるゆえんは、まさしく彼こそがそれまでの揺らぎと迷いに対して決定的とも言える方向性を示しえたからだと言える。小説という西洋近代の表現形態、いわばアフリカにとって外来のジャンルを用いてどのようにアフリカの歴史過程に応えるか、というひとつの道筋を創り出し、アフリカ人作家による文学を「アフリカ文学」たらしめる――つまり文学の生産、解釈、流通までも含めた「制度」として確立させる――礎《いしずえ》を築いたのが、ほかでもないアチェベであったのだ。そしてそれには時代の気分や要請が深く関係していた。なにより重要なのは、植民地支配から国家独立への大きな過渡期にあって、新しい国民国家を想像するのにもっとも適したジャンルとして小説の可能性を見出し、切り開いたことだと言える。過去を再構成して問い直し、現在に応答しつつ、きたるべき時代の精神を想像可能にするというアフリカ文学黎明期の意義と役割、その主題と手法のモデルが、アチェベの登場とともに確固たるものとなったのである。

『崩れゆく絆』は、一九五〇年代後半から六〇年代前半のアフリカ独立期を象徴する作品となった。とはいえそれは、ナイジェリア独立（一九六〇年）前夜の高揚感とオプティミズムに裏打ちされているというより、当時たちこめていた不安と焦燥感に応えたものであったと言うほうが正しい。イギリスによる支配が最終段階に入ったこのころ、たしかにナイジェリアは自主独立への道を進んでいたが、その一方で独立への移行は植民地支配の始まりと同様、突然もたらされた変化として感じられた。植民地支配の線引きをもとに統合された事実以外に、国家としての成立条件も根拠も曖昧なまま、ナイジェリアはどこへ向かおうとしているのか。そんな不透明な将来に対する漠然とした不安が、大戦後勢いを増した反植民地闘争の勝利の希望と混ざりあうように漂っていたのである。とりわけそれを鋭敏に感じ取っていたのが、アチェベのような植民地教育を受けた戦後の新しい知識人であった。

アチェベは独立前夜に、あえて植民地支配が始まる直前の十九世紀後半の激動を描くことで、希望と不安がないまぜになった当時の両義的な感覚をとらえようとしたと言える。そうした彼の試みは、まさしく野心あふれる文学的かつ政治的なプロジェクトであった。ひとつに、植民地支配以前のアフリカ（厳密に言えばイボ）の高度に発達した共同体と文化を描き出し、ヨーロッパの到来以前のアフリカが野蛮で未開の地であったと断じる植民地主義の神話を打ち崩そうとすること。それはヨーロッパ文学のなかで増幅されてきたアフリカの否定的イメージに対する挑戦であったと同時に、植民地支配下で文化や歴史性を剝ぎ取られてしまったアフリカ人自身の精神を再生させて、新しい時代へと導くことでもあった。だからこそ、アチェベは自らを「教師としての小説家」として位置づける。しかし、失われた「過去」をただ理想化し称揚するのでは、「アフリカが初めてヨーロッパと出会った際に受けたトラウマ的な影響」に向き合うこと、それにアフリカの人びとを「再教育」することはできない。アチェベが目指したのは、過去の共同体や文化・慣習を想像力で回復させるのみならず、社会や文化の内に潜む弱点や亀裂を受けとめ、「文化」そのものの曖昧さや流動性、複雑な葛藤こそを問題化したうえで、植民地主義の影響を探ること、そしてそこから、国民国家形成と脱植民地化の時代へ分け入るアフリカ/ナイジェリアの新しいアイデンティティと文化のあり方をあらためて問うことだった。『崩れゆく絆』の主題は、アフリカの伝統とヨーロッパ近代の邂逅《かいこう》または衝突とみなされる向きがあり、たしかにその枠組み自体が以後「アフリカ文学」を形作る礎石《そせき》にもなっていった。しかしアチェべは決してそれらを単純な対立項として描いているわけでもなく、「伝統」や「文化」を自明なものとして措定《そてい》しているわけでもない。むしろアチェべの小説は、これらの概念の不安定さをはじめ、さまざまな葛藤や矛盾、そして可能性を焙《あぶ》りだそうとしているのである。

二点目として、こうした主題や問いを模索し、表現するために適した言語や形式、ジャンルはいかなるものであるべきか、というきわめて困難な——しかしおそらく他の植民地地域にも共通する——探求がある。先に述べた独立前夜に漂った不安は、知識人の抱えた「文化」に対する不安でもあっただろう。植民地教育を受けたエリート層は、植民地支配の言語をつうじてヨーロッパ中心の文化概念が徹底的に植え付けられた状況にあり、そのため、とりわけ文学者たちにとって、生まれいづるアフリカに呼応するような新しい表現を創出することが緊急の責務として感じられたはずである。

植民地宗主国の言語を用い、小説というジャンルを選びとるのであれば、単なるヨーロッパ小説の物真似ではなく、それを乗り越えるものでなくてはならない。そうした認識を出発点として、しかしほぼなんの道標もないまま、新しい文学の誕生を模索したアフリカ人作家は少なくない。そして、アチェベこそがそのフォーマットを「発明」し、新しいアフリカの想像力への展望を開いたのである。

ヨーロッパ文学への応答

アチェベの小説を実際に読んだことはなくても、彼のコンラッド批判を知る人は多いはずだ。アチェベは評論「アフリカのイメージ——コンラッド『闇の奥』の人種主義」（一九七七年）において、『闇の奥』（一九〇二年）がアフリカ人から人間性と言葉を奪い去り、アフリカを「ヨーロッパすなわち文明のアンチテーゼ」として描いていると弾劾した。コンラッドは「人種主義者《レイシスト》」であるという文言だけが独り歩きした感はあるものの、むしろそのリベラル・ヒューマニズムの限界と帝国主義批判の欠陥を指摘したことは意義深い。この歴史的なアチェベの「介入」に対して、多くの賛辞が寄せられた反面、単なる政治的マニフェスト、語りの構造を単純化した誤読、などという反批判も繰り返し書かれてきた。そうした賛否はともかく、重要なのは、アチェベ以後『闇の奥』の読みが大きな転換を迫られたこと、そして彼がそのように考えるに至った背景である。

アチェベが一九四八年に南西部の都市イバダンのユニバーシティ・カレッジに入学したころ、すでにナイジェリアでは反植民地主義闘争と文化ナショナリズムが勢いを増しており、国の未来を担う青年たちはその活力からインスピレーションを汲みとっていた。アチェベ自身も西アフリカに広がるナショナリズム運動の影響を受けて、「精神の革命」を経験したという。植民地教育が批判にさらされるなか、大学でさまざまな文学作品に触れるうちに、植民地主義がいかに自分たちの文化や歴史を貶《おとし》めてきたかという事実に開眼する。ジョゼフ・コンラッド、ライダー・ハガード、グレアム・グリーンなどの「アフリカ小説」における歪んだアフリカのイメージがまさにそうであった。このとき、コンラッドの小説の理解が百八十度変わり、そこに描かれた「野蛮なアフリカ人」は紛れもなく自分自身であると思い至った――アチェベはのちにそう回想している。

まさしくこれが彼の創作の出発点となる。植民地主義の到来以前の社会に歴史性と人間性を取り戻し、ヨーロッパの誤謬《ごびゅう》に満ちた認識を正して、アフリカ人読者の意識をも変える責務とともに創作に挑んだのは、ほかでもないこうした読書体験がもとになって、アフリカに「異なる物語が必要」であると感じたからであった。コンラッドの影響はたしかに大きい。だが、アチェベが具体的なテクストを念頭に創作に取り組んだことはよく知られている。アチェベは当初、アイルランド系作家ジョイス・ケアリーの『ミスター・ジョンソン』（一九三九年）への直接の応答として長編作品の執筆を考えていた。最終的にはそれを二つに分け、独立した作品として発表することになる。『崩れゆく絆』とその続編『もう安らぎはえられない』（*No Longer at Ease*, 1960）である。

『ミスター・ジョンソン』は、同名の若いナイジェリア人植民地役人を主人公として、ナイジェリアを舞台に展開する物語である。ジョンソンは植民地行政官ルードベックと親しくなり、彼の道路建設計画を助けるために賄賂《わいろ》を受け取ったり、税金を横領したりして転落を繰り返す。あげく白人商店主を殺害し、最後には自らの意向でルードベックの手によって処刑される。以上がごく簡単な要約である。アチェベにとっては、当時多くの人びとが賞讃していたこの小説でさえ、アフリカ人が戯画的に、アフリカ社会は一面的で浅薄《せんぱく》に描かれているにすぎなかった。だからこそ、「内側」からそれを語り直す必要を痛切に感じたという。その意図は「アフリカ三部作」と呼ばれる最初の三作品において、それぞれ違う形で確認できる。二作目では、一作目の主人公オコンクウォの孫（ンウォイェの息子）オビ・オコンクウォがジョンソン同様に役人の地位にあり、賄賂の誘惑に屈し、失墜していく過程がたどられ、三作目の『神の矢』（*Arrow of God*, 1964）では、舞台設定も同じ一九二〇年代で、道路建設の場面が設けられているが、まさに相似した場面が、アフリカ人労働者の経験を中心に「内側」から語り直されている。そして『崩れゆく絆』は、より根本的な『ミスター・ジョンソン』への批判的応答と考えられるだろう。たとえば『ミスター・ジョンソン』には、婚礼や祝祭など、イボの共同体を扱った場面が散見される。アチェベはウムオフィア社会とその文化・慣習を緻密に描き出し、ケアリーのアフリカ／アフリカ人観に応える形で、長期にわたり反復されてきたステレオタイプに挑んだのだった。このアチェベの出発点とも言うべき、ヨーロッパのアフリカイメージに抗する「異なる物語」として描かれた「文化」や「伝統」は、『崩れゆく絆』の解釈をめぐる議論の中心を占めるとともに、とりわけ初期アフリカ文学作品において、必ずと言っていいほど参照される模範や基準となっていった。

また、『崩れゆく絆』はさらに広い射程をもって、ヨーロッパ文学と対話関係にあることを指摘しておくべきだろう。模倣や影響といったヨーロッパ先行の含みがある言い方自体は拒絶しているものの、アチェベ自らインタビューで、アリストテレスの悲劇概念、さらにはトマス・ハーディーやA・E・ハウスマンの作品の暗鬱な感性にも呼応していることを認めている。とりわけ、ハーディーの『カスターブリッジの市長』（一八八六年）とはプロットが似ており、主人公ヘンチャードとオコンクウォは成功と地位を貪欲《どんよく》に追い求めるも、移りゆく時代と社会の変化に置き去りにされ、悲劇的な結末を迎えるという共通点があるため、比較されることが多い。

しかしもっとも明確な言及として、エピグラフにW・B・イェイツの詩「再臨」（一九二〇年）の抜粋が掲げられ、*Things Fall Apart*（すべてが崩れゆく）というタイトルもこれに由来していることは、アチェベのヨーロッパ文学への身振りからみても、それに小説の解釈のうえでも、当然ながら大きな意味がある（ちなみに、二作目のタイトル*No Longer at Ease*は、同巻のエピグラフに掲げられたT・S・エリオットの「マギの旅」に由来する）。

イェイツの詩で表現されているのは、シュペングラーの思想などにも通底する悲観を伴う円環的歴史観である。第一次世界大戦、ロシア革命、イースター蜂起（アイルランドで起きた対英武装蜂起）などの同時代の状況への反応として、それらの暴力の果てにヨーロッパのキリスト教文明が終焉を迎え、未知なる新たな歴史のサイクルに入っていく、というイェイツ独自の黙示的ヴィジョンが提示されている。対して、アチェベはこうした歴史循環のヴィジョンを反転させるように、十九世紀後半にキリスト教と植民地主義勢力の到来がアフリカにもたらした暴力的な転覆と破壊を主題とし、一九五〇年代後半における新しい時代の到来――植民地支配の終焉とアフリカ独立――を見据えている。さらに、アチェベが描く円環の歴史観は、イェイツが幻視するそれとは異なり、人びとの生の営み（農耕サイクル）と信仰（先祖信仰と輪廻）に深く根ざしたものであることが理解できるだろう。

イェイツが擾乱《じょうらん》を経たのちの不安定な時代状況を壮大な歴史サイクルに位置づけ、新たな時代への移行を予見しているなら、アチェベは新時代が到来する前段階として、十九世紀後半の記憶を呼び起こし、一九五〇年代後半の状況に結びつけようとしている。「まったき無秩序」という表現にアチェベが見たのは、十九世紀後半のヨーロッパの侵入、そして一九五〇年代当時の反植民地主義ナショナリズムの勝利を契機とした歴史の転換期における、いわば宙吊りの状態と空白の未来であっただろう。『崩れゆく絆』出版の二年後、一九六〇年の「アフリカの年」に、ナイジェリアは晴れて独立を果たす。しかしはからずも、まるでアチェベが表現した「不安」が的中するかのように、独立後まもなく相次いでクーデターが起こり、第一共和制が内戦（ビアフラ戦争）へと陥っていき、ナイジェリアは根幹から揺らぐことになる。

アチェベは、植民地で生まれ育った知識人のある典型として、キリスト教の価値観を重んじ、西洋的な教養を身につけながらも、それをもたらした植民地主義の制度に反逆し、その支配のロジックと甚大な影響を内在的かつ歴史的に問題化しようとした。そうしたことは、ヨーロッパ文学を学び、参照しつつ、それとは別の次元の表現を創り出そうとした彼の文学への態度にも表れている。その結実が『崩れゆく絆』であった。アチェベがこの小説を「過去への償い」と呼んでいることからもわかるように、彼にとって創作とは、植民地教育のもとで自らのルーツを忘却し、ときに蔑むこともあった「放蕩息子」が、そのルーツであるイボ社会へと想像力を介して戻っていく試みであった。結果、アチェベの作品世界には、自らの出自にもとづく価値観と「精神の革命」を経た政治・文化意識から生まれる二重の感性やヴィジョンが、通奏低音として流れているのである。

二重性をめぐる物語

では、ここで『崩れゆく絆』を具体的に見ていこう。たいていの読者がこの小説を一読したときに感じる印象は、素朴かつ簡潔であるということだ。小説は三部構成になっており、まず全体のおよそ三分の二を占める第一部では、主人公オコンクウォと彼の家族を中心に、九つの集落からなるウムオフィア村の生活と文化や慣習が詳細に描かれる。オコンクウォは努力家で野心家、すでに名声と富を勝ちえているが、さらなる社会的な上昇をねらっている。しかし第一部の最後で、オコンクウォは偶然起こった事故により、罰として村から流刑に処される。第二部においては、オコンクウォは家族を連れて母の故郷ムバンタへ逃れていき、七年の亡命生活を送る。この流刑の最中に、白人の到来が告げられる。そして第三部で、七年ののちに故郷の村に戻ったオコンクウォは、白人の侵入が引き起こした社会の変化を目の当たりにし、共同体の価値観と社会秩序を守るため、植民地支配勢力に抗《あらが》おうとするが、最終的に自ら命を絶ってしまう――。以上のように物語を説明すれば、非常に明快に聞こえるだろう。しかし、そうした印象を裏切るかのように、実のところ小説の構造は複雑で奥が深い。まず注目すべきは語りである。第1章の冒頭から、物語は決して直線的には進まず、さまざまな時間をせわしなく行きつ戻りつし、曲がりくねりながら展開していく。そして第1章で語られる出来事は、第一部の残りの章において、さらに情報が付加され、第1章とは異なる順序で繰り返される。このように非直進的で反復が多く、冗長でもある語りは、イボ社会の話術を模倣、再現しようとしたものであり、複数の批評家により「口承」的なものの表現として説明されてきた（なお第1章において、オコイェの「時間をかけて本題のまわりをぐるぐる」まわる語り口が美徳とされているのも、その点に呼応している）。

さらに、この語りを全体の構造のなかでとらえると、より大きな意味を帯びていることに気づく。オコンクウォの亡命生活中に白人が到来して以降、とりわけ第三部において語りが直線的になり、一挙に物語が進展していくことで、第一部の語りとは顕著なコントラストをなしているのである。こうした語りの変化によって物語の展開の速度が高まり、第一部で描かれた社会がまるでなだれ落ちるようにして急速に衰退し、崩壊していく悲劇性が表現されているとも考えられる。くわえて、第一部から第三部へ移行して物語の進行が速まるにつれ、ウムオフィアの内部からその外側へと、さらには植民地支配に置かれたより広範な地域にまで、空間的にも広がりを見せ、最終的には植民地主義者（地方長官）が植民地全体を俯瞰する視点へと行きつくことがわかるだろう。

第一部では時間軸が前後するばかりか、プロットの進展に割かれるページ数はごくわずかである。その大部分において農耕中心のウムオフィア社会の生活や出来事、婚礼、裁判、葬式など儀礼や祝祭の描写が積み重ねられ、それを背景にオコンクウォの性質が反復的に説明されていく。しかし、第一部で繰り返される一見平穏で凡庸なウムオフィア社会の生のサイクル、オコンクウォの性格や価値観にはすでに悲劇と災厄の芽が潜んでおり、その描写の細部には物語全体の構造にリンクしていく要素が埋め込まれている。ウムオフィアは独自の司法制度、民主的統治システム、それに精緻な信仰体系と倫理規範をもつ社会として描かれるが、これはむろん先にも述べたとおり、アチェベが植民地支配以前の独自に発展したアフリカ社会、文化・慣習、価値観を「証明」しようとしたものである。と同時に、主人公の性質と彼を生んだ社会のあいだにある相互関係（もしくは緊張関係）を浮き彫りにする枠組みや装置としても考える必要があるだろう。なぜなら、オコンクウォの悲劇の物語は、ウムオフィア社会とは切っても切り離せないものとして展開していくからである。

とりわけ重要なのは、あらゆる局面でオコンクウォと共同体が抱える両義性が示唆され、それが終盤の悲劇へとつらなっていくことである。オコンクウォは武勇で名を馳せたうえ、堅固な意志と勤労により若くして財と栄誉を築いた男として讃えられるが、その一方で、激情に駆られ、暴力的であり、話術が重んじられる社会において口下手であるという欠点が示される。表面的には社会の規範と価値観を体現した成功者に見えるものの、賞讃すべき性質も過剰になりがちであるゆえ——すなわち行き過ぎた野心と男性主義、そして頑迷さによって——実際には、調和と柔軟性を重んじるウムオフィア社会の原則からずれていることが見てとれるのである。物語の初めから、オコンクウォの不屈の精神や功績が語られると、しばしばそれを裏返しにした否定的な側面についても触れられ、未来に生じる危機への伏線となっている。そうした問題の兆候はまず家庭内での出来事として明かされ、その後、徐々に共同体とオコンクウォのあいだの齟齬があらわにされる。たとえば、小説の根幹部分にかかわるところで、オコンクウォは父親ウノカの怠慢で失敗続きの人生、弱さや優しさという「女性性」を嫌悪し、その遺伝の可能性に怯えるがあまり、自らの「男性性」を過剰なまでに誇示するばかりか、息子のンウォイェに対してもそれを暴力的に強要する。さらには、このような家庭での日常的な激情と暴力が、結果的に「平和習慣」の掟を破るという大地の女神に対する罪につながり、共同体から罰を受けることになる。つまり彼はウムオフィア社会で「男性的価値」に邁進する「行動の男」であることの美徳と欠点を併せもつ人物であり、いくつもの功績により高い地位を得るにもかかわらず、結果的には共同体の規範を逸脱してしまう。

オコンクウォの運命の決定的な転換点となるのが、イケメフナの死であろう。当初、人質として託されたイケメフナを保護することこそが、オコンクウォの地位と名誉の象徴であった。ところが、オコンクウォは、神への忠誠と個人的な愛情に折り合いをつけるのを拒絶するのみならず、またもや過剰な「男性性」の証明（「女性性」つまり父親の影の抑圧）のために、息子のように愛していたイケメフナを自らの手で殺害してしまう。そしてこの事件を起点として彼の運命が反転し、災厄に飲み込まれていく。イケメフナの犠牲を命じる神託には従うべきであっても、オコンクウォの行為は、むしろ共同体の倫理に反し、神々の定めを侵犯するものだったのである。

イケメフナの死がもたらす効果はそれだけではない。この一件をきっかけとして、調和と柔軟性を保っているように見えるウムオフィア社会の内部に潜む亀裂が露見し始める。もちろん、これは近隣の村との戦争を避け、平和的秩序を守るために下された神託によるもので、共同体内部の論理では疑問の余地なく正当性を帯びる。しかしここで初めて、イケメフナの不安と恐怖をとおして共同体外部（被抑圧者）の視点が挿入され、外側から見た際の価値観の両義性が明らかにされる。そしてこれ以後、ンウォイェやオビエリカといった人物たちが心に秘める不安や葛藤、社会内部の異論の声が浮かび上がり、不可視化されていた被抑圧者の存在が前景化されていく。

さらに言えば、オコンクウォが第一部の最後で流刑に処されるのは、同族の殺人という大地の女神に対する罪（倫理規範の侵犯）を犯したためであるが、偶発的な事故に対する罰を残酷とみなすオビエリカの心の声が差し挟まれ、寛容で柔軟なはずの神々と社会がもつ容赦ない側面に疑義が投げかけられる。第一部を締めくくるオコンクウォに下される厳罰は、彼の悲劇性と社会の両義性の双方を物語っており、それが一貫して物語の底流となっているのである。オコンクウォは個人の努力を承認する共同体の柔軟な価値観によって地位と名誉を獲得したが、暴力的で衝動的という欠点のために当の共同体の規範と矛盾をきたし、その厳格さに直面する。そして最後には、大地への罪となる「忌まわしき死」を遂げたせいで正式な埋葬も認められず、言い換えれば、子孫に崇められる先祖にもなれず――それこそが彼の究極的な願望であり、社会の理想でもある――、皮肉にも共同体の外部へと落ちてしまい、父親と同様の末路に行きつくことになる。

これは神々が慈悲深いと同時に厳格であるという二面性のみならず、個人の運命を導く守り神「チ」の概念の二重性によっても説明される。イボ社会において、チとは輪廻思想にもかかわる概念であり、人間は生まれ変わる前にあらかじめ運命をチと取り決め、それをチが先導していくと考えられている。こう言えば宿命論的に聞こえるが、人はその選択を忘却して生まれてくるため、より良い人生を築くための努力が奨励される。イボ社会の興味深いところは、このようにすでに決定された運命があると認識されながらも、個人の勤労と功績が重んじられる点である。つまり、チの力は絶対的なものではなく、人間の権限も認められている。一方で、チは人間の野心や欲望を厳しく制限する。裏を返せばある程度は許容されているということだが、それが行き過ぎてしまうと身の破滅を招く。だからこそ、「人がよしと言えば、そのチもよしと応える」、「人は自分のチが操る運命を超えることができない」という一見相反するような二つの言い方が矛盾なく両立する。チが人生のすべてを支配しているわけでないにせよ、人は自分の運命を完全にはコントロールできない。したがって、オコンクウォの悲劇を植民地支配の到来という外在的な要因からではなく、共同体の内側の論理から見ると、彼の人生は自らの運命との闘いに突き動かされているが、度を越した意志の力と行動によって功績を覆し、破滅に至ってしまうということになる。

オコンクウォの転落、イケメフナの犠牲からもわかるように、ウムオフィアの社会規範は無慈悲な面をもっている。社会の基礎に非情で矛盾含みの暗部が潜んでおり、調和と均斉の取れた民主的で健全な共同体は、実のところ、いわば内なる外部に禁忌の場と集団を置くことによってこそ成立していることが明かされる。まずイケメフナの死の場面で、共同体の外側から内側へと視線が投げかけられ、その闇が初めて表出するというのは先に述べたとおりである。だが内部の相違や矛盾が決定的に顕在化するのは、白人とキリスト教の到来がきっかけとなっている。キリスト教に出会うことで、ンウォイェや双子を産んだ母親など、社会規範の残酷な側面に不安と痛みを覚えていた者たちが「新しい信仰の詩情」に魂を揺さぶられ、自らの苦悩を表現する新しい言語と人間性を求めるようになる。キリスト教が社会の暗部に切り込んで勢力を伸ばすと、その本拠地となった悪霊の森では、被差別集団（オス）を中心とした改宗者たちの新しい共同体が成長していく。そしてついには、ウムオフィアと悪霊の森の関係性が逆転し、これまで禁忌の場とされてきた悪霊の森が道徳的権威の中心として肯定的な意味を帯び、反対に、ウムオフィアこそが双子を殺害し、ある社会階層を抑圧する非道で野蛮な場として浮上する。当初、白人はハンセン病患者やアルビノといった社会の周縁部に置かれた人びとに関連づけられるが、このこともものちに価値と権威が反転する展開の予兆になっていると言えるだろう。

注目すべきは、真っ先に改宗して植民地支配の側につくのが、共同体から抑圧を受けてきた者たちであることだ。ここには、キリスト教の「解放」のレトリックがいかに植民地に入り込んで機能し、それまでの社会や文化を転覆させていったかということが象徴的に表わされている。たしかに、ある人びとにとってはキリスト教が新たな可能性と解放の契機をもたらした。しかし同時に、キリスト教は植民地支配の論理と結びつき、社会が独自に変革し刷新していく能力と機会を、暴力的に、そして永久に奪い去ってしまうことになった。これは歴史的に見ても強調すべき点であろう。たとえば小説では、ンウォイェやオビエリカに代表される内在的な異論や批判の視点があるにもかかわらず、そうした内に秘められた多様な声はキリスト教のレトリックに圧倒され、回収されていく。だがアチェベが傑出しているのは、キリスト教と植民地主義の論理をとらえたうえで、それを唯一の悲劇の要因とはせず、むしろ触媒として描いているところだろう。それがもっとも巧みに表現されているのは、ンウォイェの改宗に至る顚末であり、彼が父と共同体から離反していく過程およびその必然性が説得力をもってたどられている。

とどのつまり、オコンクウォの破滅と共同体の崩壊には複合的な要因がある。言うなれば、旧体制の奥深くに沈潜していた膿が外側からの侵入者の影響にさらされ、結果的に古い世界が瓦解していくのである。しかし真の悲劇は、オコンクウォが時代の奔流に飲まれ、その死にあたって、新しい世界どころか、古い世界にも属することができなくなってしまう結末にあるだろう。オビエリカがもつ思慮深さや批判意識とは対照的に、オコンクウォは感情と行動に身を投じ、ウムオフィアが新しい宗教と政治経済秩序を受け入れて変容しつつあるとき、時代と社会の変化を認識できず置き去りにされる。そして、侵入者と新しい秩序に果敢に抵抗するものの、最終的に自死という禁忌を犯すことで、共同体からも破門される憂き目に遭うのである。

アチェベはこのようにオコンクウォとウムオフィアの絡み合う運命を見事に表現し、十九世紀後半の大変動とその衝撃をとらえようとした。そして悲劇を単にアフリカとヨーロッパの衝突に起因するものではなく、旧来の社会の矛盾や弱点に、植民地支配の到来が重なった結果として思考し、複雑で困難に満ちた歴史過程を描きだすことに成功している。共同体のあり方、さらにはヨーロッパ近代に直面したときの社会の反応と動揺を多角的に映し出すことを可能にしているのは、まさしく彼の二重の文化的帰属意識である。そうしたアチェベのポジションは、ウムオフィアの内側と外側を常に移動する語り手の視点に反映されていると言えるだろう。

「文化テクスト」としての小説——伝統と口承性

『崩れゆく絆』を読むと、イボ社会の文化や伝統が忠実に再現されているような印象を受けるかもしれない。しかし言うまでもないが、これはフィクションである。一方で、実際にアチェベが見聞きしたことや歴史的事実が参照されているのは当然としても、そもそものアチェベの態度として、アフリカの文化や歴史性を知らしめるという意図とともに創作しているということがある。そのため、出版されて以来、多くの読者は作品の中にアフリカの「過去」や「文化」を再発見し、それらを学び直してきた。たしかに、儀礼や信仰、年中行事などをはじめ小説に描かれた文化や慣習は、現実に存在するものとしてその多くが説明可能である。とはいっても、アチェベがイボの文化と社会に精通しているということではない。むしろ、それらを表現し証明しようとする彼の欲望に注意を向けるべきだろう。そしてこの欲望は、自らの出自と教育によって、イボ社会から否応なく切り離されてしまった作家／知識人としての立場と表裏になっている。繰り返すが、『崩れゆく絆』には、既存のアフリカのイメージを打ち崩す試みだけではなく、アチェベ自身が自らのルーツや文化遺産との関係を回復するプロセスが含まれている。したがって、小説で描かれた「文化」や「伝統」には、必然的に彼自身のいわば断絶の感覚が伴っている。『崩れゆく絆』が豊かで複雑なテクストになっているのは、まさしくこうしたアチェベのポジションによるものなのである。

すでに触れたように、このアチェベのポジションは、社会の内と外を往来する語り手の視点に反映されている。なにより、アチェベがキリスト教と植民地教育のバックグラウンドをもちながらも、自分のルーツを再度見つめ直そうとしたことは、小説におけるイボの社会や文化の扱い方に大きく影響している。そこで考えるべきは、小説に微細にわたって描かれた「文化」や「伝統」それ自体ではなく、むしろそれらの加工、再構成のプロセスである。フィクションを読むときの手続きとして、ごく当たり前のように聞こえるが、実のところ、アフリカ文学に関して言えば、こうした根本的な前提が長らくないがしろにされがちであった。その理由のひとつに、そもそもの出発点から、アチェベをはじめとして作家たちが、ヨーロッパのアフリカイメージに対抗する「本物の」アフリカを描こうとして、意図的に民族誌的《エスノグラフィック》な描写を試みたということがあるだろう。ゆえに、『崩れゆく絆』の出版当初には、ナイジェリアの知識人の反応として、「村を正確に描いていない」という批判もなされた。そのうえ『崩れゆく絆』は、良くも悪くもアフリカを知るための資料や現実の情報として――文学作品というより「民族誌《エスノグラフィー》」として――読まれ、教えられることが多かった（たとえば、一九七〇年代ごろにはまだ、大学の文学部や文学の授業ではなく、人類学部で読まれるのが主流だった）。こうした経緯こそが、アフリカ文学の流通・読解の重要な文脈を形成してきたのもまた事実である。しかし、この民族誌的な「伝統」や「文化」の描写こそ、文学的手法ないしは戦略の一部として考察すべきなのである。『崩れゆく絆』の細部を検討してみると、実にさまざまな仕掛けや工夫がなされていることが確認できる。それはむろん、アチェベがアフリカ独立の時代にふさわしい新しい小説、新しい英語表現を生み出そうと尽力したことに大きくかかわっているだろう。たとえば、この翻訳でも明示するよう心がけたが、イボ語の語彙や表現が、ときとしてそのままの状態で至るところにちりばめられている。そもそも『崩れゆく絆』の初版では、イボ語には説明がまったく付記されておらず、その後の版でもごく短い用語リストが付けられているにすぎない。さらには、イボ社会に特有のことわざや言い回しが、英語に直訳される形で――通常の英語からかけ離れた表現で――多用されてもいる。

おそらく、その意図として、イボ語や不自然な英語表現を挿入することで、英語のなかにある種の違和感を呼び起こそうとしたと考えられる。こうした違和感によって、小説の使用言語である英語と描かれた世界とのあいだにあるズレが認識される。ここからもわかるように、アチェベの最大の関心は、英語の小説において、いかにイボ語の世界、その「文化」と「伝統」を再現できるかという問題にあった。そのためにあらゆる試みがなされており、とりわけ、イボ語の特徴と口承／音声文化の世界観を活かそうとする努力が随所に見られる。イボ語の話術を模倣、表現した非直進的で回りくどい語り、語りの脱線、イボ語表現の直訳、それにことわざ、歌、警句《アフォリズム》、寓話などが駆使されて、イボ社会における話し言葉と口頭伝承の重要性が主張される。たしかにアチェベの新しい英語表現と「口承」的なものへの傾倒は、彼の自文化との断絶の認識を裏返しにしたものであるとしても、単に本物らしさを追求し、担保しようとするためのものではない。むしろ、小説の形式や芸術性を追求する彼の態度を示していると見るほうがいいだろう。ことわざや昔話に代表されるイボの音声文化は文学装置として巧みに創り出され、小説の構造を支えているのである。もっとも明瞭なところで、小説の全体で頻繁に用いられることわざは、口承文化の再現・表現というだけにとどまらず、主題を反復させ、社会の価値観、信仰、思考体系を強調したうえで、オコンクウォの人物造形を研ぎ澄ます機能を担っていることがわかる。

では、具体的な例をもとに、小説のなかで口承の表現がどのような意味をもつのか見ていこう。最初に、第7章の終わりで、イケメフナが死の直前に心のなかで口ずさむ歌に注目してみる。なお、この歌には英訳が付されておらず、本書ではイボ語から直接日本語に訳している。原文との対照は次のとおりである。

Eze elina, elina!　　王よ、食べるなかれ、食べるなかれ！
Sala　　サーラ
Eze ilikwa ya　　王よ、食べてしまったら
Ikwaba akwa oligholi　　忌まわしき行為を嘆くでしょう
Ebe Danda nechi eze　　蟻が王座につく場所で
Ebe Uzuzu nete egwu　　砂が太鼓に舞う場所で
Sala　　サーラ

まず、「サーラ」という聴衆の相の手が挿入され、歌い手と聴衆の掛け合いが表現されているのが見てとれるだろう。注にも記したとおり、この歌には、傲慢な王が禁忌を犯した代償として不名誉な死を遂げ、死後は祖霊と交わることもできないという戒めが含意されている。批評家エマニュエル・オビエチナの指摘によれば、ここでの

王（エゼ）はオコンクウォを示唆しているとのことである。歌のなかのエゼのように、オコンクウォは息子同然のイケメフナを殺《あや》めるという「忌まわしき行為」を犯そうとしており、歌はその行為に対する間接的な警鐘となっている。そして禁忌を犯すと不名誉な死を遂げるという戒めのなかに、まさしくオコンクウォの運命が暗示されているのである。つまり、この歌は音声文化への傾倒を際立たせるだけではなく、小説の展開と構造をも指し示すものであることがわかる。ところが、原書には英語訳も解説も付されておらず、イボ語を知らない読者はこうしたニュアンスを汲みとることができない。テクストに隠された読解の秘密、あるいは、ひょっとするとイボ語話者に対する目配せなのかもしれない。いずれにしても、この歌がイボ語のまま挿入されているために、読者はいったん立ち止まって思考することを強いられ、その音声とリズムに注意が促される。

もうひとつ興味深い例を挙げてみよう。第11章でオコンクウォの二番目の妻、エクウェフィが娘のエズィンマに語る「亀と鳥」の物語である。これももちろん、第一部で頻繁に目にするプロットからの脱線（イボの話術の模倣）であるうえに、イボ社会の日常において、いかに口頭伝承の物語、そして物語を語る習慣が欠かせないかということを示している例である。しかし実際には、さらに深い意味が込められており、主題やプロットと響き合う機能を果たしてもいる。主に二通りの解釈が成り立つだろう。まずは、オコンクウォを亀にたとえた物語として。この場合、自己中心的な亀の「墜落」の物語はオコンクウォの「没落」を表す。さらには、第三部で展開される、ウムオフィアと植民地主義勢力の遭遇のアレゴリーとして読むことも可能である。この解釈において、亀はずる賢く、欺瞞に満ち、欲深い白人の侵入者を指し示す。『崩れゆく絆』はそれ自体が、ヨーロッパとの衝突あるいは邂逅という歴史的事件を再構成したものであるが、この「作中作」である亀の物語でも、イボ人の視点から見た白人勢力の侵入が寓意的に表現され、まさに入れ子構造のようになっていると考えられる。亀が空の人びとの慣習を知っていると豪語して鳥たちの協力を取り付けるところは、宣教師がアフリカにキリスト教を導入したことに対応し、亀の変わった外見や言葉巧みなようすも、現地の人びとから見た白人の特徴と重なっている。

だが決定的なのは、「口承」的なものに付された象徴的な意味である。第一部から第三部へ物語が進行するにつれ、第一部の迂回と脱線の語りがフェードアウトし、直線的な語りへと変化していくことはすでに述べた。それとともに視点と価値観の逆転が起こり、内在的な視点が外部の植民地支配側の視点に、イボの信仰の倫理観がキリスト教のそれに取って代わられ、最後には地方長官による「総括」で物語が締めくくられる。この展開が示しているのは、口承と音声中心の文化が文字と書記の文化に圧倒され、アフリカの人びとの声と物語が失われていく経緯でもある。そしてきわめて印象深い最後の段落において、旧来の世界の崩壊とともにアフリカの歴史性が奪われ、植民地主義者によって歴史が記述されていくことが予感される。ヨーロッパによるアフリカの記録では、高度に機能していた社会の——たとえ矛盾含みで弱点を抱えていたとしても——複雑な歴史過程と内在的な発展の論理がすべて否定されて、「文明化」の論理に置き換えられる。ここでは、オコンクウォに象徴される共同体の悲劇が、植民地主義者による本のたった一節——「一章全体とまでいかなくても、長いくだり」——に「未開部族」を「平定」する過程の一断面としてのみ回収されてしまうことが示唆されている。もちろん、この結末が強烈な衝撃と余韻を残すのは、こうした植民地主義の記録への抵抗として、オコンクウォとアフリカの悲劇の物語が語り直されてきたのちに据えられているからにほかならない。なお、この「平定」(pacification)という語は歴史的、政治的な意味をもち、原住民に平和をもたらす——ただし抵抗勢力には武力鎮圧も辞さない——という植民地主義の傲慢と欺瞞を含んだ表現である。小説中、アバメは全滅させられ、その後ウムオフィアにはより「平和的」に支配勢力が入ってくるが、これこそpacificationのプロセスそのものである。アチェベはこの語で物語の幕を引くことにより、「平和をもたらす統治」というイギリスによる支配のロジックと一方的に書かれた歴史がまったくの虚偽であること、そしてそれによって失われた世界と物語がたしかに存在したことを「証明」してみせたのである。

アチェベは『崩れゆく絆』を世に問うたのち、その続編『もう安らぎはえられない』、そして『神の矢』、『国民の男』（*A Man of the People*, 1966）と小説を次々に発表していった。しかし、イボ系とされた人びとへの迫害に端を発し、一九六七年、東部州ビアフラの分離独立宣言がなされ、続いて連邦政府との戦争が勃発すると、アチェベはビアフラのスポークスパーソンとしてその大義を支えるために奔走することになる。このビアフラ戦争はすさまじい規模の犠牲と人的被害を伴い、アチェベ自身にも、親友の詩人クリストファー・オキボや母親の死を含めて、計り知れないほど大きな傷を残すことになった。七〇年にビアフラ側の降伏により戦争が終結してからは、大学で教鞭をとるかたわら、評論や児童文学などを精力的に発表していったものの、次の——そして最後の——小説『サヴァンナの蟻塚』(*Anthills of the Savannah*, 1987)の出版までには、実に二十年余りの年月を待たなくてはならなかった。ビアフラ戦争以前、アチェベは国民国家という概念、統一されたナイジェリアという存在にはっきりと信を置いていた。そして、小説では一貫して、アフリカの独立と国家建設が、その希望や矛盾も含めて思考されていた。中央政府からの分離を掲げた戦争を契機として、その信念が大きく揺らいだのは想像にかたくない。だからこそ、再度小説に取り組むには——ナイジェリアとは、国家とはなにか、という重い問いにもう一度正面切って向き合うには——かなりの時間を要したのだろう。

アチェベの小説は、植民地支配以前の共同体の葛藤から独立後の国家の危機までを扱い、いずれもナイジェリアに限らず、アフリカにおける歴史的に重大な時期をとらえている。くわえて、とりわけ初期の三作品、なかでも『崩れゆく絆』は、アフリカの文学表現について決定的なヴィジョンとモデルを提示することに成功した。それゆえ現在に至るまで、アフリカ文学における「読む」ことと「創る」こと双方の基準であり、原点であり続けている。それをもっとも顕著に示しているのは、アチェベ以降に活躍している作家たちの作品の多くで、彼の小説の主題やプロットのみならず、創作の「方法論」が意識的、無意識的に共有され、前提とされていることだろう。このように、アチェベの作品はアフリカ文学の読者共同体の形成、そしてその歴史的な存在意義を担ってきた。「アフリカ文学」という枠組み、その発展の歴史の始まりと中心にあって、それを支えてきたのが、まぎれもなく『崩れゆく絆』であり、アチェベなのである。

とはいえ、彼の名声と影響力をアフリカの領域だけに押しこめてしまっては、アチェベに対する正当な評価にはならない。アチェベのインパクトは、『崩れゆく絆』の刊行以降、五十年あまりの歴史において、いまやアフリカを超えて世界におよんでいる。よく知られているところで、ノーベル賞作家トニ・モリソン、そして最近ではジュノ・ディアスなどもアチェベからの影響を公言している。したがって、このように言い直すべきだろう――。アチェベはアフリカ文学の父であるとともに、世界文学の旗手の一人なのである。

訳注、年譜および解説には、主に次の文献を参考にした。

Achebe, Chinua. *Morning Yet on Creation Day: Essays*. London: Heinemann, 1975.

———. *Hopes and Impediments: Selected Essays, 1965-1987*. London: Heinemann, 1988.

———. *Home and Exile*. New York: Oxford University Press, 2000.

Afigbo, Adiele. *Ropes of Sand: Studies in Igbo History and Culture*. Ibadan: University Press, 1981.

Anene, J.C. *Southern Nigeria in Transition, 1885-1906*. Cambridge: Cambridge University Press, 1966.

Carroll, David. *Chinua Achebe: Novelist, Poet, Critic*. Basingstoke: Macmillan, 1990.

Egejuru, Phanuel A. *Chinua Achebe: Pure and Simple, An Oral Biography*. Lagos: Malthouse Press, 2002.

Emenyonu, Ernest N., ed. *Emerging Perspectives on Chinua Achebe, vol. 1, Omenka, The Master Artist*. Trenton, NJ: Africa World Press, 2004.

Emenyonu, Ernest N., and Iniobong I. Uko, eds. *Emerging Perspectives on Chinua Achebe, Vol.2, Isinka, The Artistic Purpose, Chinua Achebe and the Theory of African Literature*. Trenton, NJ: Africa World Press, 2004.

Ezenwa-Ohaeto. *Chinua Achebe: A Biography*. Oxford: James Currey, 1997.

Gikandi, Simon. *Reading Chinua Achebe: Language and Ideology in Fiction*. Portsmouth, NH: Heinemann, 1991.

Innes, C.L. *Chinua Achebe*. New York: Cambridge University Press, 1990.

Innes, C.L., and Bernth Lindfors, eds. *Critical Perspectives on Chinua Achebe*. Washington: Three Continents Press, 1978.

Isichei, Elizabeth. *A History of the Igbo People*. London: Macmillan, 1976.

Lindfors, Bernth, ed. *Approaches to Teaching Achebe's Things Fall Apart*. New York: The Modern Language Association, 1991.

Obiechina, Emmanuel. "Narrative Proverbs in the African Novel," *Research in African Literatures*, 24-4: 123-40, 1993.

Ogbaa, Kalu. *Gods, Oracles and Divination: Falkways in Chinua Achebe's Novels*. Trenton, NJ: Africa World Press, 1992.

Ogede, Ode. *Achebe and the Politics of Representation*. Trenton, NJ: Africa World Press, 2001.

Ohadike, Don C. "Igbo Culture and History." Chinua Achebe, *Things Fall Apart*（Classics in Context）.Portsmouth, NH: Heinemann, 1996.

Petersen, Kristen Holst, and Anna Rutherford, eds. *Chinua Achebe: A Celebration*. Portsmouth, NH: Heinemann, 1991.

Taiwo, Oladele. *Culture and the Nigerian Novel*. New York: St. Martin･s Press, 1976.

Uchendu, Victor C. *The Igbo of Southeast Nigeria*. New York: Holt, Rinehart and Winston 1965.

Wren, Robert M. *Achebe's World: The Historical and Cultural Context of the Novels of Chinua Achebe*. Washington, DC: Three Continents Press, 1980.

チヌア・アチェベ　年譜

一九〇〇年
王立ニジェール会社の統括地域が再編され、ニジェール沿岸保護領を加えた南部ナイジェリア保護領、および北部ナイジェリア保護領となる。

一九一四年
南部保護領と北部保護領が統合され、ナイジェリア植民地保護領となる。

一九三〇年
一一月一六日、オギディにて、アルバート・チヌアルモグ・アチェベ誕生。

一九三六年　　六歳
初等学校で学ぶ。（〜一九四四年）

一九四四年　　一四歳
ウムアヒアにある名門校、ガバメント・カレッジで学ぶ。（〜一九四八年）

一九四八年　　一八歳
ロンドン大学のカレッジ、ユニバーシティ・カレッジ・イバダンの医学部に入学、一年後文学部に移り、英語、ラテン語、歴史などを専攻。（〜一九五三年）

一九五四年　　二四歳
ナイジェリア放送協会（ＮＢＣ）に勤

務。ナイジェリア、自治領となる。

一九五六年　二六歳
ロンドンの英国放送協会（ＢＢＣ）の研修プログラムに派遣される。

一九五八年　二八歳
小説『崩れゆく絆』がハイネマン社から出版。

一九六〇年　三〇歳
一〇月一日、北部州、西部州、東部州の連邦制国家としてナイジェリア独立、タファワ・バレワが首相に就任。ナイジェリアを含む十七のアフリカ諸国が独立を果たし、「アフリカの年」と呼ばれる。アチェベ、小説『もう安らぎはえられない』出版。

一九六一年　三一歳
クリスティー・チンウェ・オコリと結婚。

一九六二年　三二歳
短編集『たまごの供物』出版。ハイネマン社「アフリカ作家シリーズ」編集顧問となる。

一九六三年　三三歳
ナイジェリアが共和制移行、ンナムディ・アジキウェが大統領に就任。

一九六四年　三四歳
小説『神の矢』出版。

一九六六年　三六歳
小説『国民の男』、児童文学『チケと川』出版。一月、「イボ系」将校たちによるクーデター、ジョンソン・Ｔ・Ｕ・アグイイ＝イロンシ将軍が政権奪取。続いて七月、「ハウサ系」将校たちによるクーデターが起こり、イロンシが殺害され、ヤクブ・ゴウォン軍事政権樹立。北部で主にイボ系の人びとへの虐殺が横行、政情が不安定化するなか、アチェベはラゴスを離れて東部州に戻る。

一九六七年　三七歳
五月三〇日、東部州がナイジェリアから分離、ビアフラ共和国樹立宣言。これによりナイジェリアは内戦に陥る。詩人クリストファー・オキボが戦闘で死亡。アチェベはビアフラ情報省で活動。

一九七〇年　四〇歳
一月一五日、ビアフラ降伏により内戦終結。アチェベ、ナイジェリア大学のシニア・リサーチ・フェローに就任。

一九七一年　四一歳
『オキケ——アフリカ新文学ジャーナル』創刊。詩集『同胞よ、用心せよ』出版。

一九七二年　四二歳
短編集『戦場の少女たち』、児童文学『ヒョウにかぎづめがある理由』出版。詩集『同胞よ、用心せよ』がコモンウェルス詩賞受賞。マサチューセッツ大学客員教授に就任。

一九七五年　四五歳
評論集『いまだ創造の日の朝』、児童文学『笛』出版。民政移管派ムルタラ・ムハンマド将軍らによるクーデター、ゴウォン政権打倒。アチェベ、コネチカット大学客員教授に就任。

一九七六年　四六歳
さらなるクーデター勃発によりムルタラ・ムハンマド暗殺。ムルタラ・ムハンマド最高軍事評議会議長のもと副議長を務めたオルシェグン・オバサンジョがクーデターを鎮圧、国家元首となる。アチェベ、ナイジェリアに帰国、ナイジェリア大学文学部教授に就任。

一九七七年　四七歳
『マサチューセッツ・レヴュー』に「アフリカのイメージ」掲載。

一九七八年　四八歳
児童文学『太鼓』出版、ドゥベム・オカフォーと共に『彼を死なせるなかれ――クリストファー・オキボに捧げる詩選集』編纂。

一九七九年　四九歳
ナイジェリア民政移管、シェフ・シャガリが大統領選で勝利。アチェベ、ナイジェリア国民功労賞受賞、連邦共和国勲章受章、ナイジェリア作家連盟初代会長に就任。

一九八二年　五二歳
オビオラ・ウデチュクウと共にイボ語詩集『アカ・ウェタ』を編纂。

一九八三年　五三歳
政治評論『ナイジェリアの苦悩』出版。人民救済党（ＰＲＰ）党首マラム・アミヌ・カノが死去、アチェベが党首代行に選出される。シェフ・シャガリが大統領選で再選するも、一二月三一日ムハンマド・ブハリによるクーデターで打倒される。

一九八五年　五五歳
イブラヒム・ババンギダがクーデターで政権奪取。アチェベ、C・L・イネスと共にハイネマン社『アフリカ短編小説集』編纂。

一九八六年　五六歳
アナンブラ州立大学副学長代理に就任。

一九八七年　五七歳
小説『サヴァンナの蟻塚』出版、同年のブッカー賞最終選考に残る。マサチューセッツ大学客員研究員に就任。

一九八八年　五八歳
評論集『希望と困難』出版。

一九八九年　五九歳
ニューヨーク市立大学シティカレッジ特別客員教授就任。

一九九〇年　六〇歳
ナイジェリア帰省中に自動車事故で重傷を負う。バード大学文学教授に就任。

一九九二年　六二歳
C・L・イネスと共に『ハイネマン現代アフリカ短編小説集』編纂。

一九九三年　六三歳
ナイジェリア民政移管、大統領選挙でモシュード・アビオラが勝利するも、ババンギダが選挙結果を無効にし、アーネスト・ショネカンに暫定政権が託される。半年後、サニ・アバチャ将軍がクーデターを起こし実権を掌握。

一九九五年　六五歳
アバチャ政権のもと政治弾圧が激化。

オゴニ人活動家ケン・サロ＝ウィワが絞首刑に処される。

一九九八年　六八歳
アバチャ死去。

一九九九年　六九歳
再び民政移管、オルシェグン・オバサンジョが大統領に選出される。アチェベ、九年の時を経てアメリカからナイジェリアに帰郷。

二〇〇〇年　七〇歳
評論集『故郷と亡命』出版。

二〇〇二年　七二歳
スティーヴ・ビコ基金の招待を受け、南アフリカを初訪問。ドイツ出版協会平和賞受賞。

二〇〇四年　七四歳
『詩集』出版。

二〇〇七年　七七歳
第二回国際ブッカー賞受賞。

二〇〇八年　七八歳
『崩れゆく絆』出版五十周年。世界各地で記念シンポジウムやイベントが開催される。

二〇〇九年　七九歳
ブラウン大学アフリカ研究教授に就任。エッセイ集『イギリス保護下の少年の教育』出版。

二〇一二年　八二歳
自伝エッセイ集『かつてあったひとつの国——ビアフラの個人史』出版。

二〇一三年　八二歳
三月二一日、ボストンの病院で死去。

訳者あとがき

アフリカの人びと、とりわけナイジェリア人の強い思い入れには敵わないが、それでも、わたしにとってチヌア・アチェベは特別な存在である。ふとしたことから、ハイネマン社とプレザンス・アフリケーヌ社の文学シリーズをただひたすら貪り読んだのが十数年前。いちばん初めに手にとった小説のひとつが、当然ながら『崩れゆく絆』だった。とりわけ冒頭部のレスリングの描写、そしてあっけなく幕が閉じられる悲劇的結末に深い感銘を受けた。だがいま思い返すと、アチェベの簡潔な文体にものの見事に騙されて、物語の構造が十分に理解できていなかった。とはいえ、この小説に受けた衝撃と感動に突き動かされて、わたしはアフリカ文学を学ぶことになった。ロンドン留学中には、幸運にもご本人に二度お目にかかる機会があった。二〇〇八年、『崩れゆく絆』刊行五十周年記念のイベントでは、自分の所属大学が会場だったため、ご挨拶することさえできた。アフリカ文学にかかわるわたしたちにとって、夢のようなこと。そしてこれが、かけがえのない想い出になった。二〇一三年三月二十一日、彼はとうとうご先祖のもとへと旅立ってしまった。ちょうどこの翻訳を終えるころだった。

奇しくもアチェベが亡くなった年に、『崩れゆく絆』の新訳が刊行されることになり、このかん、いっそう身の引き締まる思いで仕事に臨んだ。アチェベの作品にふさわしい翻訳を、とアフリカ人の友人たちや在英の研究者仲間からも多くの激励を受けた。どうすればこの小説のすばらしさを日本語で伝えることができるだろう。アフリカ文学のなかでもっとも愛され、大切にされ、読み継がれてきたまさしく「古典」作品の翻訳に取り組むにあたり、日々悩みながら作業を進め、試行錯誤を繰り返した。

自分で決めたにもかかわらず、訳注を大量に付すことに関して、大きな不安を感じずにはいられなかった。解説にも記したとおり、ハイネマン社の初版ではイボ語の単語や表現にすら注釈が付いていない。その後版を重ねてから短いリストが加えられただけである。もちろん、イボ語がわからなくても、描写された風景や慣習が見知らぬものでも、小説それ自体の理解には支障をきたさない。それに、アチェベは英語表現のなかに、故意に「違和感」を残そうとしたというのが大方の見解である。そしてそれこそが、新しいアフリカの表現であったはずだ。そうした違和感や不穏な残響をまるで一掃するように説明を加えてしまうことで、オリジナルがもつ質感が損なわれてしまうのではないか。そんな迷いと不安を抱えながら作業を進めた。

なにより、「民族誌」的な注釈を付すという、いわば越権的な行為にためらいがあった。たしかに小説の描写のなかには説明可能なものが多い。しかし、フィクションにあえてこうした注解を入れて、その「意味」を説明する必要があるのだろうか。本来流動的で、不安定であるはずの表現の「意味」を勝手に固定化してもいいのだろうか。それでなくても、この小説はイボの文化を映しだした「民族誌」として読まれる傾向が根強く残っているのに、翻訳でそうした読みをさらに促してしまうことにならないだろうか――。

そもそも「イボ社会」、「イボ人」、「イボ語」ですら、厳密に言えば歴史的に構築された概念である。それに言語の地方差だけではなく、小説に表現されているような社会構造、慣習や儀礼のあり方、伝説や民話の解釈などにも、当然ながら地方ごとに大きな差異が見られる。訳者が付した解釈が唯一正しいものであるとは決して言えない、ということを念のため強調しておきたい。

＊

訳注および細部の理解のためにはさまざまな文献を用いた。しかし曖昧な点が多く残り、確認のためにもイボランドの事情に詳しい複数のイボ語話者に頼ることになった。訳注には、文献とイボ語話者の見解を総合し、最終的に訳者の判断で採用したものが多数ある。

このように、翻訳の作業はナイジェリアの人びとの助けなくしては不可能だった。特定の箇所の解釈をめぐっては、ジェイン・ンベさん、チュクウエメカ・アワーさん、コラウォレ・オラインカさんにご意見を仰いだ。イボ語の発音や意味、文化や慣習、ことわざ、民話の解釈については、ローレンス・アファム・オドーさんとトイン・タイウォ・ンディディさんに助言をいただいた。とりわけお二人は、度重なる訳者からの質問に時間をかけて丁寧に答えてくださった。心から感謝の意を表したい。

そして、アフリカン・アートの研究者である緒方しらべさんには、最初から最後まで、言葉に尽くせないほどお世話になった。彼女の支えがあってこそ、なんとかここまでたどりつくことができた。いつも、ありがとう。

『崩れゆく絆』の翻訳を光文社古典新訳文庫シリーズから刊行するにあたり、真っ先に考えたことがある。ロンドンでイギリス人の友人とアチェベのトークに参加したときのこと。「『崩れゆく絆』は、十三歳の誕生日に母からもらって読んだのよ」。そんなふうに言って、友人は感極まったようすでいた。それを聞いて、わたしは嫉妬を覚えたのだった。しかしこうして彼の作品が文庫に入るということは、高校生、ひょっとしたら中学生でもアチェベに出会う機会が生まれることになるのかもしれない——。そう気づいて、ひときわ仕事に熱が入るとともに、責任の重さをひしひしと感じた。

そのきっかけを作ってくださったのが山川江美さん。世界文学の愛読者である山川さんに、ぜひアフリカ文学作品を、と声をかけていただいたことがこのプロジェクトの始まりでした。

小都一郎さんには、終始、きめ細やかに訳稿に目を通していただきました。小都さんの貴重なアドバイスに、たくさん助けられ、励まされました。

翻訳作業の過程でずっと念頭にあったのは、文芸局局長の駒井稔さんが何気なく言ってくださったひと言でした。「アチェベがいま、日本語でこの小説を書いたら、どんなふうになるか」。このお言葉が、わたしにとってつねに立ち返るべき原点となりました。

光文社のスタッフのみなさまにご尽力いただいたこと、心より感謝申し上げます。

*

本書のタイトルは、一九七七年に出版された先行訳（門土社、古川博巳訳）のタイトルを踏襲している。

光文社古典新訳文庫

崩《くず》れゆく絆《きずな》

著者 アチェベ
訳者 粟飯原文子《あいはらあやこ》

2013年12月20日 初版第1刷発行
2024年12月15日 第5刷発行

発行者 三宅貴久
印刷 新藤慶昌堂
製本 ナショナル製本

発行所 株式会社光文社
〒112-8011東京都文京区音羽1-16-6
電話 03（5395）8162（編集部）
03（5395）8116（書籍販売部）
03（5395）8125（制作部）
www.kobunsha.com

ISBN978-4-334-75282-8 Printed in Japan

いま、息をしている言葉で、もういちど古典を

長い年月をかけて世界中で読み継がれてきたのが古典です。奥の深い味わいある作品ばかりがそろっており、この「古典の森」に分け入ることは人生のもっとも大きな喜びであることに異論のある人はいないはずです。しかしながら、こんなに豊饒で魅力に満ちた古典を、なぜわたしたちはこれほどまで疎んじてきたのでしょうか。

ひとつには古臭い教養主義からの逃走だったのかもしれません。真面目に文学や思想を論じることは、ある種の権威化であるという思いから、その呪縛から逃れるために、教養そのものを否定しすぎてしまったのではないでしょうか。

いま、時代は大きな転換期を迎えています。まれに見るスピードで歴史が動いていくのを多くの人々が実感していると思います。

こんな時わたしたちを支え、導いてくれるものが古典なのです。「いま、息をしている言葉で」——光文社の古典新訳文庫は、さまよえる現代人の心の奥底まで届くような言葉で、古典を現代に蘇らせることを意図して創刊されました。気取らず、自由に、心の赴くままに、気軽に手に取って楽しめる古典作品を、新訳という光のもとに読者に届けていくこと。それがこの文庫の使命だとわたしたちは考えています。

このシリーズについてのご意見、ご感想、ご要望をハガキ、手紙、メール等で翻訳編集部までお寄せください。今後の企画の参考にさせていただきます。
メール　info@kotensinyaku.jp

光文社古典新訳文庫　好評既刊

闇の奥

コンラッド／黒原《くろはら》 敏行《としゆき》◉訳

船乗りマーロウは、アフリカ奥地で権力を握る男を追跡するため河を遡る旅に出た。沈黙する密林の恐怖。謎めいた男の正体とは？　二〇世紀最大の問題作。（解説・武田ちあき）

われら

ザミャーチン／松下《まつした》 隆志《たかし》◉訳

地球全土を支配下に収めた〈単一国〉。その国家的偉業となる宇宙船〈インテグラル〉の建造技師は、古代の風習に傾倒する女に執拗に誘惑されるが…。ディストピアSFの傑作。

すばらしい新世界

オルダス・ハクスリー／黒原《くろはら》 敏行《としゆき》◉訳

26世紀、人類は不満と無縁の安定社会を築いていたが…。現代社会の行く末に警鐘を鳴らしつつも、その世界を闊歩する魅惑的人物たちの姿を鮮やかに描いた近未来SFの決定版。

故郷／阿Q正伝

魯《ろ》迅《じん》／藤井《ふじい》 省三《しょうぞう》◉訳

定職も学もない男が、革命の噂に憧れを抱いた顛末を描く「阿Q正伝」など代表作十六篇。中国近代化へ向け、文学で革命を起こした魯迅の真の姿が浮かび上がる画期的新訳登場。

傾城《けいじょう》の恋／封鎖

張《ちょう》 愛《あい》玲《れい》／藤井《ふじい》 省三《しょうぞう》◉訳

離婚して実家に戻っていた白流蘇《バイリウスー》は、異母妹の見合いに同行したところ英国育ちの実業家に見初められてしまう…。占領下の上海と香港を舞台にした恋物語など、5篇を収録。

聊斎志異《りょうさいしい》

蒲《ほ》 松齢《しょうれい》／黒田《くろだ》真美子《まみこ》◉訳

古来の民間伝承をもとに豊かな空想力と古典の教養を駆使し、仙女、女妖、幽霊や精霊、昆虫といった異能のものたちと人間との不思議な交わりを描いた怪異譚。43篇収録。